REX STOUT
Der Schein trügt

Wer Goldmann Kriminalromane liest,
zeigt, daß er auf Niveau achtet.

Von Rex Stout

sind außerdem im Wilhelm Goldmann Verlag erschienen:

REX STOUT

Der Schein trügt

IF DEATH EVER SLEPT

Kriminalroman

WILHELM GOLDMANN VERLAG MÜNCHEN

KRIMI VERLAG AG WOLLERAU/SCHWEIZ

Die Hauptpersonen des Romans sind:

Nero Wolfe	Privatdetektiv
Archie Goodwin	sein Assistent
Otis Jarrell	Finanzier
Trella Jarrell	seine Frau
Lois Jarrell	seine Tochter
Wyman Jarrell	sein Sohn
Susan Jarrell	dessen Frau
Roger Foote	Trella Jarrells Bruder
Nora Kent	Stenotypistin
James Eber	Sekretär
Corey Brigham	Geschäftsmann
Inspektor Cramer	Kriminalbeamter

Der Roman spielt in New York.

Made in Germany · III · 21132
© by Rex Stout. Aus dem Amerikanischen übertragen von Renate Steinbach.
Ungekürzte Ausgabe. Taschenbuchausgabe mit Genehmigung des Gebrüder
Weiß Verlages, Berlin. Umschlagfoto: hw-Bild/Alexander. Druck: Presse-
Druck Augsburg. KRIMI 3300 · ze/pap
ISBN 3–442–03300–4

Die Behauptung, daß wir – Nero Wolfe und ich, Archie Goodwin – uns an jenem Montag vormittag im Mai gegenseitig die Leviten gelesen hätten, ist natürlich übertrieben. Auch das Gerücht, daß wir stundenlang kein Sterbenswörtchen miteinander wechselten, ist eine glatte Lüge.

Am Abend vorher hatten wir uns jedenfalls noch eine ganze Menge zu sagen gehabt. Als ich so gegen zwei Uhr nachts zu Hause aufkreuzte – mit ›zu Hause‹ meine ich das alte Backsteinhaus auf der 35. Straße West, das Wolfe gehört und wo Fritz, Theodore und ich unter seiner Tyrannei schmachten –, stellte ich einigermaßen überrascht fest, daß er noch auf war. Er saß hinter seinem Schreibtisch und las in einem Buch. Wolfe empfing mich mit einem Blick, bei dem sogar einem begriffsstutzigen Dorftrottel klargeworden wäre, daß ihm eine Laus über die Leber gelaufen war. Während ich zum Safe hinüberging, um nachzusehen, ob er für die Nacht vorschriftsmäßig abgeschlossen war, sagte ich mir: Er hat sich wahrscheinlich über den Inhalt seines Schmökers geärgert. Doch plötzlich fauchte er hinter meinem Rücken los: »Wo haben Sie gesteckt?«

Ich wandte mich um und setzte eine heiter-ironische Miene auf. »Wozu diese unstatthafte Neugier?«

Er funkelte mich wütend an. »Von Rechts wegen sollte ich Sie fragen, wo Sie *nicht* gesteckt haben und warum. Miss Rowan hat insgesamt fünfmal angerufen, das erstemal kurz nach acht, das letztemal vor einer Stunde. Falls ich zu Bett gegangen wäre, hätte sie in einem fort meinen Schlaf gemordet. Haben Sie vergessen, daß Fritz heute abend frei hatte?«

»Ist er denn noch nicht zurück?«

»Natürlich, aber er muß doch des Frühstücks wegen zeitig heraus, und ich wünschte nicht, daß er zu nächtlicher Stunde belästigt wird. Sie sagten doch, daß Sie mit Miss Rowan in den Flamingo Club gehen würden. Sie taten's aber nicht. Fünfmal hat mich diese rücksichtslose Person angerufen. Also haben nicht Sie den Abend mit ihr verbracht, sondern ich, und ich betrachte das weder als eine Ehre noch als ein Vergnügen. Ist das Grund genug für meine Frage oder etwa nicht?«

»Nein, Sir.« Ich lehnte an seinem Schreibtisch und sah auf ihn hinunter. »Nicht, wenn Sie wissen wollen, wo ich gewesen bin. Ich schlage vor, wir fangen noch einmal ganz vorn an. Ich gehe hinaus und komme wieder herein, und Sie sagen dann zu mir, daß

Sie es nicht gern hätten, wenn man Sie beim Lesen stört. Es wäre Ihnen lieber, ich würde Sie darauf vorbereiten, wenn ich Miss Rowan eine Lektion erteilen wollte, aber ich hätte zweifellos eine einleuchtende Erklärung dafür. Und ich antworte Ihnen, daß es mir leid täte, aber als ich heute abend von hier wegbrauste, hätte ich keine Ahnung gehabt, daß eine solche Lektion nötig sein würde. Ich wäre erst darauf gekommen, als ich im Lift zu Miss Rowans Dachgarten hinauffuhr und feststellte, daß sie Leute eingeladen hatte, von denen sie genau weiß, daß ich sie nicht leiden kann. Deshalb machte ich sofort kehrt. Wo ich war, ist belanglos. Falls Sie jedoch darauf bestehen, kann ich Ihnen eine Telefonnummer geben. Sie müssen Mrs. Schrebenwalder verlangen, und wenn sich ihr Mann meldet, müssen Sie Ihre Stimme verstellen und piepsen . . .«

»Pfui, Archie. Sie hätten anrufen können.«

Ein Anruf von mir und die Mitteilung, daß ich mein Programm ändern mußte, hätte Lily Rowan jedenfalls nicht daran gehindert, ihn beim Lesen zu stören. Aber das wollte mein Brötchengeber durchaus nicht einsehen. Jedenfalls sagten wir uns nicht gute Nacht, als ich zu Bett ging.

Trotzdem wäre es übertrieben zu behaupten, daß wir Montag morgen nicht miteinander sprachen. Als er um elf Uhr aus den Plantagenräumen herunterrauschte, sagte ich laut und deutlich guten Morgen, und er knurrte eine Antwort, während er auf seinen Schreibtisch zuwatschelte. Bis zwölf Uhr, dem Zeitpunkt, an dem sich Otis Jarrell verabredungsgemäß im Büro einstellte, hatten wir mindestens ein Dutzend Worte miteinander gewechselt. Dennoch war die Atmosphäre ziemlich frostig, und als ich zur Haustür trottete und Otis Jarrell durch die Halle geleitete und in den roten Ledersessel neben Wolfes Schreibtisch nötigte, strahlte Wolfe den Besucher wie die aufgehende Sonne an und fragte beinahe herzlich: »Also, Sir, was kann ich für Sie tun?«

Gemessen an seinem sonst so reservierten Ton konnte man das direkt überschwenglich nennen. Aber der nichtsahnende Besucher täuschte sich, wenn er Wolfes wohlwollendes Lächeln auf sich bezog. Ich wußte es besser. Es sollte mir lediglich beweisen, daß er tatsächlich bei bester Laune und keineswegs mißgestimmt wäre und daß seine Zurückhaltung mir gegenüber berechtigt war, weil ich wieder einmal eine zu große Lippe riskiert hatte.

Außerdem war ihm natürlich klar, daß Otis Jarrell mindestens einen Pluspunkt für sich buchen konnte: Er war runde dreißig Millionen Dollar schwer. Als ich Erkundigungen über ihn einzog, wie ich das bei jedermann tue, der Nero Wolfe um eine Unterredung ersuchte, hatte ich außerdem noch erfahren, daß Jarrell im ›Who is who?‹ seinen Beruf schlicht und bescheiden mit ›Finanzmann‹ angegeben hatte, ein etwas verschwommener Begriff, der mir jedoch recht vielversprechend erschien; daß er seine Geschäfte in seiner Wohnung im siebziger Block der Fifth Avenue abwickelte; daß er dreiundfünfzig Jährchen auf dem Buckel hatte; daß er – diese Information stammte von Lon Cohen von der *Gazette* – als gerissener Bursche bekannt war und einen sagenhaften Riecher für einträgliche Spekulationen hatte und daß er nie im Kittchen gewesen war.

Er wirkte nicht wie ein zäher Brocken, sondern machte einen schlappen Eindruck. Sein feingestreifter brauner Anzug verriet auf den ersten Blick, daß er ›angemessenerweise‹ vermutlich drei- oder vierhundert Dollar gekostet haben dürfte.

Er richtete seine scharfen Augen auf Nero Wolfes Gesicht und sagte: »Ich möchte Sie in einer Privatangelegenheit zu Rate ziehen. Sie muß absolut vertraulich behandelt werden. Ich kenne selbstverständlich Ihren Ruf und auch den von Mr. Goodwin, Ihrem Assistenten, sonst säße ich jetzt nicht hier, aber bevor ich mich näher über die Sache auslasse, müssen Sie mir beide versprechen, sie um jeden Preis für sich zu behalten.«

»Mein verehrter Herr.« Wolfe war die Nachsicht selbst, weil er mir ja immer noch beweisen wollte, wie hochwillkommen ihm der gesellschaftliche Umgang mit einer Person war, die diese Gnade verdiente. »Sie können nicht von mir erwarten, daß ich mich zu einer Aufgabe verpflichte, die ich nicht kenne. Sie erwähnten eben meinen Ruf. Ich nehme an, Sie wären nicht gekommen, wenn Sie von meiner Diskretion nicht überzeugt gewesen wären. Solange es sich nicht um die Beteiligung an einem Verbrechen handelt, kann ich ein Geheimnis für mich behalten, selbst dann, wenn es mit dem Fall unmittelbar nichts zu tun hat. Das gilt selbstredend auch für Mr. Goodwin.«

Jarrells Blicke wanderten weiter und bohrten sich forschend in mein Gesicht. Ich gab meinen Zügen ein diskret verschwiegenes Aussehen.

Er wandte sich wieder Wolfe zu und versenkte seine Hand in eine Tasche und förderte einen großen braunen Briefumschlag zutage. Er fischte ein Bündel Banknoten heraus, die durch ein Streifband zusammengehalten wurden, warf die Geldscheine auf Wolfes Schreibtisch, suchte nach einem Papierkorb, und als er keinen entdeckte, ließ er den Umschlag zu Boden fallen. »Das hier sind zehntausend Dollar. Als Anzahlung. Falls ich Ihnen einen Scheck ausschreiben würde, könnte unsere Verbindung bekanntwerden, möglicherweise jemandem, dem ich sie nicht auf die Nase binden will. Die Summe wird ohne Angabe Ihres Namens bei mir unter Spesen verbucht. Ich brauche auch keine Empfangsquittung.«

Das Manöver war ein bißchen plump, doch zehntausend Dollar *netto* leuchten jedem Gemüt mehr ein als zehntausend Dollar minus Steuern.

»Ich ziehe es im allgemeinen vor«, bemerkte Wolfe trocken, »für alles, was ich entgegennehme, eine Quittung auszustellen. Was also soll ich für Sie tun?«

Jarrell öffnete den Mund, klappte ihn wieder zu, überlegte, kam zu einem Entschluß und sprach: »Ich möchte, daß Sie eine Schlange aus meinem Hause entfernen. Aus meiner Familie.« Er ballte die Hände. »Ich meine damit meine Schwiegertochter ... die Frau meines Sohnes. Die Sache muß aber absolut unter uns bleiben. Ich wünsche, daß Sie Beweise für Dinge finden, die sie wirklich getan hat; Sachen, über die ich verdammt genau Bescheid weiß. Hab' ich erst mal die Beweise in Händen, dann fliegt sie in hohem Bogen aus meinem Haus!« Er fuchtelte mit den Händen in der Luft herum. »Sie beschaffen das Beweismaterial, und ich sorge dafür, daß es zweckmäßig verwendet wird. Mein Herr Sohn wird sich dann von ihr scheiden lassen müssen. Es wird ihm gar nichts anderes übrigbleiben. Alles, was ich brauche, ist ...«

Wolfe brachte ihn energisch zum Schweigen. »Einen Moment bitte, Mr. Jarrell. Ich fürchte, Sie sind mit Ihrem Anliegen hier fehl am Platze. Ich befasse mich grundsätzlich nicht mit ehelichen Schwierigkeiten.«

»Wieso ehelich? Sie ist doch meine Schwiegertochter.«

»Sie sprachen von Scheidung. Und Scheidung ist doch unzweifelhaft eine Folgeerscheinung ehelicher Schwierigkeiten. Sie wollen sich Beweismaterial verschaffen, das eine Scheidung ermöglicht.« Wolfe wies mit ausgestrecktem Finger auf das Bündel Banknoten. »Mit diesem fetten Köder sollten Sie es eigentlich überall bekommen, falls überhaupt welches existiert ... sogar dann, wenn keins existiert.«

Jarrell schüttelte den Kopf. »Sie mißverstehen mich. Warten Sie, bis ich Ihnen mehr von ihr erzählt habe. Sie gehört zum Otterngezücht. Jawohl. Sie ist auch keine gute Ehefrau. Jedenfalls bin ich davon überzeugt, daß sie meinen Sohn betrügt. Aber darum dreht es sich hierbei gar nicht. Es geht vielmehr darum, daß sie *mich* hereingelegt hat. Um Ihnen das begreiflich zu machen, werde ich Ihnen erklären müssen, wie ich meine Geschäfte abwickle. Ich habe nur ein Büro, und das befindet sich in meiner Wohnung; ich beschäftige dort einen Sekretär und eine Stenotypistin. Beide wohnen bei uns; außerdem noch meine Frau, mein Sohn und dessen Frau, meine Tochter und der Bruder meiner Frau. Ich kaufe und verkaufe, und zwar handele ich mit allem, angefangen von einem Stall voller Pferde bis zu einer Firma, die rote Tinte herstellt. Was ich habe, ist Bargeld in Mengen, und das weiß so ziemlich jeder von Rom bis Honolulu, und deshalb unterhalte ich auch kein großes Büro. Falls Sie jemanden kennen, der Geld nötig hat und irgendwas besitzt, das Geld wert ist, dann schicken Sie ihn zu mir.«

»Ich werde es mir merken.« Wolfe zeigte noch immer Samtpfötchen und blieb auch geduldig. »Und Ihre Schwiegertochter?«

»Eben, auf die wollte ich gerade kommen. Im letzten Jahr sind mir insgesamt drei große Geschäfte unter den Fingern weggeschnappt worden von Leuten, die irgendwie Wind von meinen Absichten bekommen haben müssen. Ich glaube nun, daß diese Kerle die betreffenden Informationen von meiner Schwiegertochter erhalten haben. Ich weiß nicht, wie sie's angestellt hat – das gehört zu dem Auftrag, den ich Ihnen erteilen möchte –, aber eine der Transaktionen wurde hinter meinem Rücken von einem Mann namens Corey Brigham abgewickelt. Und ich bin davon überzeugt, daß sie mit ihm zusammenarbeitet, kann's jedoch nicht beweisen. Ich möchte es ihr aber heimzahlen. Falls Sie das als eheliche Schwierigkeiten bezeichnen, kann ich's nicht ändern, aber es sind jedenfalls nicht meine ehelichen Schwierigkeiten. Damit werde ich selbst fertig. Und noch etwas: Meine Schwiegertochter macht aus meiner Wohnung mehr und mehr ein Irrenhaus oder versucht es wenigstens. Sie allein möchte nämlich der Boss sein. Sie ist ein verdammt gerissenes Frauenzimmer, aber mich kann sie nicht einwickeln. Ich weiß genau, worauf sie's abgesehen hat. Und deshalb will ich sie ein für allemal und möglichst bald loswerden.«

»Warum werfen Sie sie nicht einfach hinaus? Das Haus gehört doch Ihnen, oder . . .?«

»Es ist kein Haus, es ist eine Wohnung. Zwei Etagen mit zwanzig Zimmern. Sie gehört mir, diese Wohnung, das stimmt. Aber wenn ich meine Schwiegertochter davonjage, geht mein Sohn mit, und das möchte ich ja gerade verhindern. Sie versucht sowieso, uns beide auseinanderzubringen, und ich bin gegen diese Giftschlange völlig hilflos. Sie sagten vorhin, mit diesem Köder« – er deutete nachdrücklich auf die Banknoten – »müßte ich massenhaft Beweismaterial für eine Scheidung herbeischaffen können. Das beweist mir, wie wenig Sie sich dieses Biest vorstellen können. Ihr ist einfach nicht beizukommen. Die Sorte Mann, die Sie vorhin vorschlugen, würde bei ihr überhaupt nichts ausrichten. Da muß schon jemand von Ihrem Kaliber und Ihren Fähigkeiten antreten.« Er warf mir einen Blick zu. »Und jemand wie Archie Goodwin. Offen gestanden, ich hatte mir eine Art Spezialauftrag für Goodwin ausgedacht, bevor ich hierherkam. Möchten Sie ihn mal hören?«

»Ich bezweifle, ob es der Mühe wert ist. Sie können doch nicht leugnen, daß es sich letzten Endes um eine simple Scheidungsangelegenheit handelt.«

»Unsinn! Ich sagte Ihnen doch, hinter was ich her bin. Also, was Goodwin betrifft, hm … ich erwähnte doch vorhin meinen Sekretär, aber in diesem Punkt muß ich mich berichtigen. Ich hatte einen Sekretär. Ich habe ihn nämlich vor einer Woche 'rausgeworfen. Eines dieser Geschäfte, die ich im Auge hatte, und zwar das letzte, ist meiner Ansicht nach von ihm an eine bestimmte Person verraten worden. Jedenfalls verdächtigte ich ihn und entließ ihn fristlos, so daß …«

»Ich dachte, Sie verdächtigen Ihre Schwiegertochter?«

»Sicher. Sie werden doch wohl nicht behaupten wollen, daß man zwei verschiedene Menschen nicht zu gleicher Zeit verdächtigen kann, ausgerechnet Sie doch nicht! Also, ich fragte mich, warum Goodwin nicht als mein Sekretär auftreten könnte. Da wäre er sozusagen an der Quelle, wohnte unter demselben Dach wie sie und könnte sich ein genaues Bild von ihr machen. Gelegenheiten dazu gibt's massenhaft – dafür wird sie selbst schon sorgen, falls er's nicht tut. Mein Sekretär nahm alle Mahlzeiten mit uns zusammen ein. Das gleiche würde selbstverständlich auch für Goodwin gelten. Meiner Meinung nach ist das der beste, schnellste und einfachste Weg, für den Anfang jedenfalls. Wenn Sie ihn entbehren können, kann er noch heute kommen. Sofort.«

Er war mir nicht gerade sympathisch, aber er tat mir irgendwie leid. Ein Mensch wie ich, der die Welt und die komischen Lebewesen, die sie bevölkern, zur Genüge studiert hat, neigt zur Toleranz. Falls sie wirklich die Schlange war, für die er sie hielt – und er schien mir ganz der Typ, der das beurteilen konnte –, dann hatte er Pech. Schon seine naive Vorstellung, daß Wolfe es überhaupt nur in Erwägung ziehen würde, ohne mich herumzuwursteln und auf

meine Dienste als Sekretär, Mädchen für alles, Portier und Lauf-
bursche zu verzichten, entlockte mir ein stilles Grinsen. Es war schon
eine Herkulesarbeit, ihm die Zustimmung für einen Urlaub übers
Wochenende zu entreißen. Zog man noch Wolfes Abneigung gegen
Ehefrauen im allgemeinen und Scheidungsangelegenheiten im besonderen in Betracht, dann ließ sich voraussehen, daß den armen
Kerl eine herbe Enttäuschung erwartete.

Ich schwelgte gerade in diesem Gefühl sanften Mitleids, als ich
Wolfe sagen hörte: »Sie verstehen, Mr. Jarrell, daß ich mich, was
die Länge seines Aufenthaltes bei Ihnen betrifft, nicht festlegen
kann. Ich werde ihn möglicherweise selbst benötigen.«

»Ja, gewiß. Das ist mir klar.«

»Und jetzt zu dem Posten – ich meine den Posten, den er pro
forma antritt. Besteht da nicht die Gefahr, daß seine geringen Fach-
kenntnisse ihn verraten könnten?«

»Nein, ausgeschlossen. Nicht einmal Miss Kent, meine Stenotypistin, wird Verdacht schöpfen. Keiner von meinen bisherigen Se-
kretären hatte von der Art meiner Geschäfte eine Ahnung, bevor
ich ihn nicht eingearbeitet hatte. Ein anderer Punkt ist viel kriti-
scher – nämlich sein Name. Natürlich ist sein Name nicht so bekannt wie der Ihre, aber bekannt ist er auch, und wir werden uns
einen anderen ausdenken müssen.«

Ich gebe zu, nach dem Schock, den Wolfe mir damit versetzt
hatte, war ich heilfroh, daß meine Stimme völlig normal klang.
»Also, was den Namen betrifft, Mr. Jarrell.« Ich wandte mich ausschließlich an ihn. Wolfe war nun Luft für mich. »Natürlich muß
ich Gepäck mitnehmen, und wahrscheinlich sogar einen ganzen
Haufen, da es ja noch völlig unbestimmt ist, wie lange ich bei Ihnen
bleiben muß. Und auf meinen Koffern befinden sich meine Initialen.
Lassen Sie mich überlegen . . . Wie wär's mit Abe Goldstein?«

Jarrell betrachtete mich und schob nachdenklich seine Lippen
nach vorn.

»Schön, suchen wir einen anderen. Wahrscheinlich haben Sie
recht, der Name müßte mehr zu meinem Äußeren passen. Wie
wär's also mit Adonis Guilfoyle?«

Er lachte. Es fing mit einer Art Gackern an, dann warf er den
Kopf zurück und grölte. Schließlich folgte ein zweites Gackern, und
erst danach sprach er.

»Das ist gut, wahrhaftig, das ist ausgezeichnet. Also, das können
Sie sich merken, ich hab' Sinn für Humor. Ich glaube, wir werden
uns prima vertragen, Goodwin, darauf können Sie Gift nehmen!

Lassen Sie mich mal einen Namen suchen. A = Alan? G = Green? Warum nicht? *Alan Green.*«

»In Ordnung.« Ich stand auf. »Etwas fade, aber sonst nicht übel. Es wird eine Weile dauern, bis ich gepackt habe – schätzungsweise fünfzehn bis zwanzig Minuten.« Ich marschierte auf die Tür zu.

»Archie! Setzen Sie sich!«

Das Spiel gehörte mir, und zwar gegen starke Trümpfe. Zugegeben: Das Haus war sein Eigentum, inklusive sämtlicher Einrichtungsgegenstände bis auf die Möbel in meinem Schlafzimmer. Er war mein Chef und zahlte mein Gehalt. Er wog fast fünfzig Kilo mehr als ich mit meinen hundertachtundsiebzig kümmerlichen Pfündchen. Der Stuhl, von dem ich mich gerade erhoben hatte, hatte 139,95 Dollar gekostet; der umfangreiche, seinen überdimensionalen Körpermaßen angepaßte Sessel, in dem er saß, hatte 650 Dollar gekostet. Wir waren beide lizenzierte Privatdetektive, aber er war ein Genie und ich lediglich ein guter Routinier. Er konnte ein Küchengericht wie *Couronne de Canard au Riz à la Normande* fabrizieren, ohne mit der Wimper zu zucken; ich mußte mich schon gewaltig anstrengen, wenn ich nur gewöhnliche Rühreier zustande bringen wollte. Ihm gehörten zehntausend Orchideen in seinen Plantagenräumen unter dem Dach, ich nannte nur ein bescheidenes Alpenveilchen mein Eigentum, das auf dem Fensterbrett in meinem Schlafzimmer stand und sich nicht recht wohl zu fühlen schien. Und so weiter, und so fort.

Aber sein Protestgeschrei nützte ihm nichts. Er hatte mich herausgefordert, und nun saß er in der Klemme. Oder genauer gesagt, in einer Falle, die er sich eigenhändig zurechtgezimmert hatte.

Ich sah ihn an und erkundigte mich freundlich: »Wieso? Finden Sie Alan Green nicht hübsch?«

»Pfui. Ich habe Sie bis jetzt nicht aufgefordert, auf Mr. Jarrells Vorschlag einzugehen.«

»Nein, aber Sie deuteten an, daß das Ihre Absicht wäre. Ganz klarer Fall!«

»Ich hatte lediglich die Absicht, mit Ihnen darüber zu sprechen.«

»Eben, Sir. Wir sprechen ja gerade darüber. Folgende Punkte stehen zur Debatte: Sind Sie mit Alan Green nicht einverstanden, und haben Sie einen besseren Vorschlag? Glauben Sie nicht auch, daß es angebracht wäre, wenn mir Mr. Jarrell auf der Stelle einen ausführlichen Bericht gäbe, bevor ich meinen Posten bei ihm antrete? Wenn Sie mich fragen, lautet die Antwort kurz und bündig ja – wenigstens, was den letzten Punkt angeht.«

»Dann . . .« Er verschluckte den Rest. Es war nicht schwer zu erraten, was er hatte sagen wollen.

»Nun denn«, sagte er nach einer geraumen Weile. Dann stieß er seinen Sessel zurück, stand auf und fügte, zu Jarrell gewandt, hinzu: »Entschuldigen Sie mich, Mr. Jarrell, aber Mr. Goodwin kann selbst am besten beurteilen, welche Informationen er braucht.« Er kurvte um den roten Ledersessel herum und tappte hinaus.

Ich setzte mich wieder hinter meinen Schreibtisch, angelte nach Notizbuch und Füller und wandte mich unserem Klienten zu. »Wir beginnen am besten mit den Namen.«

2

Jeder Versuch, den Leser mit den örtlichen Verhältnissen der Jarrellschen Wohnung in der Fifth Avenue vertraut zu machen, wäre von vornherein zum Scheitern verurteilt, weil ich mich selbst nie ganz in diesem Labyrinth ausgekannt habe. Jarrell hatte zwar behauptet, die Wohnung habe zwanzig Zimmer, aber dabei muß ihm ein kleiner Rechenfehler unterlaufen sein. Ich zählte neunzehn oder einundzwanzig, einmal sogar dreiundzwanzig Räume, auf zwanzig brachte ich es nie. Außerdem handelte es sich nicht um zwei Etagen, sondern um drei. Steck, der Butler, Mrs. Latham, die Haushälterin, und die zwei Mädchen Rose und Freda schliefen nämlich in der untersten Etage, die nicht berücksichtigt wurde. Die Köchin und der Chauffeur schliefen außerhalb.

Die Informationen, die ich von Jarrell erhalten hatte – insgesamt zehn engbeschriebene Seiten inklusive der Tatsache, daß Wyman, der Sohn, und Lois, die Tochter, aus Jarrells erster Ehe stammten und ihre Mutter vor langer Zeit gestorben war –, veranlaßten mich zu der Vermutung, daß Jarrell selbst sowie Frau Nummer eins und ebenso Nummer zwei ihren verschiedenen Geschmacksrichtungen freien Lauf gelassen hatten. Anders vermochte ich mir die haarsträubenden Stilunterschiede in der Inneneinrichtung nicht zu erklären. Das war ein kleiner Irrtum meinerseits, der bereits am zweiten Tage von Trellas Bruder, Roger Foote, berichtigt wurde. Schuld hatten die Innenarchitekten. Mindestens achtzehn hatten sich im Laufe der Jahre gegenseitig ins Handwerk gepfuscht. Immer, wenn Jarrell glaubte, daß ein Zimmer nicht nach seinem Geschmack ausstaffiert war, schrie er nach einem Innenarchitekten, und zwar jedesmal nach einem anderen. Kein Wunder, daß der Wirrwarr immer schlimmer wurde. Das Wohnzimmer, ein riesiger Raum, der für ein Sechstagerennen glänzend geeignet gewesen wäre und der von der Familie schlicht Diele genannt wurde, war hypermodern eingerichtet. Schwarze schmiedeeiserne Rahmen an Stühlen, Sofas und Spiegeln, schwarzes Eisen und weiße Kacheln am Kamin, schwarze schmiedeeiserne Beine und Glasplatten an den Tischen – selbst im Hochsommer konnte man sich da eine permanente Gänsehaut zuziehen. Das Eßzimmer lag jenseits eines in orientalischem Stil ausgemauerten Bogens. Die Seitenterrasse vor dem Eßzimmer war im maurischen Stil erbaut; die Kübel, Blumenkästen und Tische waren in Mosaik gehalten. Diese Terrasse befand sich in der ersten Etage der Wohnung, im zehnten Stockwerk des Hauses. Die gewaltige Vorderterrasse mit Türen zur Diele und zur Empfangshalle war im ›Wartezimmerstil‹ ausgestattet. Die Tische hatten rohe Rotholzplatten. Die Stühle waren verchromt, und die Sitzflächen bestanden aus geflochtenem Plastikmaterial.

Jarrells Büro, Bibliothek genannt, befand sich ebenfalls in der ersten Etage, und zwar im rückwärtigen Teil. Als ich Montag nachmittag mit ihm zusammen in der Wohnung eintraf, zerrte er mich geradewegs dort hin, nachdem wir Steck, dem Butler, mein Gepäck ausgehändigt hatten. Es war ein mächtiger, viereckiger Raum mit nur einer Fensterwand, und offenbar hatte hier kein Innendekorateur seine Hand angelegt. Drei Schreibtische waren vorhanden, ein großer, ein mittlerer und ein kleiner. Auf dem großen Schreibtisch standen vier Telefonapparate in Rot, Gelb, Weiß und Schwarz, auf dem mittleren Schreibtisch drei in Rot, Weiß und Schwarz und auf dem kleinen nur zwei Apparate in Weiß und Schwarz. Eine Wand war völlig mit stählernen Aktenschränken verdeckt, die etwa meine Höhe hatten. An der anderen standen vom Boden bis zur Decke Regale, die eine Unmasse von Büchern und Zeitschriften enthielten. Später stellte ich fest, daß es sich ausschließlich um Fachliteratur handelte, angefangen von einem Leitfaden über den ›Profit in Austernzucht und -handel‹ bis zum ›Lexikon nordamerikanischer Aktiengesellschaften‹. In die dritte Wand waren drei Türen eingelassen, dann standen dort noch zwei große Safes, ein Tisch, auf dem die neuesten Fachzeitschriften ausgelegt waren, und ein Kühlschrank.

Jarrell bugsierte mich quer durch den Raum. Vor dem kleinen Schreibtisch, der etwa dem in meinem Büro entsprach, machte er halt und sagte: »Nora, das ist Alan Green, mein neuer Sekretär. Sie werden mir dabei helfen müssen, ihn einzuarbeiten.«

Nora Kent hob den Kopf und sah mich mit ihren grauen Augen an. Ihr Alter – sie war siebenundvierzig – stand in meinem Notizbuch, aber man sah es ihr trotz der leicht ergrauten Strähnen in ihrem weichen braunen Haar nicht an. Außerdem wußte ich, auch das stand in meinem Notizbuch, daß sie tüchtig, zuverlässig und klug war. Sie arbeitete seit zweiundzwanzig Jahren für Jarrell. Sie erwiderte meinen Händedruck mit einem festen, wenn auch kurzen Griff.

Nach diesen unvermeidlichen Präliminarien sagte sie: »Verfügen Sie ganz über mich, Mr. Green.« Dann wandten sich ihre grauen Augen Jarrell zu. »Mr. Clay hat dreimal angerufen. Außerdem wurden Sie aus Toledo verlangt, von einem Mr. William R. Bowen. Von Mrs. Jarrell soll ich Ihnen ausrichten, daß drei Gäste zum Dinner kommen werden; die Namen liegen auf Ihrem Schreibtisch, desgleichen ein Telegramm. Wo soll ich jetzt mit Mr. Green anfangen?«

»Das eilt nicht. Lassen Sie ihn erst mal ein bißchen verschnaufen.« Jarrell deutete auf den mittleren Schreibtisch zu seiner Rechten. »Das ist Ihr Platz, Green. Jetzt wissen Sie Bescheid; ich habe noch eine Weile mit Nora zu arbeiten. Ich sagte Steck . . . da ist er ja.« In der geöffneten Tür präsentierte sich der Butler in voller Pracht und würdevoller Haltung. »Steck, bevor Sie Mr. Green auf sein Zimmer führen, zeigen Sie ihm die ganze Wohnung, damit er sich nicht verläuft. Haben Sie Mrs. Jarrell von seiner Ankunft unterrichtet?«

»Ja, Sir.«

Jarrell stand jetzt hinter seinem Schreibtisch. »Kommen Sie nicht so bald zurück, Green. Ich habe noch zu tun. Machen Sie sich inzwischen mit der neuen Umgebung vertraut. Cocktails gibt's um halb sieben in der Diele.«

Steck trat beiseite, um mich vorbeizulassen, zog die Tür hinter sich zu, während er rückwärts hinausging und sagte: »Hier entlang, Sir.« Dann sauste er plötzlich im Sechzig-Kilometer-Tempo den Korridor hinunter.

Ich rief ihm nach: »Moment mal, Steck.« Er bremste und drehte sich um.

»Sie sehen ziemlich abgehetzt aus«, erklärte ich, was wahrhaftig keine Übertreibung war. Er war zwei Zentimeter größer als ich, aber wesentlich schlanker. Sein bleiches, kummervolles Gesicht war so lang und schmal, daß er noch größer wirkte, als er ohnehin schon war. »Sie haben vermutlich viel zu tun.«

»Ja, Sir, gewiß. Ich habe meine Pflichten.«

»Schön. Dann führen Sie mich bitte gleich auf mein Zimmer.«

»Mr. Jarrell befahl mir aber, Ihnen erst die Wohnung zu zeigen, Sir.«

»Das können Sie später immer noch tun, wenn Sie ein bißchen mehr Zeit haben. Im Augenblick brauche ich nur einen stillen, abgelegenen Ort. Ich möchte mich etwas frisch machen.«

» Ja, Sir. Hier entlang, Sir.«

Ich folgte ihm den Korridor hinunter und um die Ecke zu einem Lift. Ich fragte ihn, ob auch Treppen vorhanden wären, und erfuhr, daß drei vorhanden waren, eine von der Halle aus, eine im Korridor und eine Lieferantentreppe im rückwärtigen Teil des Gebäudes; außerdem drei Fahrstühle. Der, den wir benutzten, war messingplattiert. In der oberen Etage hielten wir uns nach links. Fast am Ende des Ganges öffnete er eine Tür und forderte mich mit einem leichten Einknicken seines Oberkörpers auf, einzutreten. Er kam hinter mir her, um mich in das Geheimnis der bunten Telefonapparate einzuweihen. Der grüne klingelte und verband mich mit der Außenwelt. Der schwarze surrte und verband mich mit irgend jemandem in der Wohnung, zum Beispiel mit Mr. Jarrell. Den schwarzen Apparat sollte ich benutzen, um Steck herbeizurufen, sobald ich dazu bereit war, von ihm im Hause herumgeführt zu werden. Ich dankte ihm und entließ ihn.

Das Zimmer war vier mal fünf Meter, hatte zwei Fenster mit Rolljalousien und für meinen Geschmack ein bißchen zu viel Rüschen und Volants, aber das war zu ertragen. Die Einrichtung war in den Farben Blau und Zitronengelb gehalten bis auf den dunkelbraunen, mit hellbraunen Streifen gemusterten Teppich. Das Bett war in Ordnung und das Bad ebenfalls. Nachdem ich in aller Ruhe ausgepackt und beschlossen hatte, mich nicht zu rasieren, wusch ich mir die Hände, zog meine Krawatte gerade, nahm mein Notizbuch heraus, lief ans Fenster und vertiefte mich in die Namensliste:

Mrs. Otis Jarrell (Trella),
Lois Jarrell, Tochter aus erster Ehe
Wyman Jarrell, Sohn aus erster Ehe,
Mrs. Wyman Jarrell (Susan),
Roger Foote, Trellas Bruder,
Nora Kent, Stenotypistin,
James L. Eber, ehemaliger Sekretär,
Corey Brigham, Freund der Familie, der Jarrell das·Geschäft vor der Nase wegschnappte.

Die beiden letzten wohnten nicht im Hause. Aber es war vorauszusehen, daß ich mich auch mit ihnen beschäftigen mußte, falls ich etwas erreichen wollte, was mir jedoch ziemlich zweifelhaft schien. Falls Susan tatsächlich eine Schlange war und die einzige Möglichkeit, sich ein Honorar zu verdienen, darauf hinauslief, sie unter Zurücklassung ihres angetrauten Gatten aus dem Hause zu graulen, dann bedeutete das ein tüchtiges Stück Arbeit.

Ein Blick auf mein Handgelenk verriet mir, daß ich noch vierzig Minuten zur Verfügung hatte bis zum Cocktail in der Diele. Ich verstaute mein Notizbuch in der kleinen Reisetasche, die einige persönliche Dinge enthielt, die zu Alan Green nicht recht paßten, schloß sie ab, trottete den Korridor bis zur Treppe entlang und stieg in die untere Etage hinab.

Es wäre unzutreffend, wollte ich behaupten, daß ich mich in der nächsten Viertelstunde fünfmal verirrte, da man sich nicht gut verirren kann, wenn man kein bestimmtes Ziel hat. Aber ich verlor dennoch jegliche Orientierung. Die Architekten hatten großzügig auf die Verwendung gerader Fluchten verzichtet, jedoch genau entgegengesetzte Ansichten über das Einbauen von Ecken und Kurven vertreten. Das Resultat war verblüffend und nicht ganz ohne Reiz, aber für einen Fremdling recht verwirrend. Als ich mich dabei ertappte, wie ich zum dritten Male an derselben offenen Tür vorbei lief – ich erkannte sie nur deshalb wieder, weil man durch den offenen Spalt die Kante eines Konzertflügels sehen und das Gejohle aus einem Rundfunk- oder Fernsehapparat hören konnte –, gab ich mich geschlagen und beschloß, meine Entdeckungsreise endgültig abzublasen und auf kürzestem Wege die Vorderterrasse anzusteuern. Eine weibliche Stimme hinderte mich jedoch an meinem Vorhaben. »Bist du das, Wy?«

Ich machte kehrt und betrat einen Raum, den sie, wie ich später herausfand, das ›Studio‹ nannten.

»Ich bin Alan Green«, sagte ich. »Ich fürchte, ich habe mich verlaufen.«

Sie lag auf einer Couch, ihre untere Körperhälfte lang ausgestreckt, ihre obere halb aufgerichtet gegen einige Kissen gestützt. Da sie zu alt war, um Lois oder Susan zu sein, aber nicht zu alt für einen Kenner, der reife Reize zu würdigen weiß, konnte es sich nur um Trella handeln. Um die Körpermitte war sie etwas zu üppig, und auch in der Gegend des Nackens war nicht alles so, wie sie es gern gehabt hätte – dem guten Leben verdankte sie schätzungsweise sechs bis acht Pfund zuviel. Sie war eine blauäugige Blondine mit zarter Haut, und ihr Gesicht war sicher vor einiger Zeit mal eine Augenweide gewesen, bevor sie sich darauf verlegt hatte, es mit einer rosafarbenen Schicht Stuck zu verunzieren. Was sich unterhalb ihres blauen Kleidersaumes blicken ließ – von den Knien an abwärts –, war noch immer respektabel. Während ich meinen Betrachtungen nachhing, angelte sie nach der Schaltvorrichtung und stellte das Fernsehgerät ab.

Sie musterte mich. »Sekretär?«

»Ja«, bestätigte ich. »Eben von Ihrem Gatten angeheuert – falls Sie Mrs. Otis Jarrell sind.«

»Sie sehen nicht gerade wie ein Sekretär aus.«

»Ich weiß, das ist natürlich ein Hindernis.« Ich lächelte ihr zu. Sie regte einen zum Lächeln an. »Aber ich versuche wenigstens, mich wie einer zu benehmen.«

Sie hob die Hand, um dahinter ein Gähnen zu verbergen – eine weiche, kleine, mollige Hand. »Verflixt, ich bin immer noch ganz dösig. Das Fernsehen ist das reinste Schlafmittel, finden Sie nicht auch?« Sie klopfte einladend auf die Couch. »Kommen Sie doch und setzen Sie sich zu mir. Wieso nehmen Sie an, daß ich Mrs. Otis Jarrell bin?«

Ich rührte mich nicht von der Stelle. »Erstens, weil Sie hier sind. Zweitens können Sie nicht Miss Lois Jarrell sein, weil Sie verheiratet sind. Und drittens können Sie auch nicht Mrs. Wyman Jarrell sein, weil ich den Eindruck hatte, daß mein Arbeitgeber für seine Schwiegertochter nicht allzuviel übrig hat und ich es für unwahrscheinlich halte, daß er für Sie nicht viel übrig haben könnte.«

»Wann hatten Sie diesen Eindruck?«

»Als er mir vorhin sagte, seine Geschäfte gingen niemanden etwas an, nicht einmal seine Familie. Dabei glaubte ich bemerkt zu haben, daß er den Namen seiner Schwiegertochter besonders nachdrücklich betonte.«

»Und weshalb muß ich verheiratet sein?«

Ich lächelte wieder. »Sie müssen mir verzeihen, falls ich mir zuviel herausnehme, aber Sie haben mich schließlich danach gefragt. Weil ich weiß, was Männer bevorzugen, konnte ich mir, als ich Sie sah, nicht vorstellen, daß Sie noch ungebunden sein sollten.«

»Sehr hübsch.« Sie lächelte zurück. »Wirklich sehr hübsch. Du meine Güte, dabei gibt's doch nichts zu verzeihen. Sie sprechen auch nicht wie ein Sekretär.« Sie schob die Schaltvorrichtung beiseite. »Setzen Sie sich. Mögen Sie gern Hammelkeule?«

Ich spürte, daß es an der Zeit war, etwas zu bremsen. Es war an sich ganz in Ordnung, wenn ich mit der Herrin des Hauses auf gutem Fuß stand, und zwar so bald wie möglich. Das konnte mir beim Einfangen der Schlange von Nutzen sein. Auch ihr Lächeln und die Aufforderung, an ihrer Seite Platz zu nehmen, brachten mein Gleichgewicht nicht ins Wanken. Aber ihr Interesse für das leibliche Wohl des neuen Sekretärs, drei Minuten nachdem sie ihn zum erstenmal zu Gesicht bekommen hatte, schien mir übertrieben. Da ich weder wie ein Sekretär aussah noch wie ein solcher sprach, hielt ich es für besser, wenigstens mein Benehmen der gebotenen Norm anzupassen. Ich unternahm gerade einen Anlauf in dieser Richtung, als Rettung nahte.

Vom Korridor her erklangen Schritte, und ein Mann trat ein. Er schien mich nicht zu bemerken und wandte sich an sie. »Oh, du bist auf. Ich brauche dich also nicht zu wecken.«

»Nein, Wy, heute nicht. Das ist der neue Sekretär deines Vaters. Green. Mr. Alan Green. Wir haben uns eben bekannt gemacht.«

»Oh.« Er ging auf sie zu, beugte sich über sie und küßte sie auf die Lippen. Diese Geste fiel mir besonders auf. Er richtete sich wieder auf. »Du siehst nicht so abgespannt aus wie sonst. Deine Augen sind ja ganz wach. Hör mal, du hast einen Drink genommen.«

»Nein, bestimmt nicht.« Sie lächelte zu ihm auf. Dann deutete sie auf mich. »Er hat mich aufgeweckt. Ich glaube, er wird uns gefallen.«

»Wirklich?« Er wandte sich um, machte zwei Schritte auf mich zu und streckte seine Hand aus. »Ich bin Wyman Jarrell.«

Er war vier Zentimeter kleiner als ich und auch etwas schmaler in den Schultern. Er hatte die braunen Augen seines Vaters, aber alles übrige entstammte einer anderen Erbquelle, vor allem seine kleinen, enganliegenden Ohren und die kühne, gerade Nase. In der Mitte seiner Stirn verliefen drei tiefe, senkrechte Falten, deren Vorhandensein mir für sein Alter – er war erst siebenundzwanzig – etwas verfrüht vorkam. Er fügte hinzu: »Wir werden wohl noch eingehender miteinander zu tun haben, aber das hängt von meinem Vater ab. Auf bald.« Damit wandte er mir den Rücken zu.

Ich setzte mich in Richtung Tür in Bewegung, erfuhr von Mrs. Jarrell, daß um halb sieben in der Diele Cocktails serviert würden, stoppte, um ihr zu danken, und machte mich dann aus dem Staub.

Auf meinem Rundgang durch die Wohnung hatte ich auch einen Blick auf die Vorderterrasse mit den Sitzmöbeln aus Rotholz, Plastik und Chrom geworfen. Danach schlenderte ich zum Geländer hinüber und schaute auf die Fifth Avenue und den Park hinab. Die

Sonne schien mir direkt in die Augen, und ich hob die Hand vor die Stirn, weil ich ein Eichkätzchen beobachten wollte, das zwischen den Ästen eines hochragenden Baumes umherturnte. Ich befand mich noch immer in dieser eindrucksvollen Feldherrenpose, als plötzlich hinter meinem Rücken eine Stimme erklang.

»Wer sind denn Sie? Etwa Winnetou?«

Ich wirbelte herum. Ein Mädchen kam langsam auf mich zu, ganz in Weiß, mit nackten, sonnengebräunten Armen und nacktem, sonnengebräuntem Hals. Was der Ausschnitt ihres Kleides bis zu dem vielversprechenden Blickfang freigab, war ebenfalls sonnengebräunt. In den Wangen hatte sie zwei Grübchen, ihre Augen schimmerten grünlich, und eine Ponyschwanzfrisur rundete das jugendfrische Bild ab. Und jedem, der da behauptet, daß man das alles unmöglich auf den ersten Blick feststellen kann, kann ich nur entgegnen, daß ein routinierter Detektiv ein geübter Beobachter zugleich ist. Mir blieb nicht nur Zeit genug, die ganze Pracht zu registrieren, sondern auch mit einem innerlichen Stoßseufzer zu geloben: ›O Gott, falls das Susan ist und sie tatsächlich eine Schlange sein sollte, dann widme ich fortan mein ganzes Dasein nur noch der Reptilienkunde – sofern das die richtige Bezeichnung für diese Art Wesen ist.‹ Übrigens konnte ich ja über diese Gattung später im Lexikon nachschlagen.

Sie war noch immer fünf Schritt von mir entfernt, als ich mein angeknackstes seelisches Gleichgewicht wiedergefunden hatte. »Ich guter Indianer. Ich guter Freund von weißem Mann, nur daß Sie kein Mann und auch nicht weiß sind. Ich beobachtete gerade ein Eichkätzchen. Mein Name ist Alan Green. Ich bin der neue Sekretär, erst heute eingestellt. Mir wurde bedeutet, ich sollte mich etwas umsehen und mit meiner neuen Umgebung vertraut machen. Ich bin Ihrem Gatten schon begegnet.«

»Nicht meinem Gatten, o nein. Ich bin eine unverheiratete alte Jungfer und heiße Lois. Mögen Sie Eichkätzchen?«

»Je nachdem. Ein unbescholtenes Eichkätzchen mit Charme und Anmut und ohne üble Angewohnheiten, ein Eichkätzchen, das die richtige Partei wählt und mit dem man in Notlagen rechnen kann, so ein Eichkätzchen schätze ich über alles.« Aus der Nähe betrachtet, waren ihre Grübchen keine Grübchen, sondern nur winzige Vertiefungen in den Wangen, in denen sich Schatten verfingen, wenn der Lichtwinkel stimmte. »Hoffentlich klingt das nicht zu pathetisch.«

»Kommen Sie mal eine Minute her.« Sie dirigierte mich nach

rechts, legte eine Hand auf die gekachelte Brüstung und wies mit der anderen über die Avenue hinweg. »Sehen Sie den Baum dort? Wissen Sie, welchen ich meine?«

»Den, der einen Ast verloren hat?«

»Richtig. Eines Tages huschte ein Eichkätzchen auf ihm umher, ziemlich weit oben, fast an der Spitze. Ich war damals neun Jahre alt. Mein Vater hatte meinem Bruder zum Geburtstag ein Schießgewehr geschenkt. Ich holte mir das Gewehr, lud es und stellte mich hier draußen hin, genau auf diesen Fleck, und wartete, bis das Eichkätzchen einen Augenblick lang still sitzen blieb. Dann erschoß ich es, und es fiel herunter. Beim Fallen stieß es zweimal gegen dicke Äste. Ich schrie nach Wy, meinem Bruder; er kam angerannt, und ich zeigte ihm das Tierchen, das völlig unbeweglich am Boden lag, und er ... aber der Rest spielt keine Rolle. Ich fange meine Bekanntschaften mit jedem, in den ich mich später vielleicht mal verliebe, immer mit dieser Geschichte an, damit er gleich zu Beginn das Schlimmste erfährt, was ich jemals begangen habe. Und außerdem haben Sie mich auf dieses Thema gebracht, weil Sie sagten, Sie hätten ein Eichkätzchen beobachtet. Also, jetzt wissen Sie das Schlimmste, es sei denn, Sie finden es noch unverzeihlicher, daß ich vor einigen Jahren ein Gedicht schrieb mit dem Titel *Requiem für ein Nagetier*. Es wurde sogar in meiner Schulzeitung abgedruckt.«

»Gewiß ist das noch schlimmer.«

Sie nickte. »Ich fürchte, Sie haben recht. Na, irgendwann lasse ich mich mal analysieren, um herauszukriegen, was mit mir los ist.« Sie wirbelte in der Luft herum und verabschiedete damit ihr Vorhaben. »Wie sind Sie bloß auf die Idee gekommen, Sekretär zu werden?«

»Durch einen Traum. Vor Jahren schon. In dem Traum war ich der Sekretär eines reichen Piraten. Seine wunderschöne Tochter stand am Abgrund einer Felsenklippe und schoß auf eine Beutelratte, die, wie jedermann weiß, zu den Nagetieren der Prärie gehört. Als sie das Tier getroffen hatte, tat ihr das so leid, daß sie sich Hals über Kopf die Klippe hinunterstürzte. Ich stand unten und fing sie auf und rettete ihr so das Leben, und die Geschichte endete ganz romantisch. So wurde ich Sekretär.«

Sie hatte die Brauen in die Höhe gezogen und ihre Augen so weit aufgerissen, wie es ihr nur möglich war. »Ich kann mir nicht vorstellen, warum die Tochter eines Piraten ausgerechnet auf einer Felsenklippe in der Prärie steht.«

Kein Mann beherrscht die Kunst, eine Unterhaltung so endgültig abzuwürgen, wie eine Frau. Immerhin hatte sie wenigstens die Güte, ein neues Thema anzuschneiden. Ihre Augen hatten wieder ihr normale Größe, als sie den Kopf leicht seitwärts legte und sagte: »Wissen Sie, ich mache mir Gedanken. Ich bin sicher, daß ich Sie schon mal irgendwo gesehen habe, aber ich kann mich nicht mehr entsinnen, wann und wo ... sonst habe ich eigentlich ein gutes Gedächtnis für so was. Wo war es nur? Haben Sie's sich vielleicht gemerkt?«

Ihre Frage überraschte mich nicht sonderlich. Ich hatte damit gerechnet, daß der eine oder andere sie aufs Tapet bringen würde. Mein Bild erschien zwar nicht ganz so oft in der Zeitung wie das von Nero Wolfe, aber immerhin war das letzte Archie-Foto erst vor fast einem Jahr veröffentlicht worden. Daß irgendwelche verschwommenen Erinnerungen möglicherweise noch in einigen Köpfen herumspuken konnten, war mir schon vorher klar gewesen. Ich grinste sie an. Auf Zeitungsfotos hatte ich nie gegrinst. Außerdem gab mir ihre Frage die Gelegenheit, nun meinerseits das Gespräch kunstgerecht abzuwürgen.

Ich schüttelte den Kopf. »Ausgeschlossen. Sie hätte ich bestimmt nicht vergessen. Ich verliere nur Gesichter aus dem Gedächtnis, die mir gleichgültig sind. Ich bin Ihnen wohl im Traum begegnet.«

Sie lachte laut auf. »Schön, jetzt sind wir quitt. Aber ich wollte doch, ich könnte mich erinnern. Vielleicht sind Sie mir mal im Theater oder in einem Restaurant aufgefallen. Falls das stimmt und mir das wieder einfällt, werde ich es Ihnen ganz gewiß nicht auf die Nase binden, damit Sie sich nicht zuviel einbilden. Hier bei uns werden Sie eine Menge Selbstbewußtsein nötig haben, vor allem, wenn Sie länger da sind. Er ist mein lieber Vater, aber es muß gräßlich sein, für ihn zu arbeiten. Ich sehe nicht ... hallo, Roger. Kennst du Alan Green schon? Dads neuen Sekretär?« Und zu mir sagte sie: »Das ist Roger Foote.«

Ich hatte mich umgewandt. Trellas Bruder ähnelte ihr sowenig wie Wyman Jarrell seinem Vater. Er war groß und breit und sehnig und hatte ein breites Gesicht. Wenn mir sein muskulöses Äußeres nicht von vornherein aufgefallen wäre, hätte er mir mit seiner riesigen Pranke vermutlich ein paar Knochen zerquetscht; da ich aber vorbereitet war, gab ich seinen Händedruck kräftig zurück, und das Treffen endete unentschieden.

»Gratuliere. Klar, daß das Füllen seinen Nacken vor Ihnen beugt. Wette zehn zu eins, daß sie Ihnen die Tragödie mit dem Eichkätzchen erzählt hat.«

»Roger«, erklärte Lois, »interessiert sich nur für Pferde. Er wäre beinahe zum Kentucky Derby gefahren. Er hat sogar mal ein Rennpferd besessen, aber das Tierchen war eine Niete. Kein Pimlico heute, Roger?«

»Nein, mein Engel. Ich hätte hingelangen können, aber ich wäre niemals wieder nach Hause zurückgekommen. Dein Vater hat der Western Union verboten, Telegramme von mir weiterzubefördern, in denen es sich um Geld handelt. Das gleiche gilt für Telefonanrufe, in denen es sich um dasselbe Thema dreht.« Er wandte sich ziemlich abrupt an mich. »Glauben Sie, daß Sie hier alt werden?«

»Das weiß ich nicht, Mr. Foote. Ich bin erst seit zwei Stunden hier. Ist das Klima so rauh?«

»Es ist mehr als rauh. Sie werden noch Ihr blaues Wunder erleben, auch wenn Sie kein Bettler sind wie ich. Mein Schwager ist aus Eisen. Eisern durch und durch wie diese scheußlichen Möbel in der Diele, und ich wünschte, man hätte ihn zu einem Tischbein verarbeitet. Da ist zum Beispiel das Derby. Für mich war ›Eiserne Hand‹ eine todsichere Sache, und ich hätte dem Gaul gern ein paar Piepen an den Schwanz gehängt, wenn ... ja, wenn ich nicht gerade total pleite gewesen wäre. Die Siegquote war hoch genug, und ich hätte mich mit dem Zaster eine Woche oder gar noch länger wieder mal selbst ernähren können. Sie verstehen, was ich damit sagen will? Man sollte doch eigentlich annehmen, daß ein Mann aus Eisen, wie mein Schwager, für eine Wette auf ›Eiserne Hand‹ Verständnis haben müßte. Aber weit gefehlt!«

Er hob seine Hand bis in Mundhöhe, besah sie sich etwas verwundert, und als er entdeckte, daß sie leer war, ließ er sie wieder sinken. »Ich muß meinen Drink drinnen stehengelassen haben. Sind Sie nicht durstig?«

»Und wie«, meldete sich Lois. »Sie auch, Mr. Green? Oder Alan. Mit dem Sekretär nehmen wir's nicht so genau.« Sie setzte sich in Bewegung. »Kommen Sie.«

Ich folgte ihnen in die Diele und hinüber zu einer fahrbaren Bar, wo Otis Jarrell in Gesellschaft von zwei mir noch unbekannten Gästen, einem Mann und einer Frau, einen Shaker mit Martinis schüttelte. Der Mann war ein drahtiges, kleines Individuum, schwarzäugig und schwarzhaarig und sehr adrett gekleidet. Die Frau war einen halben Kopf größer, hatte rotes Haar – ob von Natur oder nicht, konnte ich nicht ausmachen –, ein milchig-weißes Gesicht und ein ausgeprägtes Kinn. Jarrell stellte mich vor, aber ihre Namen erfuhr ich erst später: Mr. und Mrs. Herman Dietz.

Sie interessierten sich nicht für den neuen Sekretär; warum sollten sie auch. Roger Foote betätigte sich als Mixer und fabrizierte für Lois einen ›Bloody Mary‹, einen Scotch mit Wasser für mich und einen doppelten Bourbon ohne Beigabe für sich selbst.

Ich genehmigte mir einen kräftigen Schluck und blickte mich um. Wyman, der Sohn, und Nora Kent, die Stenotypistin, standen in der Nähe des Kamins, in dem kein Feuer brannte, und unterhielten sich, vermutlich über Geschäfte. Nicht weit davon strapazierte Trella die Sprungfedern eines mächtigen, weichen Sessels und sah zu einem Mann auf, der lässig auf einer der Armlehnen saß.

Lois' Stimme unterbrach mich beim Aufstellen der Anwesenheitsliste. »Sie kennen meine Stiefmutter schon, nicht wahr?«

Ich sagte: »Ja, aber nicht den Mann.«

Sie erwiderte: »Das ist Corey Brigham.« Sie wollte dem noch etwas hinzufügen, verschluckte es aber offensichtlich. Es wunderte mich, ihn hier anzutreffen, weil er auf meiner Namensliste als der Bursche verzeichnet stand, der Jarrell ein großes Geschäft weggeschnappt hatte. Aber die Gäste waren ja wohl von ihr und nicht von ihm eingeladen worden. Vielleicht hatte auch Jarrell die Einladung angeregt, weil er damit rechnete, mich mitzubringen, um mir diesen seltsamen Vogel gleich vorzuführen. Von weitem machte er auf mich keinen übermäßig tüchtigen Eindruck. Er beugte sich mit einem wohleinstudierten Lächeln über Trella und trug alle Merkmale eines ältlichen Gecken mit einer Million Dollar im Hintergrund. Ich nahm ihn unter die Lupe und registrierte ihn gerade unter ›unerledigte Fälle‹, als er plötzlich den Kopf hob und nach links blickte. Ich folgte seinem Beispiel, um festzustellen, was seine Aufmerksamkeit so unvermittelt fesselte.

Die ›Schlange‹ hatte den Raum betreten.

3

Für eine Schlange war sie mit recht wenig Grandezza auf der Bildfläche erschienen. Ich konnte natürlich nicht wissen, ob das einer wohlüberlegten Absicht entsprach oder ob sie eine angeborene Aversion gegen Menschenmassen im allgemeinen und Verwandtenansammlungen im besonderen hegte und sich deshalb klein und unsichtbar machte. Ich beschloß zunächst, die Situation unter Berücksichtigung von zwei Vorurteilen, die sich so ziemlich die Waage hielten, zu erfassen.

Wollten wir den Auftrag unseres Klienten zufriedenstellend ausführen und auch ein Honorar kassieren, dann mußte es schon dabei bleiben, daß sie zum Otterngezücht gehörte. Gegen die Schlangentheorie sprach lediglich, daß ich mich für unseren Klienten nicht zu begeistern vermochte und es mir auch nicht das Herz gebrochen hätte, wenn er sich mit seinen Verdächtigungen in die Nesseln setzte. Deshalb blickte ich heiteren Gemüts in die Zukunft und beobachtete, frei von Gewissenssorgen, wie sie auf den Kamin zuging, vor dem sich ihr Mann mit Nora Kent unterhielt. Sie war schlank und nicht sehr groß und hatte ein kleines, ovales Gesicht. Ihr Mann küßte sie auf die Wange und stürzte dann an die Bar, vermutlich, um ihr einen Drink zu besorgen.

Trella rief mich bei meinem neuen Vornamen Alan – hier schien man mit einem Sekretär wirklich nicht viel Federlesens zu machen –, und ich trabte hinüber und wurde Corey Brigham vorgestellt. Als sie auf die Sessellehne klopfte und mich zum Hinsetzen aufforderte, zierte ich mich nicht länger – letzten Endes war es hier weniger riskant als im Studio. Brigham erhob sich und verduftete.

Während ich ihr, als Gastgeberin und Frau meines Chefs, eines meiner Ohren lieh, waren meine Augen damit beschäftigt, die anderen Anwesenden zu beobachten. Als Wyman mit einem Glas in der Hand zu Susan zurückkehrte, befand sich Roger Foote bereits bei ihr. Auch Corey Brigham schlenderte zu ihr hinüber, und innerhalb von zwei Minuten folgte ihm Herman Dietz. Also umringten vier von den sechs anwesenden Männern Susan, ohne daß sie, soviel ich bemerkt hatte, auch nur einen Finger krumm gemacht oder gar ein einladendes Lächeln aufgesetzt hatte. Jarrell stand noch immer an der Bar mit Dietz' rothaariger Frau. Lois und Nora Kent hatten sich auf die Terrasse geflüchtet.

Offenbar hatte Trella mitbekommen, welche Richtung meine Blicke eingeschlagen hatten, denn sie sagte: »Um sie richtig beurteilen zu können, muß man näher an sie herangehen. So aus der Entfernung wirkt ihr Gesicht verschwommen.«

»Wen meinen Sie mit *sie?*«

Trella tätschelte meinen Arm. »Nun, schon gut. Es macht mir nichts aus. Ich bin daran gewöhnt. Susan. Meine Stiefschwiegertochter meine ich. Los, gehen Sie schon hin und betrachten Sie sie aus der Nähe.«

»Sie scheint im Moment genug Gesellschaft zu haben. Außerdem bin ich ihr noch nicht vorgestellt worden.«

»Tatsächlich? Das wollen wir gleich nachholen.« Sie wandte sich um und rief in singendem Tonfall: »Susan! Komm her!«

Ihrer Aufforderung wurde unverzüglich Folge geleistet. Die Männer traten beiseite, und Susan kam zu uns herüber. »Ja, Trella?«

»Ich möchte dich mit Mr. Green bekannt machen. Er hat Jims Posten übernommen. Er kennt uns bereits alle, nur dich noch nicht, und das schien mir nicht ganz fair.«

Ich ergriff die Hand, die mir entgegengestreckt wurde, und spürte ihre Festigkeit und Wärme, jedoch nur für den Bruchteil einer Sekunde; dann entglitt sie mir wieder. Ihr Gesicht hatte von fern etwas Verwischtes. Aber auch aus der Nähe fiel mir kein charakteristischer, individueller Zug in ihrem kleinen ovalen Gesicht auf.

»Willkommen in unserem Adlerhorst, Mr. Green«, sagte sie. Ihre Stimme klang leise und scheu oder spröde, vielleicht auch zurückhaltend; wie man ihre Stimme bewertete, hing natürlich davon ab, welchen Standpunkt man ihr gegenüber bezog. Da ich meine diesbezügliche Entscheidung bis auf später verschoben hatte, gab es jetzt keinen Standpunkt bei mir. Ich beabsichtigte, erst dann einen zu beziehen, wenn ich ihn gründlich untermauern konnte. Alles, was ich guten Gewissens im Moment registrieren konnte, war, daß sie weder wie eine Kobra zischte noch wie eine Klapperschlange klapperte. Was die Tatsache anbelangte, daß sie mich als einzige im Haus willkommen geheißen hatte, so war das gewiß recht freundlich und warmherzig von ihr, aber mich dünkte, sie hätte das der Gastgeberin überlassen können. Ich bedankte mich gebührend bei ihr. Sie sah Trella unsicher an, offenbar war sie sich nicht darüber im klaren, ob das alles war oder ob sie zu einem kleinen Schwatz bleiben müßte. Sie murmelte noch eine höfliche Entschuldigung und entfernte sich.

»Ich denke, es steckt in ihren Knochen«, sagte Trella. »Oder vielleicht auch in ihrem Blut. Jedenfalls ist es nichts, was man sehen oder hören kann. Muß eine Art Hypnose sein. Aber ich glaube, sie kann sie ein- und ausschalten. Haben Sie etwas davon gespürt?«

»Ich bin Sekretär, Mrs. Jarrell. Sekretäre spüren nie etwas.«

»Unsinn. Ihr Vorgänger, Jim Eber, spürte es genau. Sie haben sie natürlich eben erst kennengelernt ... aber vielleicht sind Sie immun.«

Trella sprach gerade über ein Buch, das sich mit Hypnose befaßte, als Steck, der Butler, auftauchte und ihr mitteilte, daß bereits zum Dinner angerichtet wäre.

Wir waren zu elft, fünf Frauen und sechs Männer, und ich wurde zwischen Lois und Roger Foote plaziert. Bei Tisch fiel mir einiges auf, das der Erwähnung wert ist. Die Stenotypistin aß nicht nur mit der Familie, sie saß sogar neben Jarrell. Die Haushälterin, Mrs. Latham, half beim Servieren. Ich hatte bisher geglaubt, daß diese Arbeit unter der Würde einer Haushälterin stünde. Roger Foote, der eine Menge getrunken hatte, verschlang das Essen wie ein Lastwagenfahrer. Die Unterhaltung flackerte sporadisch auf und beschränkte sich hauptsächlich auf halb geflüsterte Bemerkungen zwischen den Tischnachbarn. Eine Ausnahme machte Corey Brigham, als er sich mit erhöhter Lautstärke über das Staatsbudget äußerte. Die Hammelkeule war ein Meisterwerk, obzwar nicht ganz auf der Höhe von Fritzens Kochkunst. Der Salat war wäßrig. Ich bin kein Weinexperte, aber ich bezweifle, daß der Wein die Lobpreisungen verdiente, die Herman Dietz ihm zuteil werden ließ.

Als wir durch den Türbogen wieder hinausgingen, um in der Diele Kaffee zu trinken, fragte mich Trella, ob ich Bridge spielte, was Mr. Jarrell hörte.

»Nicht heute abend«, sagte er. »Ich brauche Mr. Green. Ich bin morgen nicht da. Du hast genug andere Spielpartner.«

»Nicht ohne Nora. Du weißt doch, daß Susan nicht spielt.«

»Ich brauche Nora nicht. Du kannst sie haben.«

Falls Susan mit von der Partie gewesen wäre und falls ich es hätte deichseln können, zu ihrem Tisch zu gehören, hätte es mir leid getan, eine so günstige Gelegenheit zu versäumen. Wenn man wenig über eine Frau weiß und sie dann einen Abend lang beim Bridge beobachtet hat, dürfte man einiges mehr über sie wissen. Während des Kaffeetrinkens wurden die Partner bestimmt, und Steck richtete die Spieltische her. Ich fragte mich, ob sich Susan in ihre eigenen vier Wände zurückziehen würde, aber offensichtlich war das nicht der Fall. Als Jarrell und ich die Gesellschaft verließen, befand sie sich draußen auf der Terrasse.

Wir gingen durch die Halle, in der ein Kirman lag, der flächenmäßig doppelt so groß war wie mein Zimmer zu Hause. Dann führte er mich den Korridor entlang und um ein paar Ecken bis zur Tür der Bibliothek. Er angelte ein Etui aus der Tasche, wählte einen Schlüssel, drehte ihn im Schloß und stieß die Tür auf. In demselben Moment sprang uns ein so greller Lichtstrahl entgegen, daß ich mit den Augen blinzelte. Möglicherweise bin ich auch zusammengefahren.

Jarrell lachte und verstaute die Schlüsseltasche in seinem Anzug.

»Das war meine Idee.« Er wies auf das Stück Wand über der Tür. »Sehen Sie die Uhr da oben? Jeder, der den Raum betritt, wird geknipst, und die Uhr hält die Zeit fest. Aber nicht nur das. Das Foto geht über ein Kabel direkt zur Horland Protective Agency, drei Häuserblocks von hier. Ein Mann dort hat uns eben beobachtet. An meinem Schreibtisch ist ein Schalter, und wenn wir hier drinnen sind, schalten wir die Apparatur ab – Nora und ich. Ich habe solche Geräte auch an den Wohnungstüren anbringen lassen. Übrigens werde ich Ihnen Schlüssel geben. Wegen der Schlüssel brauche ich mir auch keine Sorgen mehr zu machen. Jim Eber zum Beispiel hätte sich ja Duplikate anfertigen lassen können, aber das regt mich nicht auf. Was halten Sie davon?«

»Sehr saubere Arbeit. Kostspielig, aber ausgeklügelt. Ich sollte lieber gleich erwähnen, daß der Mann von Horland mich jetzt eben vielleicht erkannt hat. Ein Haufen von den Burschen kennt mich vom Sehen. Macht das was?«

»Kaum.« Er hatte die Deckenbeleuchtung eingeschaltet und war zu seinem Schreibtisch gegangen. »Ich werde dort anrufen. Verdammt, ich hätte zuerst hineingehen und den Apparat ausschalten sollen. Ich werde bei Horland nachher anrufen. Setzen Sie sich.«

Er lehnte sich zurück, ließ den Rauch seiner Zigarre genießerisch aus dem Mund kräuseln und fragte: »Was für einen Eindruck haben Sie bisher gewonnen?«

Ich legte mein Gesicht in weise Falten: »Keinen nennenswerten. Ich wechselte nur ein paar Worte mit ihr, und was Ihren Vorschlag betrifft, daß ich die anderen dazu veranlassen sollte, sich über sie zu äußern, so ergab sich noch keine Gelegenheit dazu, und solange sie Karten spielen, wird daraus nichts werden. Meiner Ansicht nach müßte ich versuchen, Corey Brigham ein bißchen auszuholen.«

Er nickte. »Sie sahen, was sich vor dem Dinner abspielte.«

»Sicher. Foote und Dietz, von Ihrem Sohn ganz zu schweigen. Ihre Frau glaubt, sie hypnotisiert sie.«

»Sie wissen nicht, was meine Frau glaubt. Sie wissen lediglich, was sie zu glauben vorgibt. Sie haben sich also mit meiner Frau über sie unterhalten?«

»Nicht ausführlich. Ich sehe noch nicht recht, wie ich mich mit irgend jemandem überhaupt ausführlich über sie unterhalten kann. Ich meine, ich sehe nicht klar, wie sich das inszenieren lassen wird. Als Ihr Sekretär sollte ich eigentlich den Tag über bei Ihnen und Miss Kent hocken. Und wo, wenn sie den Abend mit Bridge totschlagen?«

»Ich weiß.« Er klopfte die Asche ab. »Morgen brauchen Sie nicht hier zu sein. Ich fliege frühzeitig nach Toledo, und ich weiß noch nicht, wann ich wieder zurück sein werde. Mein Sekretär hat verdammt wenig zu tun, wenn ich nicht da bin. Nora weiß über alles Bescheid, und ich werde ihr sagen, sie soll Sie in Ruhe lassen bis nach meiner Rückkehr. Wie ich Ihnen schon heute nachmittag sagte, bin ich fest davon überzeugt, daß alle hier, jeder einzelne von der Bande, mehr von meiner Schwiegertochter weiß als ich. Sogar meine Tochter. Auch Nora.« Er blickte mich bedeutungsvoll an. »Hier müssen Sie einhaken. Ich habe Ihnen von meiner Frau erzählt. Sie wird Sie in Grund und Boden reden, und alles, was sie sagt, kann törichtes Geschwätz sein oder auch nicht. Tanzen Sie?«

»Ja.«

»Sind Sie ein guter Tänzer?«

»Ja.«

»Lois tanzt gern, aber sie ist anspruchsvoll. Gehen Sie morgen abend mit ihr aus. Hat Roger Sie schon angepumpt?«

»Nein. Ich war nicht mit ihm allein.«

»Das würde ihn auch nicht stören. Wenn er deswegen an Sie herantritt, leihen Sie ihm fünfzig oder auch hundert. Erwecken Sie bei ihm den Eindruck, daß Sie gut mit mir stehen – bringen Sie ihn auf den Gedanken, daß Sie etwas über mich wissen, daß Sie mich in der Hand haben. Kaufen Sie meiner Frau ein paar Blumen – nichts Überdimensionales – es genügt, wenn sie glaubt, daß Sie sie bezahlt haben. Sie hat's gern, wenn ihr Männer kleine Geschenke machen. Sie können sie auch zum Lunch einladen, zu Rusterman, und hohe Trinkgelder geben. Wenn ein Mann hohe Trinkgelder gibt, hält sie das für ein persönliches Kompliment.«

Ich verspürte das Verlangen, meinen Stuhl ein bißchen weiter wegzurücken, um weniger von seiner Zigarre abzukriegen, beherrschte mich aber. »Persönlich habe ich nichts gegen das Programm«, erklärte ich. »Mein Einspruch erfolgt rein beruflich. Das ist ein verflixt merkwürdiger Stundenplan für einen Sekretär. Sie sind schließlich kein Trottel.«

»Das spielt keine Rolle.« Er schnippte meinen Einwand mit der Zigarre hinweg. »Sollen sie doch alle ruhig denken, daß Sie mich erpressen ... sollen sie doch denken, was sie wollen. Die Hauptsache ist, daß das Haus und das Geld mir gehören und daß sie alles, was ich tue und anordne, ohne einen Muckser zur Kenntnis nehmen, ob sie es nun kapieren oder nicht. Die einzige Ausnahme ist meine Schwiegertochter, und deshalb sind Sie hier. Sie macht aus meinem Sohn einen Esel und nimmt ihn mir weg, und sie steckt ihre Nase in meine Geschäfte. Ich will Ihnen einen Vorschlag machen. An dem Tag, an dem sie von hier verschwunden ist und meinen Sohn zurückläßt, kriegen Sie zehntausend Dollar bar, zusätzlich zu dem Honorar, das Wolfe verlangt. An dem Tag, an dem die Scheidung ausgesprochen ist und mein Sohn immer noch hier ist, kriegen Sie fünfzigtausend. Sie persönlich. Und zwar zusätzlich zu allen Ausgaben, die Sie haben, und den Auslagen und dem Honorar für Wolfe.«

Offen gestanden fühlte ich mich geschmeichelt. Anscheinend war er nur deshalb bei Wolfe eingedrungen, um mich in seine Bibliothek zu verschleppen und mir sechzigtausend Eier plus Spesen anzubieten, damit ich seine Schwiegertochter einpökelte und expedierte. Vermutlich war sie gar keine Schlange. Andernfalls wären sein Haß auf sie und sein Verlangen, sie loszuwerden, völlig legitim gewesen und er hätte Wolfe den Auftrag und mich meinem Status als bescheidener Gehaltsempfänger überlassen können.

Wie gesagt, ich fühlte mich geschmeichelt. »Das ist immerhin ein Vorschlag, aber er hat einen Haken. Ich arbeite für Mr. Wolfe. Er bezahlt mich.«

»Sie würden auch weiterhin für ihn arbeiten. Ich möchte nur, daß Sie ausführen, womit ich ihn beauftrage. Er kriegt sein Honorar.«

Ich gab meinem Gesicht einen Ausdruck von Unbehagen. »Ich schätze, ich muß Mr. Wolfe von Ihrem Vorschlag Mitteilung machen. Ich glaube, das läßt sich nicht umgehen. Ich muß mich schließlich schützen.«

»Wogegen?« fragte er.

»Na . . . zum Beispiel könnten Sie ja im Schlaf davon sprechen.«

Er lachte. »Sie gefallen mir, Goodwin. Ich wußte, daß wir uns verstehen würden. Das alles geht lediglich Sie und mich an, und Sie brauchen nicht mehr Schutz als ich. Sie wissen, auf welcher Seite Ihr Brot gebuttert ist, und ich auch. Wie hoch soll der Vorschuß sein? Fünftausend? Zehn?«

»Nichts. Lassen Sie's gut sein. Wir werden ja sehen.« Ich legte mein Gesicht wieder in seine natürlichen Falten. »Ich nehme Ihren Vorschlag nicht an, Mr. Jarrell. Ich ziehe ihn nicht einmal in Erwägung. Sollte ich jedoch eines Tages anderen Sinnes sein, dann würde ich mich mit Ihnen an einem Ort verabreden, wo ich genau weiß, daß ich vor fremden Lauschern sicher bin. Schließlich könnte ja die Horland Protective Agency hier auch ein Mikrofon eingebaut haben.«

Er lachte wieder. »Sie sind verdammt gerissen.«

»Nicht gerissen, nur vorsichtig. Wünschen Sie, daß ich programmgemäß weitermache? So, wie Sie's vorgeschlagen haben?«

»Sicher wünsche ich das. Ich glaube, wir verstehen uns, Goodwin.« Er legte die rechte Hand zur Faust geballt auf den Schreibtisch. »Ich will Ihnen was sagen, das Sie wahrscheinlich sowieso schon wissen. Ich würde auf der Stelle eine Million Dollar bar auszahlen, um das Weibsbild endgültig loszuwerden, und würde das noch für ein gutes Geschäft halten. Das soll nicht heißen, daß ich mich an der Nase herumführen lasse. Ich zahle für das, was ich kriege, ich werfe kein Geld für nichts zum Fenster hinaus. Bei allen Verabredungen, die Sie treffen, möchte ich vorher wissen, mit wem und warum.«

»In Ordnung. Haben Sie noch weitere Vorschläge?«

Er hatte keine, wenigstens keine speziellen. Wenn mich nicht alles täuschte, hatte er mir durch die Blume zu verstehen gegeben, daß ihm jedes Mittel recht wäre, wenn er dadurch ans Ziel gelangte. Trotzdem hegte er noch immer die Hoffnung, oder tat zumindest so, als wenn ich bei den Leuten seiner Hausgemeinschaft irgend etwas Wissenswertes zutage fördern könnte. Er versuchte dann noch, mir einen Vorschuß aufzudrängen, aber ich verneinte mit dem Hinweis, daß ich ihn darum bitten würde, sobald ich ihn benötigte. Es wunderte mich, daß er meine Bemerkung, ich müßte Wolfe von seinem Vorschlag Mitteilung machen, völlig ignorierte; offenbar hielt er es für selbstverständlich, daß ich die Butter fürs Brot nicht zurückweisen würde, falls sie nur dick genug geschmiert war. Er war sicher, daß wir uns verstanden, aber ich nicht. Ich war mir über gar nichts mehr sicher. Bevor ich abzog, händigte er mir noch zwei Schlüssel aus, einen für die vordere Wohnungstür, den anderen für die Bibliothek. Er sagte dann, daß er noch jemanden anrufen müßte, und ich erklärte daraufhin, daß ich noch einen Spaziergang machen würde. Er antwortete darauf, daß ich das Telefon hier oder in meinem Zimmer benutzen könnte, aber ich erwiderte, daß es sich nicht darum handelte; ich wäre nur daran gewöhnt, meinen Beinen am Abend noch ein bißchen Bewegung zu verschaffen.

Ich trabte den Korridor hinunter bis zum Empfangsraum, fuhr im Lift abwärts, nickte dem Diensthabenden im Vestibül zu, marschierte in östlicher Richtung bis zur Madison Avenue, entdeckte eine Telefonzelle und wählte die Nummer von unserem Büro.

»Hier Büro von Nero Wolfe. Orville Cather am Apparat.«

Ich war erschüttert. Ich brauchte mehrere Sekunden, um mich von dem Schock zu erholen. Dann flötete ich durch die Nase: »Hier ist das städtische Leichenhaus. Uns wurde eine Leiche eingeliefert, ein junger Mann mit klassischen griechischen Gesichtszügen, der von der Brooklyn Bridge heruntergesprungen ist. Papiere in seiner Brieftasche weisen ihn als Archie Goodwin aus, und seine Adresse . . .«

»Schmeißen Sie ihn wieder in den Fluß«, sagte Orrie. »Was soll der uns noch nützen. War sowieso nie viel mit ihm los.«

»Gut«, erklärte ich, wieder in normalem Ton. »Jetzt weiß ich's wenigstens ganz genau. Könnte ich bitte mit Mr. Wolfe sprechen?«

»Will mal sehen. Er liest gerade ein Buch. Moment mal.«

Ich wartete und hörte kurz darauf einen wohlbekannten Grunzlaut. »Ja?«

»Ich mache zur Zeit einen Spaziergang und bin in einer Telefonzelle. Bericht: Das Bett ist gut und das Essen genießbar. Ich hab' die Familie kennengelernt, die nicht mein Fall ist, ausgenommen vielleicht die Tochter Lois. Sie erschoß als Kind ein Eichkätzchen und verfaßte in ihrem Schmerz ein Gedicht darüber. Ich bin froh, daß Sie Orrie für das Telefon und für sonstige Aufträge zur Verfügung haben, weil das die Angelegenheit eventuell vereinfacht. Sie können mein Gehalt mit dem heutigen Tag stoppen. Jarrell hat mir sechzigtausend plus Spesen geboten, mir persönlich, damit ich seiner Schwiegertochter kunstgerecht das Fell über die Ohren ziehe. Ich glaube, er stellt sich vor, daß ich ihm das Beweismaterial, wenn notwendig, auch auf eine krumme Tour verschaffe; ganz so deutlich hat er sich aber nicht ausgedrückt. Falls ich fünf Wochen dazu brauchen sollte, wären das fünftausend Eier pro Woche. Mein Gehalt wäre dagegen sowieso nur ein Trinkgeld, also vergessen Sie's. Ich kriege es bar und netto natürlich und werde dann wahrscheinlich Lois heiraten. Ach so: Sie kriegen übrigens Ihr Honorar auch.«

»Wieviel von alledem ist Flunkerei?«

»Die Tatsachen sind in Ordnung. Ich erstatte Bericht.«

»Dann ist er entweder ein Trottel oder ein Halbidiot oder beides.«

»Möglich, aber es muß nicht sein. Er erklärte mir, er würde eine Million Dollar blechen, um sie loszuwerden, und das noch für ein gutes Geschäft halten.«

»Er ist Ihr Klient.«

»Nein, Sir. Ich bin auf seinen Vorschlag nicht eingegangen und hab' auch den angebotenen Vorschuß zurückgewiesen. Ich wimmelte ihn ab, aber so vorsichtig, daß die ganze Sache in der Schwebe geblieben ist. Er denkt, ich wäre nur gerissen. Ich glaube, er erwartet von mir, daß ich den Zündstoff fabriziere, mit dem er seine Schwiegertochter in die Luft sprengen kann. Aber Irren ist ja menschlich ... Es ist jedoch auch möglich, daß sie es verdient. Die Männer zieht sie jedenfalls an wie Honig die Fliegen, nur kapiere ich nicht, wie sie das anstellt. Wenn sie eine sinnbetörende Schönheit wäre, die sämtliche Register zieht, würde mich das nicht überraschen. Aber sie ist weder schön noch sinnbetörend – und ich hab' gute Augen. Und wenn sie die Kerle nur deshalb umschwirren, weil sie eben da ist und ohne daß sie was dazu tut, dann wird die Sache kritisch. Vielleicht ist sie gar keine Schlange, sondern ein Engel, und Engel sind meist sogar gefährlicher als Schlangen. Ich kann dort natürlich weiter herumlungern und versuchen, sie einzuwickeln, oder Sie können die zehntausend zurückgeben und meinen Einsatz abblasen. Was ist Ihnen lieber?«

Er grunzte. »Mr. Jarrell hat mich für einen Esel gehalten.«

»Und mich für einen Gauner. Unser Stolz ist verletzt. Von Rechts wegen sollten wir uns auf die eine oder andere Weise bei ihm schadlos halten. Ich werde Sie anrufen, falls es etwas Neues geben sollte.«

»Schön.«

»Und erinnern Sie Orrie bitte daran, daß die unterste Schublade meines Schreibtisches privates Gebiet ist und sich nichts darin befindet, was er brauchen kann.«

Er antwortete, er würde es ausrichten, und brummte sogar ein ›Gute Nacht‹, bevor er auflegte.

Als ich in der Vorhalle im zehnten Stockwerk anlangte, probierte ich zum erstenmal meinen Schlüssel aus. Er funktionierte, aber die Begrüßung durch den grellen Lichtstrahl blieb aus, ein Beweis dafür, daß die Apparatur noch nicht für die Nacht eingeschaltet war. Ich überlegte, daß die Sicherungsvorrichtung doch nicht so einwandfrei funktionierte, wie Jarrell glaubte, wurde aber eines Besseren belehrt, als Steck plötzlich lautlos wie ein Geist um eine Ecke kam, um mich in Augenschein zu nehmen. Ich begriff, warum er so abgehetzt aussah. Er hatte seine Pflichten.

Ich ging auf ihn zu. »Mr. Jarrell gab mir einen Schlüssel.«

»Ja, Sir.«

»Ist er irgendwo in der Nähe?«

»Ich denke, in der Bibliothek, Sir.«

»Spielen die anderen noch immer Bridge?«

»Ja, Sir.«

»Falls Sie nichts anderes zu tun haben, sind Sie hiermit herzlichst auf mein Zimmer eingeladen zu einer Partie Rommé.«

Er zwinkerte mit einem Auge. »Danke, Sir, aber ich habe meine Pflichten.«

»Dann also ein andermal. Ist Mrs. Wyman Jarrell noch auf der Terrasse?«

»Ich glaube nicht, Sir. Ich vermute, daß sie im Studio ist.«

»Ist das auf dieser Etage?«

»Ja, Sir. Auf dem Hauptkorridor, rechter Hand. Wo Sie heute nachmittag mit Mrs. Jarrell waren.«

Woher, zum Teufel, konnte er das wissen? Und war es eigentlich eines Butlers würdig und angemessen, mir durch die Blume zu verstehen zu geben, daß er es wußte? Normalerweise nicht. Ich hatte den Verdacht, daß meine Einladung zum Rommé seiner beruflichen Etikette einen leichten Knacks versetzt und den eigentlichen Menschen dahinter zum Vorschein gebracht hatte. Ich schlenderte den Korridor hinunter und fand die richtige Tür auf Anhieb, beanspruche jedoch kein Lob für meinen Spürsinn, da sie halb offen stand und Stimmen dahinter erklangen. Ich trat ein und stand im Dunkeln. Nur vom Gang und vom Fernsehschirm fiel ein matter Lichtschein in den Raum. Ich sah mich um und entdeckte Susan in einem Sessel.

»Haben Sie etwas dagegen, wenn ich mich zu Ihnen setze?«

»Natürlich nicht«, entgegnete sie leise. Das war alles. Ich ließ mich zu ihrer Linken in einem Sessel nieder.

Als die Reklamesendung begann, tastete sie auf dem Sessel neben sich nach dem Schalter, und Ton und Bild verschwanden. Nun wurde es noch dunkler. Ihr bleiches, schimmerndes, verschwommenes Gesicht wandte sich mir zu. »Welche Sendung möchten Sie jetzt sehen?«

»Ich habe keine Fernsehlieblinge. Mr. Jarrell brauchte mich nicht mehr, und die anderen spielten Karten, und als ich den Apparat hörte, kam ich herein. Stellen Sie bitte ein, was immer Sie wünschen.«

»Ich habe nur die Zeit totgeschlagen. Die Sendungen um diese Zeit mag ich alle nicht besonders.«

»Dann lassen wir's doch sein. Haben Sie etwas dagegen, wenn ich das Licht einschalte?«

»Natürlich nicht.«

Ich betätigte den Lichtschalter und kehrte zu meinem Sessel zurück. Ihr kleines ovales Gesicht war jetzt mehr als ein unbestimmter Schimmer im Dunkeln. Mir schien, als versuchte sie, mir zu Ehren ein Lächeln aufzusetzen, aber der Versuch mißlang.

»Ich möchte nicht stören«, sagte ich. »Falls ich Ihnen . . .«

»Aber ganz und gar nicht.« Ihre leise, scheue oder spröde oder zurückhaltende Stimme erweckte in einem das undeutliche Gefühl, als sollte mehr davon dasein und als müßte es ein Ohrenschmaus sein, sie in voller Lautstärke zu hören. »Da Sie ja in unserer Hausgemeinschaft sein werden, wäre es gut, besser bekannt mit Ihnen zu werden. Ich habe mich vorhin gefragt, wer Sie eigentlich sind, und jetzt können Sie es mir selbst sagen.«

»Das bezweifle ich. Ich hab' mich das selber oft gefragt und bin bisher zu keinem Resultat gekommen.«

Jetzt lächelte sie wirklich. »Schön, der Anfang wäre gemacht. Sie sind also witzig veranlagt. Was noch? Gehen Sie in Konzerte, in die Oper?«

»Nein. Sollte ich das?«

»Ich gehe auch nicht so oft, wie ich eigentlich gern möchte. Mir fiel auf, daß Sie beim Dinner keinen Salat aßen. Mögen Sie Salat nicht?«

»Doch.«

»Ach!« Ihre Augen funkelten einen Moment. »Ehrlich sind Sie also auch. Sie mochten *diesen* Salat nicht. Ich hätte mit meiner Schwiegermutter gern darüber gesprochen, aber ich wagte es nicht. Ich glaube, ich weiß jetzt schon eine ganze Menge über Sie. Sie sind witzig, schlagfertig und ehrlich. Woran denken Sie, wenn Sie allein sind?«

»Mal sehen. Meine Antwort muß also witzig, schlagfertig und ehrlich sein: Ich denke über die beste und schnellste Methode nach, das zu tun, was ich tun würde, falls ich etwas täte.«

Sie nickte. »Eine dumme Frage verdient eine dumme Antwort. Ich nehme an, sie war auch schlagfertig, und damit wäre das in Ordnung. Ich möchte auch gern witzig sein . . . wissen Sie, in der Gesellschaft etwas glänzen. Glauben Sie, daß Sie mir das beibringen könnten?«

»Moment mal«, protestierte ich. »Wie soll ich das beantworten? Ihre Frage stützt sich auf drei Voraussetzungen – und zwar, daß ich witzig bin, daß Sie es nicht sind und daß Sie etwas von mir lernen können. Das ist mehr, als ich verkraften kann. Fragen Sie mich bitte nach etwas mit nur einer Voraussetzung.«

»Entschuldigen Sie, das habe ich nicht bedacht. Aber ich glaube, Sie könnten mir beibringen . . . oh!« Sie blickte auf ihre Armbanduhr. »Das habe ich ganz vergessen!« Sie erhob sich, genauer gesagt, sie schwebte wie eine Feder in die Höhe und blickte auf mich herunter. »Ich muß jemanden anrufen. Es tut mir leid, wenn ich Sie gekränkt haben sollte, Mr. Green. Das nächstemal stellen Sie die Fragen.« Sie glitt zur Tür und war verschwunden.

Ich bin ein ehrlicher Mensch – Sie haben es ja eben selbst gehört – und gebe mir Mühe, die Wahrheit, die ganze Wahrheit, nichts als die reine Wahrheit zu berichten. Ich betone das an dieser Stelle, weil das Folgende mir selbst auch jetzt noch völlig unglaubhaft erscheint. Susan verschwand also, und ich war mir nicht bewußt, daß ich mich automatisch in Bewegung gesetzt hatte, bis ich mich plötzlich auf halbem Weg zur Tür ertappte, bevor mein Grips wieder zum Leben erwachte. Dann bremste ich und dachte: Verdammt noch mal, aber es sieht ja fast so aus, als zerre sie mich am Bändel hinter sich her. Ich sah mich nach dem Sessel um, in dem ich eben noch gehockt hatte, und schätzte die Entfernung ab. Ich hatte gute zehn Meter zurückgelegt, ohne es zu merken.

Ich baute mich in der Tür auf und ging mit kühler Vernunft an das Problem heran. Eines stand von vornherein fest: Sie war eine kleine Angeberin, so eine Art weiblicher Gernegroß. Gut. Sie hatte mir keinen Zaubertrank verabreicht. Sie hatte mich auch nicht mit einer magischen Nadel durchbohrt oder geheimnisvolle Formeln über mir gemurmelt. Sie hatte mich überhaupt nicht berührt. Auch gut. Andererseits hatte ich mich in diesem Zimmer eingefunden, um sie einzuwickeln und etwas auszuhorchen. Und was war das Ende vom Lied? Sie hatte *mich* ausgeholt und schließlich wie einen Schoßhund hinter sich hergezogen, ohne daß ich kapierte, weshalb und wie.

4

Bis Mittwoch abend, ganze achtundvierzig Stunden später, hatte sich verschiedenes ereignet. Falls ich jedoch irgendwelche Fortschritte gemacht haben sollte, so war ich mir nicht darüber im klaren.

Am Dienstag lud ich Trella zum Lunch bei Rusterman ein. Das war etwas riskant, denn man kannte mich dort recht gut. Aber ich gab Felix, dem Kellner, vorher telefonisch einen Wink, daß ich inkognito an einem Fall arbeitete und deshalb bei dieser besonderen Gelegenheit auf die Privilegien eines gern gesehenen und beliebten Gastes verzichten müßte. Als wir jedoch dort eintrafen, bedauerte ich trotzdem, nicht ein anderes Restaurant gewählt zu haben. Offenbar gehörte auch Mrs. Jarrell zu den wertgeschätzten Stammkunden. Die Neugier des Bedienungspersonals nahm, als ich inkognito in ihrer Begleitung auftauchte, ungeahnte Ausmaße an. Immerhin wurden sie mit der Situation ganz gut fertig, bis auf den Moment des Zahlens, als Bruno, der Oberkellner, mir die Rechnung brachte und einen Bleistift danebenlegte. Ein Ober liefert nur dann einen Bleistift mit, wenn er weiß, daß die Rechnung gegengezeichnet wird und der Kredit des Gastes in Ordnung ist. Ich stellte mich dumm, um Trella nicht mißtrauisch zu machen, und als Bruno mir das Wechselgeld zurückbrachte, winkte ich mit großer Gebärde ab in der stillen Hoffnung, daß er das nicht für eine bleibende Angewohnheit halten würde.

Trella hatte etwas erwähnt, das mir recht vielversprechend schien. Um unsere Unterhaltung unauffällig auf Thema Nummer eins zu bringen, hatte ich erklärt, ich müßte mich wohl für meine Indiskretion vom Vortage entschuldigen. Die Bemerkung, daß Jarrell für seine Schwiegertochter offenbar nicht viel übrig hätte, sei mir aus Versehen herausgerutscht. Sie antwortete, wenn ich eine Entschuldigung für notwendig hielte, ginge das in Ordnung, aber es handelte sich nicht um eine Indiskretion, sondern um einen Irrtum meinerseits. Ihr Mann hätte nämlich nicht zuwenig für Susan übrig, sondern zuviel. Ich sagte, also gut, dann würde ich von zuwenig auf zuviel umschalten und mich dafür entschuldigen. Aber wieso eigentlich zuviel?

»Was glauben Sie denn?« Ihre blauen Augen weiteten sich. »Er hat eben zuviel für sie übrig, und sie hat ihn abgewimmelt; das ist doch nicht schwer zu begreifen. Um Himmels willen, hören Sie bloß auf, das Unschuldslamm zu spielen! Ihr erster Tag als Sekretär, und Sie sitzen den ganzen Morgen über mit Lois auf der Terrasse und führen mich zum Lunch zu Rusterman! *Sekretär!*«

»Aber der Chef ist doch nicht da. Ich sollte mich etwas eingewöhnen.«

»Nora berichtet ihm alles, was vorgefallen ist, sobald er zurückkommt, das werden Sie sich gewiß vorstellen können. Ich bin keine Närrin, Alan, ich bin's wirklich nicht. Ich könnte vermutlich ziemlich schlau sein, wenn ich nicht so verdammt träge wäre. Sie wissen wahrscheinlich mehr über meinen Mann als ich. Ihre Unschuldskomödie ist zwecklos.«

»Ich muß unschuldig aussehen, denn ich bin sein Sekretär. Steck tut's auch, und er ist nur der Butler. Und was ich auch wissen mag, so hatte ich jedenfalls keine Ahnung davon, daß Susan ihm eine gelangt hat. Waren Sie dabei?«

»Niemand war dabei. Ich meinte damit auch nicht, daß sie ihm eine Ohrfeige versetzt hat, so etwas würde sie niemals tun. Ich glaube, sie hat ihn nur zurechtweisend angesehen. Ich weiß nicht, wie sie das anstellt, aber sie kann Männer mit einem Blick anziehen und auch zurückstoßen. Ich hätte allerdings niemals angenommen, daß es je einer Frau gelingen würde, ausgerechnet *ihn* mit einem Blick zu verscheuchen. Aber das geschah, bevor ich sie kennenlernte, bevor sie zu uns zog. Hat sie Ihnen schon ein Zeichen gegeben?«

»Nein.« Ich wußte selbst nicht genau, ob das stimmte oder nicht. »Ich bin nicht ganz sicher, ob ich Sie richtig verstanden habe. Falls ja, dann bin ich unschuldig genug, um schockiert zu sein. Schließlich ist Susan ja die Frau seines Sohnes.«

»Schön. Und was weiter?«

»Es scheint mir ein bißchen unglaubwürdig. Schließlich ist er ja kein Affe.«

Sie streckte den Arm aus und tätschelte meine Hand. »Ich muß Sie falsch eingeschätzt haben. Bleiben Sie ruhig so unschuldig, wie Sie wollen. Bestimmt ist er ein Affe. Jedermann weiß das. Übrigens, da ich sowieso in der Nähe bin, könnte ich eigentlich gleich ein paar Einkäufe machen. Haben Sie Lust, mich zu begleiten?«

Ich lehnte höflich und mit Dank ab.

Auf meinem Weg durch die Stadt – ich lief die dreißig Blocks, um meinen Beinen ein bißchen Bewegung zu verschaffen – überlegte ich, ob ich Wolfe anrufen sollte oder nicht. Falls ja, dann mußte ich ihm mitteilen, was ich eben erfahren hatte, daß Jarrell seiner Schwiegertochter unerwünschte Anträge gemacht hatte und abgewiesen worden war und daß sich hinter seiner Schlangentheorie möglicherweise nur ein akuter Anfall gekränkter Eitelkeit verbarg, von dem ihn der Onkel Doktor Nero Wolfe befreien sollte. Daraufhin würde ich bestimmt die Anweisung erhalten, zu packen und sofort heimzukommen; ich wollte aber ganz gern noch eine Weile dort herumlungern und mich wenigstens noch einmal Susans geheimnisvoller Ausstrahlung aussetzen, um zu beobachten, wie sie auf meinen Puls und meine Atmung wirkte, falls ich Wolfe anrief und ihm die neuesten Entwicklungen vorenthielt, hatte ich ihm sowieso nichts Wichtiges zu melden. Deshalb sparte ich das Geld.

Steck empfing mich mit der Mitteilung, daß Mrs. Wyman Jarrell ausgegangen wäre, Miss Jarrell desgleichen, und daß Mr. Foote ihn gebeten hätte, ihn von meiner Rückkehr zu benachrichtigen. Ich erwiderte: »Gut, benachrichtigen Sie ihn.« Ich hielt es für angebracht, mich vor Einbruch der Dunkelheit noch einmal an meinem Schreibtisch sehen zu lassen. Also deponierte ich Hut und Mantel in der Garderobe um die Ecke und ging in die Bibliothek. Nora Kent stand an Jarrells Schreibtisch und sprach in das rote Telefon. Ich lief zu den Aktenschränken hinüber und zog aufs Geratewohl eine Schublade auf. Der erste Ordner, der mir in die Hände fiel, trug die Aufschrift ›Papierproduktion in Brasilien‹.

Ich blätterte in dem Aktenstück herum, als ich hinter meinem Rücken Noras Stimme hörte. »Wünschen Sie etwas, Mr. Green?«

Ich wandte mich um. »Nichts Besonderes. Es wäre nur ganz gut, zur Abwechslung auch mal was Nützliches zu tun. Falls der Sekretär über diesen Aktenkram Bescheid wissen müßte, könnte ich es schätzungsweise in zwei oder drei Jahren schaffen.«

»Oh, so lange brauchen Sie bestimmt nicht dazu. Wenn Mr. Jarrell zurück ist, wird er Sie einarbeiten.«

»Ich weiß Ihre Höflichkeit zu schätzen. Sie hätten mir auch sagen können, ich möchte meine Pfötchen davon lassen.« Ich legte den Ordner zurück und schob die Lade zu. »Kann ich Ihnen bei irgend etwas behilflich sein? Zum Beispiel den Papierkorb ausleeren oder einen Bleistift spitzen?«

»Nein, danke. Es wäre ein wenig anmaßend von mir, Ihnen zu sagen, daß Sie die Finger davon lassen möchten, da Mr. Jarrell Ihnen persönlich einen Schlüssel gegeben hat.«

»Da haben Sie wieder recht. Haben Sie von ihm gehört?«

»Ja, er rief vor ungefähr einer Stunde an. Er kommt morgen zurück, wahrscheinlich kurz nach zwölf.«

Irgend etwas an ihrem Ton und ihrem Benehmen stimmte nicht. Unsere Unterhaltung war einem Sekretär und einer Stenotypistin durchaus angemessen, obwohl ich natürlich längst kapiert hatte, daß die Bezeichnung ›Stenotypistin‹ für sie in keiner Weise zutraf. Ich konnte nicht sagen, was mich an ihrem Verhalten frappierte, weil ich es selbst nicht wußte. Ich spürte nur zu genau eine Art Spannung, die von ihr ausging und deren Ursprung mir rätselhaft erschien. Ich überlegte gerade, ob vielleicht eine Fortsetzung unseres Gesprächs mir einen Hinweis verschaffen würde, als eines der Telefone zu surren begann.

Sie hob den Hörer des schwarzen Apparates ab, meldete sich, horchte einen Moment und wandte sich dann zu mir um. »Für Sie. Mr. Foote ist am Apparat.«

Ich lief hinüber. »Hallo, Roger?« Ich nenne Bettler grundsätzlich beim Vornamen. »Hier Alan.«

»Sie sind ein komisches Gewächs von Sekretär. Wo haben Sie eigentlich den ganzen Tag über gesteckt?«

»Überall und nirgends. Jetzt bin ich hier.«

»Das habe ich gehört. Wenn ich recht unterrichtet bin, sind Sie ein Romméspieler. Haben Sie Lust, eine Runde zu gewinnen? Der alte Eisenfresser ist ja nicht hier, und man braucht Sie nicht anderweitig.«

»Sicher, warum nicht. Und wo?«

»In meinem Zimmer. Kommen Sie 'rauf. Wenden Sie sich von Ihrem Zimmer nach rechts, dann der erste Gang links. Ich erwarte Sie an der Tür.«

»In Ordnung.« Ich legte auf, sagte Nora noch, daß ich ihr gern einen Gang abnehmen würde, falls sie einen für mich hätte. Sie sagte mir, daß es nichts zu besorgen gäbe, und so verduftete ich. Sieh einmal einer an, dachte ich im stillen. Es war ziemlich unwahrscheinlich, daß Steck die Information, daß ich ihn zu einem freundschaftlichen Spielchen eingeladen hatte, freiwillig herausgerückt hatte.

Footes Zimmer war etwas größer als das meine, hatte drei Fenster und war das typische Abbild seiner selbst. Die Sitzmöbel waren aus grünem Leder, und Form sowie Fassungsvermögen des einen Sessels am Fenster hätten sogar Wolfes Billigung gefunden. Die Wände waren buchstäblich mit Fotos von Pferden bepflastert, einige schwarz-weiß, andere in Buntdruck, und das Prunkstück war ein riesiges Foto von ›Native Dancer‹.

»Nicht eines der Tierchen«, sagte Roger, »das nicht mein Geld davongetragen hätte. Prächtige Muskelpakete. Wundervoll! Wenn ich am Morgen meine Augen aufschlage, sehe ich meine Lieblinge gleich vor mir. Da lohnt sich das Erwachen. Mehr kann man vom Leben nicht erwarten, als daß sich das Erwachen lohnt. Stimmt's?«

Ich gab ihm recht.

Ich hatte natürlich angenommen, daß sich der Einsatz um einen Vierteldollar pro Point herum bewegen würde, wenn nicht gar um mehr, und daß ich blechen müßte, falls er gewann, und er mir schuldig bleiben würde, falls ich gewann. Aber nein, er begnügte sich ganz bescheiden mit dem Satz von einem Cent. Entweder beschränkte sich seine Spielleidenschaft nur auf die wundervollen Muskeln der Gäule, oder er wollte mich in Sicherheit wiegen; vielleicht hatte er lediglich die Absicht, den Boden für künftige Pumpereien vorzubereiten. Er war ein ausgezeichneter Spieler. Er konnte über Gott und die Welt schwatzen, und tat das auch ohne

Unterlaß, und hatte trotzdem ein Bombengedächtnis für jede Karte, die im Spiel war. Ich gewann 92 Cent, aber nur deshalb, weil ich bessere Karten bekommen hatte.

Ich machte mir eine seiner Bemerkungen zunutze. »Das erinnert mich an eine Äußerung, die ich heute zufällig aufschnappte«, sagte ich. »Was halten Sie von einem Mann, der der Frau seines Sohnes unerwünschte Anträge macht?«

Er teilte gerade aus. Seine Hand hing einen Moment lang unbeweglich in der Luft und schnippte mir dann eine Karte zu. »Von wem kam die Äußerung?«

»Lassen wir das! Ich habe nicht etwa den Horcher an der Wand gemimt, ich hörte es rein zufällig.«

»Wurden Namen erwähnt?«

»Sicher.«

Er nahm sein Blatt auf. »Sie heißen Alfred, wie?«

»Alan.«

»Ich habe für Menschen kein Namensgedächtnis. Bei Pferden vergesse ich sie nie. Ich will Ihnen etwas sagen, Alan. Wenn Sie wissen wollen, was ich von meinem Schwager in bezug auf Geld und den Bruder seiner Frau halte, können Sie mir soviel Fragen stellen, wie Sie wollen. Jederzeit. Für alles, was über dieses Thema hinausgeht, bin ich keine Autorität. Falls irgend jemand der Ansicht ist, man müßte ihn niederschießen, bitte, nur zu. Ich werde ihn nicht daran hindern. Ich nicht. Sie sind dran.«

Damit erfuhr ich nichts Neues. Um sechs Uhr bedeutete ich ihm, daß ich mich noch waschen und umkleiden müßte, weil ich mit Lois verabredet wäre. Er zählte meinen Gewinn schnell und sachverständig zusammen und schob mir den Zettel zur Überprüfung vor die Nase. »Im Augenblick habe ich keine zweiundneunzig Cent«, erklärte er. »Aber Sie können zweiundneunzig Dollar daraus machen, mehr sogar. ›Peach Fuzz‹ läuft am Donnerstag im fünften Rennen und steht acht zu eins im Kurs. Mit sechzig Dollar könnte ich vierzig auf ihn setzen. Macht dreihundertzwanzig, und die Hälfte davon für Sie. Plus Zweiundneunzig Cent!«

Ich sagte, das klänge verheißungsvoll, und ich würde ihm morgen Bescheid geben. Ich hätte ihm die sechzig Dollar freilich sofort pumpen können, da Jarrell von fünfzig bis hundert gesprochen hatte. Aber wenn ihm das Geld schon heute in der Tasche klimperte, war er für mich vermutlich am nächsten Tag nicht mehr greifbar. Seine Anwesenheit konnte mir jedoch von Nutzen sein. Er benahm sich wie ein Gentleman und drängte nicht.

Als ich an demselben Morgen auf der Terrasse Lois zum Dinner und zum Tanzen eingeladen hatte, erwähnte ich den Flamingo Club. Aber der Lunch mit Trella bei Rusterman ließ es mir ratsam erscheinen, nicht wieder ein Lokal zu wählen, in dem ich so bekannt war. Deshalb schlug ich ihr das ›Colonna‹ in Greenwich Village vor, das eine gute Kapelle hatte und wo ich nicht jeden Augenblick gewärtig sein mußte, irgendwelchen Freunden in die Arme zu laufen. Nach kurzer Überlegung erklärte sie sich einverstanden. Es würde ihr Spaß machen, mal etwas Neues auszuprobieren.

Jarrell hatte gesagt, sie stelle hohe Ansprüche an ihren Tanzpartner, aber das war auch ihr gutes Recht. Sie war Rhythmus vom Scheitel bis zur Sohle, nicht bloß von den Hüften abwärts, und ließ sich wundervoll führen. Um sie nicht zu enttäuschen, mußte ich alle störenden Nebengedanken ausschalten und mich ganz auf unsere Kurverei auf dem Parkett konzentrieren. Das gelang mir auch ohne große Mühe, wirkte sich jedoch sehr hinderlich auf die tiefere Ursache meiner Einladung aus. Mitternacht und Champagner nahten, und ich war meinem Ziel nicht näher als zu Beginn des Abends. Während uns der Ober die Gläser vollschenkte, dachte ich: Zum Teufel mit Jarrell und seinem blöden Verdacht. Ein Detektiv hat schließlich die verdammte Pflicht und Schuldigkeit, sein Opfer erst einmal kirre zu machen, bevor er es einem Verhör unterzieht, und drei weitere Tanznummern waren zu diesem Zweck vom beruflichen Standpunkt aus absolut zu vertreten. Schließlich war sie es selbst, die das Thema aufs Tapet brachte. Als wir wieder zu unserem Tisch zurückgekehrt waren, hob sie ihr Glas mit dem kärglichen Rest und sagte: »Auf Leben und Tod.« Danach kippte sie ihn hinunter, setzte das Glas ab und fügte hinzu: »Weil der Tod niemals ruht.«

»Prost«, erwiderte ich und stellte mein leeres Glas neben das ihre. »Das klingt ja ganz gescheit, aber was sollte das bedeuten?«

»Das weiß ich selber nicht. Es ist eine Schande, denn ich habe es selbst geschrieben. Es ist aus meinem Gedicht, Sie wissen schon, das Requiem.«

»Interessiert sich Susan eigentlich für Poesie?«

»Das weiß ich wirklich nicht. Ich verstehe sie nicht. Ich denke aber, sie interessiert sich nur für sich selbst. Natürlich ist sie meine Schwägerin, und ihr Schlafzimmer ist größer als meines, und außerdem liebe ich meinen Bruder sehr, wenn ich mich nicht gerade mit ihm zanke, und deshalb hasse ich sie wahrscheinlich. Das wird alles ans Tageslicht kommen, wenn ich mich mal analysieren lasse.«

Ich nickte zustimmend. »So etwas hilft immer. Ich sah gestern abend, wie sich alle anwesenden Männer um Susan versammelten außer Ihrem Vater. Offenbar nahm er von ihr nicht einmal Notiz.«

»O doch, er sah sie schon. Wenn er eine Frau nicht sieht, dann nur, weil sie nicht da ist. Wissen Sie, was ein Satyr ist?«

»So ziemlich.«

»Sie können es im Lexikon nachschlagen. Daher stammt meine Weisheit nämlich auch. Ich glaube nicht, daß mein Vater ein Satyr ist, weil er mindestens die Hälfte seiner Zeit damit zubringt, noch mehr Geld zu verdienen. Ich glaube, er ist bloß ein Kater. Wie heißt das, was sie jetzt spielen?«

Ich stand auf und ging um den Tisch herum.

Um dem Mittwoch gegenüber fair zu sein, will ich gern zugeben, daß er alles in allem ertragreicher war als der Dienstag; er verschaffte mir eine neue Bekanntschaft, und zwar am Vormittag, kurz vor zwölf. Da ich erst gegen zwei Uhr nachts ins Bett gekommen war und acht Stunden Schlaf das Minimum sind, um meine geistigen und körperlichen Kräfte aufzupolieren, schwante mir am Morgen, als ich die Treppe hinablief, daß sich das Frühstück zu einem Problem auswachsen könnte. Meinen geheimen Befürchtungen zum Trotz spähte ich in das Eßzimmer, und siehe da, eine halbe Minute danach tauchte der getreue Steck mit einem Glas Orangensaft auf. Ich erklärte ihm, das und Kaffee würden mich bis zum Lunch am Leben erhalten. »Aber nein, Sir«, sagte er.

In weiteren zehn Minuten hatte er Toast und Speck und drei Rühreier und zwei Sorten Marmelade und eine Kanne Kaffee herbeigeholt. Nachdem ich meinen inneren Menschen regeneriert und in Gesellschaft der *Times* eine unterhaltsame halbe Stunde verbracht hatte, begab ich mich in die Bibliothek, um meinen Charme auf Nora Kent wirken zu lassen. Aber das gestaltete sich zu einer einzigen großen Pleite. Meine Versuche, ein Gespräch mit ihr anzuknüpfen, stießen auf keine Gegenliebe. Entweder hatte sie zuviel zu tun, oder sie machte sich zuviel zu tun, jedenfalls gab ich nach einigen Fehlstarts meine Bemühungen auf und verdrückte mich still und leise. Sie sagte nur, daß Jarrells Maschine fünfzehn Uhr fünf landen würde.

Ich schlenderte auf dem Korridor nach vorn, entdeckte, daß es auf meiner Armbanduhr gerade vier Minuten vor zwölf war, und fand, daß ich im Studio die Zwölf-Uhr-Nachrichten hören könnte. Die Tür war geschlossen. Ich öffnete sie und trat ein, blieb aber nach zwei Schritten unschlüssig stehen. Ich war nicht allein im Zimmer, wie ich erwartet hatte. Susan saß in einem Sessel, und ihr gegenüber stand ein Fremder in dunklem Anzug, sein Profil zeichnete sich durch ein energisches Kinn aus. Offenbar war er stark in Anspruch genommen, denn er fuhr erst zu mir herum, nachdem ich die zwei erwähnten Schritte gemacht hatte.

»Verzeihung«, sagte ich. »Ich wollte nicht stören.« Ich trat den Rückzug an, aber Susan hielt mich auf.

»Gehen Sie nicht, Mr. Green. Das ist Jim Eber. Jim, das ist Alan Green. Sie wissen, er . . . ich erzählte Ihnen von Mr. Green.«

Mein Vorgänger im Amt war immer noch ziemlich geistesabwesend, aber nicht so sehr, daß er nicht eine Hand zu heben vermochte. Als er sprach, klang es nicht so, als hätte er ein echtes Verlangen danach. »Ich kam vorbei, um mit Mr. Jarrell zu reden, aber er ist, wie ich hörte, verreist. Es ist nichts Wichtiges, nur eine kleine Privatangelegenheit. Wie gefällt Ihnen Ihre Arbeit?«

»Sie könnte mir schon gefallen, wenn sie immer so wäre wie die ersten zwei Tage. Ich weiß nicht, wie sie sich anlassen wird, wenn Mr. Jarrell zurück ist. Das wird sich herausstellen. Vielleicht können Sie mir ein paar nützliche Tips geben.«

»Tips?«

Man hätte annehmen können, es handelte sich um ein Wort, das ich eben frei erfunden hatte, so wenig wußte er damit anzufangen. Offensichtlich war er mit seinen Gedanken nicht bei der Sache; was ihn so außerordentlich beschäftigte, ahnte ich nicht, aber ganz bestimmt nicht das Problem, seinen Posten wiederzuerlangen, sonst hätte er sich stärker für mich interessiert.

»Ein andermal«, beruhigte ich ihn. »Entschuldigen Sie die Störung.«

»Ich wollte sowieso gerade gehen«, antwortete er und schlängelte sich an mir vorbei und hinaus.

»Du liebe Güte«, sagte Susan.

Ich sah auf sie hinunter. »Kann ich Ihnen irgendwie von Nutzen sein?«

»Nein, danke.« Sie schüttelte den Kopf, und ihr kleines, ovales Gesicht blickte hoch. Dann stand sie auf. »Sind Sie mir böse, wenn ich gehe? . . . Ich möchte nur nicht unhöflich sein. Ich muß über etwas nachdenken.«

Ich murmelte eine artige Antwort, und sie verschwand. Jim Eber hatte die Tür hinter sich zugezogen, und ich machte sie für Susan auf. Ich hörte ihre Schritte auf dem Korridor und Sekunden später das Summen des Fahrstuhls. Nachdem ich mich davon überzeugt hatte, daß sie nicht hinter Eber hergejagt war, schaltete ich das Radio ein und erwischte gerade noch das Ende der Nachrichten.

Das also war die neue Bekanntschaft. Das einzige andere Ereignis, das der Mittwoch beisteuerte und das der Erwähnung wert ist, rollte sechs Stunden später ab. Es brachte mich auch nicht viel weiter, fügte jedoch der Gesamtsituation einen neuen Aspekt hinzu. Bevor ich näher darauf eingehe, möchte ich ein kurzes Gespräch mit Wyman wiedergeben. Ich saß gerade in der Diele, in eine Zeitschrift vertieft, als er auftauchte und auf die Terrasse hinaustrat. Dann kam er zurück und baute sich vor mir auf.

»Sie überarbeiten sich auch nicht gerade, wie?« fragte er.

Diese Frage ließ sich mit verschiedenen Klangnuancen untermalen; die Skala reichte von einem zynischen Grinsen bis zu einem brüderlichen Lächeln. Sein Ton lag so ziemlich in der Mitte zwischen beiden Extremen. Ich hätte antworten können: ›Sie doch auch nicht, oder?‹, unterdrückte diesen Impuls aber. Er war zu mager und durch seine enganliegenden, kleinen Ohren und seine schmale, gerade Nase zu sehr im Nachteil, um eine lohnende Zielscheibe abzugeben. Und außerdem hielt er sich ja für eine prominente Person. Er hatte immerhin zwei Stücke am Broadway herausgebracht. Während das eine bereits nach zwei Tagen sang- und klanglos in der Versenkung verschwunden war, war das andere fast einen ganzen Monat lang auf dem Spielplan geblieben. Sein Vater hatte mir überdies anvertraut, daß er trotz des gefährlichen Einflusses der Schlange die Hoffnung noch nicht aufgegeben hätte, seinem Sohn die Technik des Geldverdienens beizubringen.

Deshalb antwortete ich entgegenkommend: »Nein.«

Die Falten auf seiner Stirn vertieften sich. »Sie sind auch nicht gerade redselig.«

»Da täuschen Sie sich. Wenn ich erst mal in Fahrt komme, kann ich stundenlang weiterreden. Aber sprechen wir von etwas anderem. Vor einer Stunde ging ich ins Studio, um die Nachrichten zu hören, und stieß dort auf einen Mann, der sich mit Ihrer Gattin unterhielt. Sie machte uns bekannt. Es war Jim Eber. Jetzt frage ich mich natürlich, ob er etwa seinen Posten zurückhaben will, und wenn ja, ob er Erfolg damit haben wird. Ich hab' einen guten Job schießen lassen, nur um hierherzukommen, und ich möchte nicht gern in der Luft schweben. Ich möchte Ihre Frau nicht danach fragen, aber ich wäre Ihnen dankbar, wenn Sie es für mich täten und mir Bescheid sagen würden.«

Seine Lippen preßten sich fest aufeinander. Er merkte es und versuchte, unbefangen zu erscheinen. »Wann war das? Vor einer Stunde?«

»Stimmt. Kurz vor zwölf.«

»Unterhielten sie sich über den . . . hm, über den Posten?«

»Ich weiß es nicht. Ich hatte keine Ahnung, daß sie im Studio waren, öffnete die Tür und ging hinein. Ich dachte mir, er könnte irgendeine Andeutung gemacht haben, daß er die Stellung wiederhaben will.«

»Schon möglich.«

»Würden Sie Ihre Gattin fragen?«

»Ja, ich werde mich erkundigen.«

»Das wäre sehr freundlich.«

»Ich werde sie fragen, verlassen Sie sich darauf.« Er wandte sich ab und drehte sich dann wieder zu mir um. »Es ist Zeit für den Lunch. Kommen Sie mit?«

Ich nickte zustimmend.

Wir saßen nur zu fünft bei Tisch – Trella, Susan, Wyman, Roger und ich. Von Lois fehlte jede Spur, und Nora erhielt ihren Lunch auf einem Tablett in der Bibliothek serviert. Als Roger mich danach in sein Zimmer einlud, fand ich, daß ich die zwei Stunden bis zu Jarrells Eintreffen ebensogut auf diese Art totschlagen könnte wie auf eine andere. Er gewann zwei Dollar 43 Cent, und ich zog seine 92 Cent Schulden gleich ab und legte einen Dollar und 51 Cent auf den Tisch. Um ihm die Mühe zu ersparen, das Thema mit dem Pferd noch einmal anzuschneiden, fing ich selbst damit an und erklärte ihm, die sechzig Dollar stünden ihm heute abend nach dem Dinner zur Verfügung.

Ich befand mich mit Nora in der Bibliothek, als Jarrell kurz nach vier Uhr eintraf. Er rauschte zur Tür herein, warf seine Reisetasche unter einen Tisch, rief Nora zu: »Verbinden Sie mich mit Clay« und sauste auf seinen Schreibtisch los. Allem Anschein nach war ich völlig Luft für ihn. Ich saß da und horchte auf seinen Beitrag bei drei Telefongesprächen, denen ich vermutlich mehr Aufmerksamkeit geschenkt hätte, falls mein Name wirklich Alan Green gelautet hätte und ich sein Sekretär gewesen wäre. Ich spitzte erst die Ohren, als Nora bei ihrem Rechenschaftsbericht über die Zeit seiner Abwesenheit Jim Ebers Besuch erwähnte.

Sein Kopf fuhr zu ihr herum. »Er hat sich nach mir erkundigt? Warum?«

»Das weiß ich nicht. Er holte einige Papiere ab, die er in seinem

Schreibtisch zurückgelassen hatte. Er sagte, er wäre nur deswegen hergekommen. Ich habe sie durchgesehen; es handelte sich aber nur um persönliche Dinge. Danach war er mit Susan im Studio. Ich weiß nicht, ob sie sich verabredet haben oder nicht. Mr. Green war bei ihnen, als er wegging.«

Offenbar wußte in diesem Haus jedermann alles über die anderen. Zwar war Ebers Besuch beim Lunch besprochen worden, aber Nora war nicht dabeigewesen.

Jarrell fauchte mich an: »Sie waren mit ihnen zusammen?«

Ich nickte. »Aber nur kurze Zeit. Ich wollte die Zwölf-Uhr-Nachrichten hören und öffnete die Tür zum Studio und ging hinein. Ihre Schwiegertochter machte mich mit ihm bekannt, und das war so ungefähr alles. Er sagte, er wollte sowieso gerade gehen, und verzog sich.«

Er klappte seinen Mund auf und dann wieder zu. Fragen, die er Archie Goodwin hätte stellen können, eigneten sich in Gegenwart der Stenotypistin nicht für Alan Green. Er wandte sich wieder Nora zu. »Was wollte er sonst noch? Außer den Papieren?«

»Nichts. Das war alles; er glaubte wohl, Sie wären da, verlangte Sie zu sprechen. Mehr sagte er nicht.«

Er fuhr sich mit der Zunge über die Lippen, warf mir einen Blick zu und sagte dann: »Gut, geben Sie mir die Post.«

Sie holte sie aus einer Schublade ihres Schreibtisches und händigte sie ihm aus. In jedem anderen Büro hätte die Post auf dem Schreibtisch liegen und dort auf den Chef warten müssen. Aber dann wäre sie ja den Augen des neuen Sekretärs ausgesetzt gewesen, und das hätte ihr womöglich schaden können. Nachdem ich noch eine Weile tatenlos herumgesessen hatte, erkundigte ich mich bei Jarrell, ob er mich benötigte. Ich wurde bis nach dem Dinner vertröstet, verließ das Büro und begab mich hinauf in mein Zimmer.

Auf die Minute genau kann ich den Zeitpunkt, an dem Jarrell die Tür aufriß und mich anschrie, nicht mehr bestimmen, aber es war so ungefähr Viertel vor sechs Uhr, als ich beschloß, mich zu duschen und zu rasieren, um beim täglichen Cocktailtreffen in der Diele einen guten Eindruck zu machen. Normalerweise benötige ich für diese Prozedur eine halbe Stunde, wenn ich nicht in Zeitnot bin, und ich zog mir gerade die Hose an, als meine Zimmertür gegen die Wand krachte und Jarrell brüllte: »Kommen Sie! Schnell!« Danach raste er den Gang hinunter. Auf diese unzeremonielle Aufforderung hin glaubte ich auf Socken und Schuhe verzichten zu können. Ich schob lediglich mein Hemd in die Hose. Ich hörte ihn die Treppe hinuntersausen, rannte hinter ihm her und bog gerade in dem Moment um die Ecke, als er keuchend vor der Tür zur Bibliothek angelangt war. Als ich ihn eingeholt hatte, drehte er am Türknopf, ließ die Hand sinken und starrte verblüfft vor sich hin.

»Sie ist verschlossen«, sagte er.

»Warum denn nicht?« fragte ich. »Was ist los?«

»Ein Mann von Horland hat eben angerufen. Er meldete, daß die Signallampe aufgeblitzt und der Bildschirm gezeigt habe, wie sich die Tür öffnete und eine Decke oder ein Teppich hereinkam. Sie schicken gleich jemanden herüber. Es ist jemand im Zimmer. Es muß jemand drin sein.«

»Dann öffnen Sie doch die Tür.«

»Horland sagte, wir sollten warten, bis der Mann hier ist.«

»Ach was! Dann mach' ich sie eben auf.« Da fiel mir ein, daß ich das gar nicht konnte, weil mein Schlüssel mit allen meinen anderen Besitztümern oben auf dem Toilettentisch in meinem Schlafzimmer lag. »Geben Sie mir Ihren Schlüssel.«

Er holte sein Etui heraus und reichte es mir. Ich sortierte den richtigen Schlüssel heraus und schob ihn in das Schloß. »Es ist immerhin möglich, daß es einen kleinen Zusammenstoß gibt. Treten Sie lieber beiseite.« Er gehorchte. Ich stellte mich hinter den Türpfosten, drehte Schlüssel und Türknopf herum, versetzte der Tür mit meinen nackten Zehen einen Tritt, und sie ging auf. Es passierte nichts. »Bleiben Sie hier«, befahl ich und schlüpfte hinein. Ich schlich von einer Ecke in die andere, spähte hinter Schreibtische, in Schränke, Regale und in das Bad. Nichts. Ich wollte ihn gerade hereinrufen, als ich auf dem Korridor das Stampfen eiliger Fußtritte hörte. Ich erreichte die Tür noch rechtzeitig, um das Eintreffen der Verstärkung mitzuerleben – es war ein ältlicher Athlet in grauer Uniform. Ich kannte ihn nicht. Er schnappte nach Luft und hatte ein Schießeisen in der Hand.

»Immer mit der Ruhe«, sagte ich gemütlich. »Falscher Alarm. Jedenfalls sieht's so aus. Was soll das Räubermärchen von dem Teppich oder der Decke eigentlich bedeuten?«

»Das war kein falscher Alarm«, erklärte Jarrell. »Ich habe selbst die Apparatur eingestellt, als ich 'rausging, und die Lampe blitzte nicht auf, als Sie die Tür öffneten. Irgend jemand hat sie von innen abgeschaltet. Was haben Sie auf dem Bildschirm gesehen?«

Der Mann von Horland antwortete nicht. Er stierte auf den Boden zu unseren Füßen. »Bei Gott, das ist er«, sagte er.

»Was, zum Teufel, soll das heißen?« bellte Jarrell.

»Der Teppich! Dieser Teppich kam herein. Das Signal blinkte auf, ich sah auf den Schirm, und herein kam dieser Teppich hier. Er hing senkrecht herunter, das war alles, was ich sehen konnte. Dann war er verschwunden, und in ungefähr zwei Sekunden war der Bildschirm wieder dunkel und tot. Sie verstehen, nicht wahr? Irgend jemand trat in den Raum, hielt den Teppich als Tarnung vor sich und schaltete die Apparatur aus. Und danach legte er den Teppich wieder dahin, wo er ihn hergenommen hatte. Deshalb weiß ich auch, daß die fragliche Person nicht mehr drin sein kann, sonst würde der Teppich nämlich nicht hier liegen.« Das war ein schweres Stück geistiger Arbeit für einen Athleten, und seine selbstgefällige Miene zeigte, daß er mit sich zufrieden war.

»Wieso sind Sie so sicher, daß es sich überhaupt um diesen Teppich handelt?«

»Na, das Muster. Die Vierecke und die Querstreifen, Ich hab' ihn doch genau gesehen.«

»Vielleicht gibt's zwei von derselben Sorte. Vielleicht ist der Jemand noch im Bad.«

»Oh.« Er spannte seine Muskeln. »Lassen Sie mich vorbei.«

»Schon gut, ich hab' bereits nachgesehen. Er ist verduftet. Lange ist er jedenfalls nicht geblieben.« Ich wandte mich an Jarrell. »Es wäre vielleicht ganz gut, wenn wir zunächst einmal feststellten, ob die Apparatur überhaupt noch funktioniert. Ich schlage vor, Sie gehen 'rein, schalten sie ein, und wir kommen nach.«

Er pflichtete mir bei. Ich zog die Tür hinter ihm zu und stieß sie, als er rief, wieder auf. Der Apparat war in Ordnung. Wir traten ein, ich schloß die Tür, und das Licht erlosch. Wir gingen hinüber zu seinem Schreibtisch.

»Als Sie auf dem Bildschirm den Teppich zur Tür hereinkommen sahen, riefen Sie da sofort an, oder wie lange dauerte es?« fragte ich den Mann von Horland.

»Ich rief sofort hier an, das heißt, eigentlich nicht ich, sondern mein Kollege. Ich sagte es ihm.«

»Wie lange dauerte es, bis der Anruf durchkam?«

»Er kam sofort durch. Ich setzte meine Mütze auf, zog meine Jacke an und griff nach meinem Schießeisen, und noch bevor ich wegging, sprach er schon mit Mr. Jarrell.«

»Sagen wir dreißig Sekunden. Oder eine Minute. Wir wollen nicht knauserig sein. Meinetwegen auch zwei Minuten. Sie befanden sich in Ihrem Zimmer, Mr. Jarrell?«

»Ja.«

»Wie lange waren Sie am Telefonapparat?«

»Nur so lange, wie er brauchte, um mir mitzuteilen, was passiert war. Höchstens eine Minute.«

»Und Sie sausten sofort los und blieben auf dem Weg nach unten nur an meiner Tür stehen?«

»Genauso war es.«

»Noch eine Minute. Das wären insgesamt vier Minuten, von dem Augenblick an, wo der Teppich hereinkam, bis zu dem Augenblick, wo wir beide vor der Tür der Bibliothek anlangten. Wahrscheinlich ist das sogar noch zu reichlich bemessen, und unser Jemand war trotzdem schon weg. Er kann nicht viel mehr Zeit gehabt haben, als nur noch den Schalter auszuknipsen.«

»Wir sollten herauszufinden suchen, wer es war, solange die Spur noch frisch ist«, meinte der Mann von Horland.

Er gab sich wahrhaftig alle Mühe. Es lag aber auf der Hand, daß es sich bei dem Täter nur um ein Mitglied der Hausgemeinschaft handelte und daß die Suche nach ihm eine rein interne Angelegenheit war. Jarrell versuchte erst gar nicht, dem Mann von Horland diese Seite des Problems klarzulegen. Er beauftragte ihn lediglich, einen Metallkasten aufzuschließen, der gegenüber dem Eingang in die Wand eingemauert war. In der Kastentür war ein rundes Loch für die Linse ausgespart, und im Inneren des Kastens befand sich die Kamera. Der Mann holte sie hervor, nahm den Film heraus, spannte einen neuen ein, stellte den Apparat wieder in den Kasten, schloß ihn ab und verabschiedete sich.

Jarrell blickte mich an. »Ein schlauer Trick! Typisch Susan. Wir erfahren vielleicht mehr, sobald der Film entwickelt ist. Natürlich kann sie sich so geschickt hinter dem Teppich versteckt haben, daß man überhaupt nichts sieht und wir genauso klug sind wie zuvor.«

»Ja«, sagte ich und nickte dabei. »Sie kann es gewesen sein. Einer von den übrigen kann es gewesen sein. Das Pronomen spielt in diesem Falle überhaupt keine Rolle. Wie ich schon erwähnte, hatte der Betreffende gerade Zeit genug, um den Schalter auszuknipsen. Trotzdem wäre es vielleicht angebracht, wenn Sie sich mal ein bißchen umschauen würden. Fehlt irgendwas?«

Er bewegte den Kopf von einer Seite zur anderen wie ein Huhn auf der Stange, erhob sich, lief zu den Safes, drehte an den Knöpfen herum, inspizierte die Aktenschränke, zerrte an den Griffen der zwei äußeren Schubladen, die ein Schloß hatten, warf einen Blick in die oberste Schublade von Nora Kents Schreibtisch und kehrte zu seinem eigenen Schreibtisch zurück. Er zog die oberste Schublade auf, sah hinein, und sein Gesicht erstarrte. Er durchwühlte den Inhalt in sämtlichen Richtungen und stieß sie dann heftig zu. Er sah mich an.

»Sagen Sie's mir nicht«, erklärte ich. »Lassen Sie mich raten.«

Er schnappte nach Luft. »Ich bewahre darin einen Revolver auf. Einen Bowdoin, Kaliber achtunddreißig. Er ist verschwunden. Er war heute nachmittag noch da.«

»Geladen?«

»Ja.«

»Wer immer ihn jetzt hat, wußte genau, daß Sie ein Schießeisen besaßen und wo Sie es aufbewahrten. Er – Verzeihung – sie eilte geradewegs auf den Schreibtisch zu, schaltete die Apparatur aus, holte den Revolver aus der Schublade und machte sich schleunigst aus dem Staube. Für mehr langte die Zeit sowieso nicht.«

»Ja.«

»Der Mann von Horland hat in einem Punkte recht. Wenn Sie herausfinden wollen, wer der Dieb ist, müssen Sie es tun, solange die Spur frisch ist. Weit kann er noch nicht sein. Das beste wäre, Sie trieben alle hierher und stauchten sie mächtig zusammen.«

»Wozu soll das gut sein?« Er ballte die Hände. »Ich weiß, wer es war. Und Sie wissen's auch.«

»Ich weiß gar nichts.« Ich schüttelte den Kopf. »Sehen Sie, Mr. Jarrell, es ist doch Ihre Privatangelegenheit, wenn Sie behaupten, daß sie Ihren Sohn und Sie selbst an der Nase herumführt, jedenfalls, solange Sie's nicht beweisen können. Sobald Sie aber behaupten, ich wüßte, daß sie hier hereinkam und ein Schießeisen klaute, obwohl ich's nicht weiß, ist das nicht mehr Ihre Privatangelegenheit. Haben Sie einen Waffenschein?«

»Selbstverständlich.«

»Das Gesetz schreibt vor, daß man den Diebstahl einer Waffe sofort melden muß. Man macht sich strafbar, wenn man das unterläßt. Wollen Sie die Sache melden?«

»Großer Gott, nein.« Er ließ die Hände sinken. »Hören Sie zu, ich mache Ihnen einen Vorschlag: Ich rufe sie und auch Wyman herein und halte sie unter einem Vorwand so lange auf, bis Sie das Zimmer von ihr durchsucht haben. Sie werden ja wissen, wie man einen Raum durchsucht.«

Ich überdachte die Situation blitzschnell. Zwei Möglichkeiten kamen in Frage. Entweder wußte er aus dem einen oder anderen Grunde mit hundertprozentiger Sicherheit, daß sie tatsächlich der Dieb war, oder er hatte den Revolver selbst entwendet und in ihrem Zimmer versteckt. »Nicht gut«, sagte ich. »Falls sie ihn wirklich an sich genommen hat, hat sie ihn bestimmt nicht in ihrem Zimmer versteckt. Das wäre so ungefähr das Dümmste, was sie hätte tun können. Ich würde ihn natürlich auftreiben, in zwei Tagen oder vielleicht auch schon eher, wenn ich mir Verstärkung herbeiholen würde. Aber wenn die Waffe später in einem Blumentopf auf der Terrasse auftaucht, was dann? Gewiß, Sie hätten Ihren Revolver wieder, falls es das ist, was Ihnen am Herzen liegt ...«

»Sie wissen verdammt genau, was mir am Herzen liegt!«

»Tja, aber darum handelt es sich jetzt nicht, jedenfalls nicht ausschließlich. Wenn sich jemand unter so viel Mühen und bei einem solchen Risiko eine Waffe beschafft, dann bestimmt nicht, um nur einen Vogel vom Baum herunterzuschießen. Vielleicht sind Sie es sogar, der die Zielscheibe abgeben soll, möglich wäre es. Und solange ich hier als Ihr Sekretär fungiere, würde mir dabei äußerst übel zumute. Ich rate Ihnen, rufen Sie alle herein und lassen Sie mich ein paar Fragen an sie richten. Oder noch besser, beordern Sie sie alle zusammen zu Mr. Wolfe und überlassen Sie es ihm, die Fragen zu stellen.«

»Nein!«

»Was wollen Sie dann?«

»Kann ich noch nicht sagen. Ich muß erst mal darüber nachdenken.« Er blickte auf sein Handgelenk. »Sie sind jetzt alle in der Diele.« Er stand auf. »Ich werde sehen.«

Ich erhob mich ebenfalls. »Ich möchte dort nicht mit bloßen Füßen aufkreuzen. Ich werde hinaufgehen und mich vollends anziehen.«

5

Als Nero Wolfe am Donnerstag nachmittag um sechs Uhr aus den Plantagenräumen herunterkam, saß ich hinter meinem Schreibtisch im Büro und wartete auf ihn. Er knurrte ein paar Worte des Willkommens, watschelte auf seinen Sessel zu, plazierte seine Körpermassen möglichst bequem, stützte die Ellenbogen auf die Armlehnen und funkelte mich mißvergnügt an. »Also?«

Ich hatte meinen Stuhl zu ihm herumgeschwungen. »Erstens mal«, begann ich, »erwarte ich von Ihnen nicht, daß Sie sich in dieser Sache selbst bemühen, falls Sie keine Lust dazu verspüren. Das habe ich Ihnen übrigens schon am Telefon angedeutet. Ich kann von mir aus den ganzen Sommer über dort herumlungern, und da Sie Orrie als Ersatzmann hier haben, werden Sie mich wohl kaum vermissen. Ich möchte nur nicht, daß man Ihnen ohne rechtzeitige Warnung von meiner Seite einen Klienten vor der Nase niederknallt. Wo ist übrigens Orrie?«

»Draußen. Wer will Mr. Jarrell niederknallen?«

»Das weiß ich nicht. Ich habe keine Ahnung, ob er überhaupt als Zielscheibe auserwählt ist. Möchten Sie einen ausführlichen Bericht?«

»Wenn's sein muß, schießen Sie los.«

Über das, was ich bis Mittwoch nachmittag, achtzehn Uhr fünfzehn, erlebt und aufgeschnappt hatte, machte ich ihm nur kurze, skizzenhafte Angaben. Von dem Zeitpunkt an, wo Jarrell die Tür zu meinem Zimmer aufgerissen und mir zugebrüllt hatte, mitzukommen, schilderte ich ihm jedoch alle wichtigen Einzelheiten. Und meine Unterhaltung mit Jarrell, nachdem der Mann von Horland abgezogen war, wiederholte ich Satz für Satz.

Wolfe schwieg. Dann endlich grunzte er und sprach: »Der Mann ist ein kompletter Esel. Er muß sich doch darüber klar sein, daß jeder einzelne dieser Bande von seinem Tode nur profitieren würde. Was den Leuten guttäte, oder wenigstens einem von ihnen, wäre ein Denkzettel. Er hätte sie alle zusammentrommeln und die Polizei benachrichtigen sollen, damit sie den Revolver wieder herbeischafft.«

»Tja, er ist davon überzeugt, daß seine Schwiegertochter das Schießeisen hat. Ob es ihm mit diesem Verdacht wirklich ernst ist, weiß ich leider nicht. Wie ich schon Montag am Telefon sagte, leidet er vielleicht an unerwiderter Liebe oder gekränkter Eitelkeit. Er kann den Dreh mit dem Teppich auch selbst aufgeführt und den Anruf von Horland unten in der Bibliothek entgegengenommen haben. Danach ist er die Treppe hinaufgerast, hat mich alarmiert und ist wieder hinuntergeflitzt. Den Revolver könnte er ja schon vorher an sich genommen haben. Ich würde diese Version jeder anderen vorziehen, weil ich dann die Gewähr hätte, daß keine umherirrenden Kugeln die Gegend unsicher machen können. Ich gebe aber zu, daß sie sich reichlich unwahrscheinlich ausnimmt. Der Mann ist schließlich kein vollendeter Idiot.«

»Was wurde in der Sache bis jetzt unternommen?«

»Nichts. Nach dem Dinner spielten wir Bridge, an zwei Tischen – Trella, Lois, Nora, Jarrell, Wyman, Roger Foote, Corey Brigham und ich. Nebenbei bemerkt – als ich vor dem Dinner hinunterkam, war Brigham bereits da, und von Steck, dem Butler, erfuhr ich, daß er schon kurz vor sechs aufgetaucht war. Also kommt auch er als Täter in Frage, vorausgesetzt, daß er einen Schlüssel zur Bibliothek hat. Ungefähr gegen Mitternacht machten wir Schluß und . . .«

»Sie haben die Schwiegertochter nicht erwähnt.«

»Hab' ich vergessen zu erwähnen, daß sie nicht Bridge spielt? Also, sie spielt nicht. Anschließend gingen wir schlafen. Heute morgen begegnete ich vieren von dieser Gilde beim Frühstück – Jarrell, Wyman, Lois und Nora – und danach noch Trella und Susan beim Lunch. Jarrell erklärte beim Frühstück, daß er den ganzen Nachmittag über außer Haus sein würde, geschäftliche Verabredungen oder ähnliches. Als ich mich um halb drei Uhr nach etwas Gesellschaft umsah, waren sie alle ausgeflogen. Roger war natürlich zum Pferderennen verduftet, mit den sechzig Dollar, um die er mich leichter gemacht hat – nebenbei bemerkt: Ich hab' diesen Point nicht abgebucht. Um drei machte ich einen kleinen Spaziergang und rief Sie von unterwegs an, und bei meiner Rückkehr stellte ich fest, daß noch immer alle fort waren außer Nora, und sie ist gerade kein . . . oh, etwas habe ich verschwitzt: die Fotos.«

»Fotos?«

»Ja, die Aufnahmen der Teppichszene. Ein Mann von Horland brachte die Bilder 'rüber, während ich unterwegs war und telefonierte; als ich wieder aufkreuzte, hatte Nora sie bereits unter Verschluß. Sie hat ein äußerst einnehmendes Wesen. Nora wußte nicht genau, ob ich sie ansehen durfte, aber ich wußte es. Die Frau ist ein wandelnder Tresor; es ist verdammt schwer, irgend etwas aus ihr herauszuholen. Ich habe natürlich keine Ahnung, ob Jarrell sie in die Teppichaffäre eingeweiht hat. Wenn nicht, müssen ihr die Fotos verdammt rätselhaft erschienen sein. Die Kamera knipst alle zwei Sekunden ein Bild, bis die Tür geschlossen ist; es waren drei Fotos. Alle zeigten sie den Teppich von der Breitseite. Vermutlich hat jener Herr oder jene Dame der Tür einen Fußtritt versetzt, damit sie hinter ihm zufiel. Der Teppich ist zwei Meter zehn mal neunzig Zentimeter. Es kann also ein großer Mann gewesen sein, der den oberen Rand etwas über seinen Kopf hielt, oder eine kleinere Frau, die ihn so hoch hob, wie ihre Arme reichten. Unten berührt der Teppich gerade den Fußboden. Der obere Rand war so umgebogen, daß die Hände verborgen blieben. Ich wollte die Fotos eigentlich mitbringen, um sie Ihnen zu zeigen, aber um sie Nora zu entreißen, hätte ich einen Mord begehen müssen. Um fünf Uhr dreißig, als ich mich auf den Weg machte, war Jarrell noch nicht zurück. Das ist alles. Haben Sie irgendwelche Instruktionen für mich?«

Er verzog sein Gesicht. »Wo, zum Teufel, sollte ich sie hernehmen?«

»Na, Sie könnten mich zum Beispiel damit beauftragen, Lois heute abend zum Tanz auszuführen; oder Trella morgen zum Lunch einzuladen; oder bis Sonntag Däumchen zu drehen und dann mit Susan in die Kirche zu gehen.«

»Pfui. Geben Sie mir wenigstens einmal eine klare und eindeutige Antwort. Wie stehen die Chancen, daß Sie dort überhaupt etwas herausbringen?«

»Eins zu einer Million, falls es sofort sein müßte. Wenn Sie mir bis zum Erntedankfest Zeit lassen, gelingt es mir vielleicht, irgendwas auf die Beine zu stellen. Immerhin existiert wenigstens ein Plagegeist, der sich bei liebevoller Pflege zu einem Lichtblick am Horizont entwickeln könnte. Er heißt James L. Eber und ist mein Vorgänger. Ich hatte den Eindruck, daß sein unerwarteter Besuch einigen Staub aufwirbelte. Er wirkte aufgeregt, als ich ihn mit Susan im Studio überraschte. Wyman regte sich auf, als ich ihm davon erzählte. Als Ebers Besuch beim Lunch erwähnt wurde, regte sich Roger auf und vielleicht einer oder zwei von den übrigen. Jarrell regte sich auf, als Nora ihm davon berichtete. Und nur etwa eine Stunde später passierte die Geschichte mit dem Teppich und dem Revolver. Vielleicht ist Eber etwas zu entlocken. Ich schnüffle jetzt seit drei Tagen dort herum, ohne – von einigem Kleinkram abgesehen – irgendwas herausgefunden zu haben. Möglicherweise hat Eber seinem Nachfolger etwas Wissenswertes mitzuteilen.«

Wolfe grunzte: »Ich zweifle immer mehr daran, daß einer von diesen Leuten für jemanden etwas Wissenswertes in petto hat.«

Ich erklärte abschließend, daß mich die gleichen Befürchtungen bedrückten, aber Eber sollte doch wenigstens die Chance erhalten, sein Herz zu erleichtern. Ich würde ihn nach dem Dinner besuchen und gehörig ausbeuten. Etwas würde vielleicht dabei abfallen.

Ich stieg zwei Treppen höher, um meiner Junggesellenklause guten Tag zu sagen, und als ich wieder hinunterkam, war Orrie Cather da. Die Zeit reichte gerade noch für den Austausch einiger freundschaftlicher Flachsereien, bevor Fritz das Essen ankündigte. Der Hauptgang bestand aus Alsenrogen mit kreolischer Sauce. Alsenrogen ist an sich schon in Ordnung, und Fritzens kreolische Sauce gehört zu seinen besten Schöpfungen. Das wichtigste dabei ist jedoch, daß Fritz zu diesem Essen stets in Anchovisbutter geröstete Brotdreiecke serviert; und da er vier Stunden vorher erfahren hatte, daß ich da sein würde, und er meine Vorliebe für diese Zutat sehr wohl kannte, hatte er sich selbst übertroffen.

Als wir im Büro beim Kaffee saßen, fragte mich Orrie, der aufgeschnappt hatte, daß ich einen speziellen Besuch vorhatte, ob ich dabei Hilfe benötigte. Als er sah, wie ich ein Schlüsselbund aus einer Schublade fischte, meinte er, ich würde vielleicht einen Wachtposten benötigen. Als er beobachtete, wie ich ein Schulterhalfter und eine Pistole aus einer anderen Schublade herausnahm, sagte er, ich würde womöglich einen zielsicheren Kumpanen brauchen, und ich entgegnete, er solle doch keinen solchen Unsinn verzapfen. Wenn sechs Schuß nicht ausreichten, würde ich höchstens einen großen Korb benötigen, um meine Knochen darin nach Hause zu verfrachten.

Ich rechnete nicht damit, daß ich eine Waffe nötig haben würde. Aber von dem Moment an, da Jarrell seine Schublade aufgezogen und seinen Revolver vermißt hatte, kam es mir vor, als fehlte mir etwas zur Stärkung meines Sicherheitsgefühls. Ein Mann, meinetwegen auch eine Frau, die sich einen geladenen Revolver widerrechtlich aneignet, ist auf alle Fälle mit Vorsicht zu genießen. Was das Schlüsselbund anlangte, so gehörte es zur routinemäßigen Ausrüstung, wenn ich jemandem auf die Bude rücken mußte, der über nützliche Informationen verfügte und vielleicht gerade nicht zu Hause war. Vermutlich würde ich auch die Schlüssel nicht brauchen, aber ich hasse es, in dunklen Vorhallen zu warten, ohne ein bequemes Sitzmöbel in Reichweite zu haben.

Seine Adresse stand in meinem Notizbuch. Er wohnte in einem unansehnlichen, alten fünfstöckigen Gebäude auf der 49. Straße zwischen Second und Third Avenue. Des Hauses früherer Glanz war längst verblaßt, falls man davon hatte überhaupt jemals sprechen können. Neben der Haustür entdeckte ich den Namen ›Eber‹ ungefähr in der Mitte einer ganzen Reihe von Klingelknöpfen und drückte. Kein Summen des mechanischen Türöffners erfolgte. Ich schellte insgesamt fünfmal, immer mit Pausen dazwischen, dann gab ich es auf, denn ich hatte nicht die Absicht, an diesem Fleck Wurzeln zu schlagen, vor allem nicht, weil das alte Mansonschloß kein unüberwindliches Hindernis für mich darstellte. Ich zerrte das Schlüsselbund aus der Tasche, wählte einen Schlüssel und befand mich in weniger als einer Minute im Treppenhaus. Sofern die Anordnung seines Namens auf der Klingelknopfleiste stimmte, wohnte er in der zweiten Etage. Ich fand ihn – oder vielmehr seinen Namen – auf einem Türpfosten am Ende des Ganges. Als ich auf den Knopf drückte, konnte ich es drinnen läuten hören.

Ich aber stand draußen, und weit und breit war kein bequemer Sessel in Sicht. Das wurmte mich, und daß ich Orrie nicht mitgenommen hatte, wurmte mich noch mehr. Da ich im Innern der Wohnung irgendeinen Fingerzeig vermutete, den ich in Abwesenheit des Wohnungsinhabers vielleicht leichter und auch schneller aufspüren konnte, beabsichtigte ich nicht, mich durch falsche Bescheidenheit zurückhalten zu lassen. Mit einem Wachtposten vor der Tür wäre das ein Kinderspiel gewesen. Ich schaffte es auch so, und drei Minuten später war ich froh, daß ich auf Orrie verzichtet hatte. So lange brauchte ich nämlich, bis ich das Schloß geknackt, das Zimmer betreten und ihn auf dem Fußboden ausgestreckt liegen sah. Als ich festgestellt hatte, daß er tot war, bedauerte ich es nicht mehr, daß Orrie nicht anwesend war.

Er lag mit dem Rücken nach oben. Deshalb mußte ich ihn nicht erst umdrehen, um das Loch in seinem Hinterkopf zu finden. Nachdem ich das Haar etwas beiseite gestrichen hatte, schien es mir so ziemlich die passende Größe für ein Geschoß vom Kaliber 38 zu haben. Ich richtete mich auf und ließ meinen Blick langsam durch den Raum wandern. Die Waffe war nirgends zu sehen, und unter ihm konnte sie auch nicht liegen. Es gehörte keine besonders gute Nase dazu, um den Pulverdampf zu riechen. Da die Fenster fest geschlossen waren, würde es noch eine Weile dauern, bis er sich verzogen hatte.

Ich überlegte. Hatte mich irgend jemand gesehen, der mich später identifizieren könnte? Möglich war es schon, aber ich bezweifelte es. Jedenfalls bestimmt nicht im Haus oder etwa auf der Treppe. Lohnte sich das Risiko, die Wohnung gründlich zu durchsuchen? Vielleicht. Aber ich hatte keine Handschuhe bei mir, und die Polizei würde zweifellos die Wohnung auf Fingerabdrücke hin überprüfen. Außerdem konnte es recht peinlich werden, wenn jemand hereinschneite, bevor ich mich aus dem Staub gemacht hatte. Was hatte ich außer seinem Haar berührt? Man faßt schnell einen Gegenstand an, ohne darauf zu achten – zum Beispiel die Tischplatte, wenn man durch den Raum geht. Ich kam zu dem Schluß, daß dies nicht der Fall war.

Ich bedauerte, daß ich den Türknopf und die Umgebung des Schlüsselloches abwischen mußte. Vielleicht entfernte ich dadurch Spuren, die der Polizei weitergeholfen hätten, aber es ließ sich nach

Lage der Dinge nicht ändern. Ich arbeitete sorgfältig und dennoch schnell. Oben an der Treppe spitzte ich die Ohren und auf dem nächsten Podest noch einmal. Ich hatte Glück. Es gelang mir, durch den Hausflur und auf den Bürgersteig hinauszuflitzen, ohne gesehen zu werden. Gelegentlich erweisen sich routinemäßige Angewohnheiten als äußerst nützlich, wenn sie auch häufig nicht notwendig sind. So stellte es sich jetzt als richtig heraus, daß ich den Taxichauffeur auf der Hinfahrt bereits an der Ecke der 49. Straße und der Third Avenue hatte halten lassen, ohne ihm die genaue Adresse zu nennen. Auf dem Heimweg wünschte ich hier auf der Ostseite ohnehin nichts mit einem Taxi zu tun zu haben. Ich ging zu Fuß durch die halbe Stadt bis zur Ninth Avenue, bevor ich eins heranwinkte. Mir war sowieso an einem kleinen Spaziergang gelegen, um meine Gedanken wieder auf Touren zu bringen. Drei Minuten vor einundzwanzig Uhr hatte ich das Loch in Jim Ebers Kopf inspiziert, und einunddreißig Minuten später bremste das Taxi am Rinnstein vor dem alten Backsteinhaus in der 35. Straße West.

Als ich das Büro betrat, entdeckte ich Orrie auf einem der gelben Sessel neben dem riesigen Globus. Er war in eine Zeitschrift vertieft. Ich nahm seinen geruhsamen Platz mit billigendem Blick zur Kenntnis, da mir Orrie so bewies, daß er fremdes Eigentum achtete und meinen Schreibtisch für tabu hielt. Wolfe, der an seinem Schreibtisch ein Buch las, hob kurz die Augen und setzte dann seine Lektüre fort. Ich war, so taxierte ich, seiner Meinung nach nicht lange genug weggewesen, um etwas Nennenswertes mitzubringen.

Ich warf meinen Hut auf meinen Schreibtisch und setzte mich. »Ich muß eine Erklärung zu der derzeitig vorherrschenden Wetterlage abgeben«, sagte ich. »Eine vertrauliche Erklärung. Orrie kann Gespräche über das Wetter nicht leiden. Stimmt's, Orrie?«

»Klar.« Er stand auf und klappte die Zeitschrift zu. »Hasse den Kram wie die Pest. Falls du auf ein Thema kommst, von dem du glaubst, daß es mich interessieren könnte, gib mir einen Wink.« Er verduftete und schloß die Tür hinter sich.

Wolfe sah mich mürrisch an. »Was ist nun wieder los?«

»Nicht viel – ein kleines, örtlich begrenztes Erdbeben. Nachdem ich mehrere Male an James L. Ebers Tür geläutet hatte und mir niemand aufmachte, verschaffte ich mir auf die alte, bewährte Methode Zutritt. Er lag mit dem Gesicht nach unten mitten im Zimmer mit einem Schußloch im Hinterkopf, das von Kaliber achtunddreißig verursacht worden sein kann. Er war fast kalt, aber nur fast. Meiner Schätzung nach ist er seit drei bis sechs Stunden tot, aber das nur ganz unverbindlich, denn das hängt, wie Sie wissen, von allen möglichen Begleitumständen ab. Ich sah mich nicht weiter um, weil ich keine Lust hatte, länger zu bleiben als unbedingt notwendig. Ich glaube nicht, daß ich beim Kommen und Gehen gesehen worden bin.«

Wolfe preßte seine Lippen so fest zusammen, bis sie praktisch nicht mehr vorhanden waren. »Lächerlich!«

»Was?« fragte ich. »Es ist doch wohl nicht lächerlich, daß er tot ist – mit dem Loch im Schädel.«

»Ich meine damit die ganze Affäre. Sie hätten von Anfang an nicht mit Jarrell mitgehen dürfen.«

»Vielleicht nicht. Aber Sie haben es ja selbst vorgeschlagen.«

»Ich habe es nicht vorgeschlagen. Ich habe Einwände erhoben.«

Ich kreuzte meine Beine. »Falls Sie beabsichtigen, auf dieses strittige Thema näher einzugehen, na gut. Aber Sie wissen doch genau, wie sehr sich solche Debatten in die Länge ziehen, und ich brauche jetzt gleich ein paar Instruktionen. Ich hab's mir sogar verkniffen, das Morddezernat zu alarmieren, weil ich dachte, Sie hätten vielleicht eine Idee.«

»Ich habe keine Idee, und mir wird auch in absehbarer Zeit keine einfallen.«

»Na schön, dann werde ich als erstes die Polizei aufscheuchen. Von einer Telefonzelle aus. Sicher ist sicher. Und danach – soll ich dann zu Jarrell zurückflitzen, und falls ja, wie soll ich mich dort verhalten?«

»Sagte ich Ihnen nicht, daß ich keine Ahnung habe? Warum wollen Sie denn überhaupt dorthin zurück?«

Ich entwirrte meine Beine wieder. »Sehen Sie«, sagte ich geduldig, »es ist völlig zwecklos, daß Sie den Unschuldsengel mimen. Ich könnte zum Beispiel dorthin zurückgehen, um ihm die zehntausend Dollar Vorschuß in die Hand zu drücken mit dem schlichten Hinweis, daß wir die Nase voll haben. Aber damit dürfte die Affäre für uns nicht erledigt sein, und das wissen Sie ganz genau. Sobald die Polizei dahintergekommen ist, daß Eber Jarrells Sekretär war, wird sie ihm mit einem Haufen Fragen auf den Pelz rücken. Falls sie dabei irgendwie spitzkriegt, daß Jarrell Sie engagierte und Sie mich hinschickten, um Ebers Posten zu übernehmen – dann ist die Hölle los. Dann haben wir die gesamte Meute am Halse. Und wenn sie's nicht herausbekommen, bleibt immer noch das Problem mit dem verdammten Schießeisen. Wir wissen, daß gestern nachmittag aus Jarrells Schreibtisch ein Revolver verschwand, daß Eber ein paar Stunden vorher in Jarrells Wohnung war und sein Besuch dort einigen Staub aufwirbelte. Wenn wir jetzt auch noch erfahren, daß er tatsächlich mit einem Achtunddreißiger erschossen worden ist, was machen wir dann? Ein dummes Gesicht?«

Wolfe grunzte. »Wir sind keineswegs verpflichtet, etwas zu melden, das lediglich eine zufällige Übereinstimmung sein kann. Wenn die Polizei Mr. Jarrells Revolver findet und einwandfrei feststellt, daß es sich um die Mordwaffe handelt, ist das etwas anderes.«

»Und inzwischen kümmern wir uns nicht weiter darum?«

»Wir hängen es jedenfalls nicht an die große Glocke.«

»Dann behalten wir vermutlich auch die Zehntausend als Vorschuß und Jarrell als Klienten. Und wenn er sich als Mörder entpuppt, pfeifen wir auf alles. Viele Anwälte haben Mörder zu Klienten. Jedenfalls bin ich wieder genau da angelangt, von wo ich vorhin gestartet bin – ich brauche unbedingt Instruktionen...«

Das Telefon läutete. Ich schwang mich herum, griff nach dem Hörer und sah, daß auch Wolfe den seinen abhob.

»Büro von Nero Wolfe. Archie Goodwin am Apparat.«

»Wo, zum Teufel, stecken Sie die ganze Zeit? Hier ist Jarrell.«

»Sie wissen doch, welche Nummer Sie eben gewählt haben, Mr. Jarrell. Ich bin bei Mr. Wolfe, um neue Instruktionen einzuholen.«

»Ich hab' selbst Instruktionen für Sie. Nora sagt, Sie wären um halb sechs aus dem Haus gegangen. Sie sind seit über vier Stunden abwesend. Wann können Sie wieder hier sein?«

»Na, ungefähr in einer Stunde.«

»Ich bin in der Bibliothek.«

Er legte auf, ich desgleichen und wandte mich dann um.

Wolfe musterte mich prüfend. »Ich hoffe, Sie verstehen die Situation. Sie haben sie ja eben selbst sehr überzeugend dargelegt.«

»Jawohl, Sir.«

»Der Auftrag, den Sie für Mr. Jarrell übernommen... unterbrechen Sie mich nicht! Also schön, den *wir* für Mr. Jarrell übernommen haben, kann dadurch möglicherweise beeinflußt werden. Ein Mord wirbelt manchmal nur wenige Staubwolken auf, meistens entfacht er jedoch einen ganzen Sandsturm. Natürlich gehen Sie nicht dorthin zurück, um irgendwelche Weibsbilder zu Rusterman zum Lunch oder in obskure Lokale zum Tanz auszuführen. Ich beklage mich nicht über das, was geschehen ist; ich räume sogar ein, daß der Eigensinn von uns beiden in einem beträchtlichen Maße zu diesem Wirrwarr beigetragen hat. Falls Mr. Jarrells Revolver aber die Mordwaffe sein sollte – und diese Annahme erscheint mir keineswegs sehr abwegig –, dann stecken wir beide bis zum Halse in der Patsche und müssen gemeinsam versuchen, unter Verzicht auf den Profit, aber ohne sonstigen Schaden, uns da wieder herauszumanövrieren. Sie fragten, ob Sie irgend etwas in Gang bringen sollen. Ich bezweifle, daß das nötig sein wird; ein anderer hat das bereits für Sie besorgt. Es sollte mich nicht wundern, wenn der Mörder unter dieser Bande von Parasiten zu suchen ist. Ich kann Ihnen keine Anweisung geben, was Sie tun sollen, weil wir erst die nächsten Ereignisse abwarten müssen. Sie müssen sich von Ihrer Intelligenz und Erfahrung leiten lassen und mir Bericht erstatten, wie es die jeweilige Situation erfordert. Mr. Jarrell erklärte eben, er hätte Instruktionen für Sie. Haben Sie eine Ahnung, worin diese bestehen könnten?«

»Keinen blassen Schimmer.«

»Dann können wir ihnen auch nicht vorgreifen. Sie werden die Polizei anrufen?«

»Ja, auf dem Wege.«

»Das dürfte den Lauf der Dinge beschleunigen. Andernfalls ist nicht abzusehen, wann die Leiche gefunden wird.«

6

Der Portier im Vestibül musterte mich mit starrem, kaltem Blick. Ich fuhr im Privatlift nach oben, holte auf dem Vorplatz im zehnten Stockwerk mein Schlüsselbund aus der Tasche und schloß die Wohnung auf. Die Sicherheitsapparatur war noch nicht eingeschaltet, aber Steck war wie immer gleich zur Stelle und empfing mich mit der Nachricht, daß Mr. Jarrell in der Bibliothek auf mich warte. Ich betrachtete den würdevollen Butler jetzt mit ganz anderen Augen als vorher. Es konnte letzten Endes auch Steck gewesen sein, der mit Hilfe des Teppichtricks den Revolver an sich genommen hatte. Zugegeben – er hatte seine Pflichten, aber ein paar freie Minuten ließen sich wohl dennoch abzweigen.

Als ich aus der Diele Stimmen hörte, durchquerte ich die Eingangshalle und äugte durch die offene Tür. Trella, Nora und Roger Foote saßen um den Kartentisch herum. Roger sah auf und rief: »Pinochle! Kommen Sie her und spielen Sie mit!«

»Tut mir leid, ich kann nicht. Mr. Jarrell braucht mich.«

»Kommen Sie, sobald Sie fertig sind! ›Peach Fuzz‹ lief ein tolles

Rennen! Einfach fabelhaft! Am Einlaufbogen noch fünf Längen zurück und beim Finish nur um eine Kopflänge hinter dem Sieger! Wirklich toll!«

Ein angenehmer Verlierer, dachte ich, als ich den Korridor hinuntertrottete. Nichts geht über Sportbegeisterung!

Die Tür zur Bibliothek stand offen. Ich schloß sie hinter mir. Jarrell bellte von einem der Aktenschränke, dessen eine Schublade aufgezogen war, zu mir herüber »Bin in einer Minute bei Ihnen«, und ich begab mich zu dem Stuhl neben seinem Schreibtisch. Eine Zigarre mit zwei Zentimeter langer Asche an der Spitze lag in einem Aschenbecher, und ihr Geruch verriet mir, daß sie noch brannte. Es konnte also nicht mehr als neunzig Sekunden her sein, daß er seinen Platz hinter dem Schreibtisch verlassen und zu dem Aktenschrank hinübergegangen war. Ein Detektiv mit guttrainiertem Köpfchen zu sein hat auch seine Vorteile; man klaubt alle möglichen belanglosen Tatsachen auf, ohne es zu wollen.

Er kam zurück und setzte sich, griff nach seiner Zigarre, streifte die Asche ab und machte ein paar Züge. Dann platzte er heraus: »Weshalb sind Sie zu Wolfe gegangen?«

»Da er mein Gehalt bezahlt, will er auch wissen, wofür. Außerdem hatte ich ihn telefonisch über den Revolverdiebstahl unterrichtet, und er wünschte mir ein paar Fragen zu stellen.«

»Mußten Sie ihm das erzählen?«

»Ich hielt es für besser. Sie sind schließlich sein Klient, und er schätzt es nicht, wenn man ihm seine Klienten vor der Nase abknallt. Falls ich ihm davon nichts erzählt und man Sie später mit dem Ding umgelegt hätte, wäre er sehr wütend geworden. Außerdem wollte ich ihm Gelegenheit geben, ein paar Vorschläge zu machen.«

»Na und?«

»Ein Vorschlag war es gerade nicht, es war mehr eine kritische Bemerkung. Er sagte, Sie seien ein Esel. Sie hätten alle Ihre Leute hier zusammentrommeln und die Polizei benachrichtigen sollen, damit sie die Suche nach dem Revolver aufnimmt.«

»Erzählten Sie ihm, daß ich meine Schwiegertochter des Diebstahls verdächtige?«

»Natürlich. Auch wenn sie ihn sich tatsächlich angeeignet hat, wäre das die beste und einfachste Art gewesen, die Affäre zu bereinigen. Wir hätten ihr die Waffe wieder abgeknöpft und so auf eindrucksvolle Weise demonstriert, daß Sie kein Loch im Kopf haben und auch nicht beabsichtigen, sich eins zuzulegen.«

Meine Anspielung rief bei ihm keine sichtbare Wirkung hervor. »Aber Sie waren's doch, der einwandte, wir würden die Waffe sicher in einem Blumentopf auf der Terrasse finden.«

»Ich sagte ›wahrscheinlich‹, aber was will das schon heißen? Jedenfalls hätten wir jetzt das verdammte Ding wieder. Sie sagten mir am Telefon, Sie hätten Instruktionen für mich. Soll ich den Revolver suchen?«

»Nein, das nicht.« Er zog an der Zigarre, nahm sie aus dem Mund und blies den Rauch in die Luft. »Ich erinnere mich nicht mehr genau, ob ich mich Ihnen gegenüber ausführlich über Corey Brigham geäußert habe oder nicht.

»Nicht ausführlich. Sie erwähnten lediglich, daß er ein alter Freund wäre . . . nein, das stimmt nicht, als Freund bezeichneten Sie ihn nicht, Sie sagten, daß er Ihnen ein Geschäft vermasselt habe und daß Sie Ihre Schwiegertochter in Verdacht hätten, mit ihm gemeinsame Sache gemacht zu haben. Es überraschte mich daher etwas, ihm hier zu begegnen.«

»Ich lade ihn absichtlich ein. Er soll in dem Glauben leben, daß mich seine Erklärungen von seiner Ehrlichkeit überzeugt haben und daß ich ihm nicht mehr mißtraue. Er soll sich in Sicherheit wiegen. Also, bei dem besagten Geschäft handelte es sich um eine Reederei. Ich hatte von einer Schuldforderung erfahren, die gegen das Unternehmen geltend gemacht werden konnte, und beabsichtigte, die Forderung aufzukaufen und dann die Schrauben fest anzuziehen. Als ich mich einschalten wollte, stellte ich fest, daß Brigham mir zuvorgekommen war. Seine Behauptung, er hätte durch Zufall von dem Geschäft gehört und nicht gewußt, daß ich mich auch dafür interessierte, ist eine glatte Lüge, denn er konnte nicht zufällig davon gehört haben. Die einzige Informationsquelle hatte ich in Händen, und ich hatte auch dafür gesorgt, daß sie anderen gegenüber bestens abgeschirmt war. Nein, er hat sich die notwendigen Hinweise hier im Haus verschafft, und zwar über meine Schwiegertochter.«

»Schön und gut, aber ich glaube, ich brauche noch ein paar Aufschlüsse«, sagte ich. »Ich schenke mir die Frage, weshalb Susan ihm gegenüber so zuvorkommend war, weil ich mir Ihre Antwort darauf schon denken kann. Sie wird Männern alles mögliche schenken, einschließlich ihrer . . . Gunst, weil sie nun mal so faszinierend wirkt. Was mich interessiert, ist, wie *sie* sich die Information verschaffte.«

»Sie hat sich gestern doch auch meinen Revolver verschafft, oder etwa nicht?«

»Das ist lediglich ein unbewiesener Verdacht. Ist der Teppich schon früher einmal in diesen Raum hereingewandelt?«

»Nein. Das ist ein neuer Trick, aber das besagt überhaupt nichts. Sie weiß ganz genau, wie sie an das herankommen kann, was sie brennend interessiert. Sie hätte sich auch an Jim Eber heranmachen können oder an meinen Sohn. Sie kann beispielsweise meinen Sohn hier hereingelotst haben, während Nora und ich mal nicht da waren, und ihn dann unter einem Vorwand weggeschickt haben, um den gewünschten Augenblick allein zu bleiben. Weiß Gott, was sie sonst noch herumgeschnüffelt haben wird. Fast alle meine Projekte stützen sich auf interne Informationen mit größtenteils schriftlichen Unterlagen. Die Praxis läuft nun einmal so. Ich habe wahrlich eine Heidenangst, überhaupt noch wichtige Schriftstücke hier im Büro aufzubewahren. Nichts ist vor ihr sicher. Der Teufel soll sie holen! Sie muß weg, und zwar so schnell wie möglich!«

Er zog heftig an seiner Zigarre, entdeckte, daß sie ausgegangen war, und warf sie in den Aschenbecher. »Aber das ist noch nicht alles. Ich hätte höchstwahrscheinlich eine Million bei dem Geschäft verdient, vielleicht sogar noch mehr. Die hat Brigham nun natürlich eingesteckt, und sie wird ihren Anteil bekommen haben, das ist doch klar. Sie mag Männern alles mögliche schenken, einschließlich ihrer Gunst, wie Sie es ausdrückten, aber die Hauptsache bei allem ist ihr eigener materieller Vorteil. Ihren Anteil hat sie sich bestimmt nicht entgehen lassen. Und jetzt meine Instruktionen: Sehen Sie zu, daß Sie das Geld finden. Sie muß es irgendwo beiseite geschafft haben; es muß doch eine Spur zu entdecken sein. Vielleicht können Sie aus Brigham etwas darüber herausholen. Pirschen Sie sich an ihn heran. Er ist ein gottverdammter Snob, aber er wird meinem Sekretär gegenüber keine allzu große Lippe riskieren, wenn Sie's geschickt anstellen. Eine andere Möglichkeit ist Jim Eber. An den müssen Sie sich auch heranmachen. Sie haben ihn ja gestern kennengelernt. Mir fällt im Moment kein geeigneter Vorwand ein, mit dem Sie das einfädeln könnten, da müssen Sie sich eben selbst etwas ausdenken. Und vergessen Sie unsere Abmachung nicht – Ihre und meine. Zehntausend an dem Tag, an dem sie von hier verschwindet, und noch fünfzigtausend dazu nach der Scheidung.«

Ich wäre ja auch erstaunt gewesen, wenn er dies nicht wieder aufs Tapet gebracht hätte. Außerdem fragte ich mich, ob er Jim Eber absichtlich erwähnt hatte, um mich später daran erinnern zu können, daß er Donnerstag nacht noch keine Ahnung davon gehabt hatte, daß Eber für niemanden mehr erreichbar war.

Ich wies darauf hin, daß zu einem solchen Handel immer zwei gehörten und daß ich sein Angebot schon einmal abgelehnt hätte, aber er tat meinen Einwand mit einer Handbewegung ab, als hätte er nichts zu bedeuten. Sein Vorschlag, Eber unter die Lupe zu nehmen, gab mir die Möglichkeit, ihn über Eber etwas auszuhorchen. Zum Schluß kannte ich viele Einzelheiten aus seinem Leben, aber nichts, was mir die Tatsache seines Todes plausibel erscheinen ließ. Er hatte fünf Jahre lang für Jarrell gearbeitet, war unverheiratet und Presbyterianer, jedoch ohne übertriebene Frömmigkeit, spielte sonntags Golf und an Wochentagen mittelmäßig Bridge und so weiter. Ich erhielt auch einige Informationen über Corey Brigham.

Als Jarrell mit mir fertig war, ließ ich ihn in der Bibliothek zurück und blieb einen Moment lang draußen vor der Tür auf dem Teppich stehen, der am Tage zuvor so seltene Fähigkeiten entwickelt und plötzlich Beine bekommen hatte. Ich überlegte, ob ich mich zu den Pinochlespielern begeben und ihre Gesichtszüge auf Anzeichen geheimer Schuld hin beobachten oder ob ich statt dessen einen Spaziergang machen und Wolfe anrufen sollte, um ihn über Jarrells Instruktionen zu orientieren. Da ich mich weder für das eine noch für das andere entscheiden konnte, beschloß ich, zu Bett zu gehen.

Ich schlief gut, wachte aber bereits um sieben Uhr auf. Ich legte mich noch einmal auf die Seite und drückte die Augen krampfhaft zu, aber das nützte nichts, ich war hellwach. Darüber war ich ärgerlich. An sich wäre ich gern aus den Federn gekrochen, in die Kleider gefahren und in das Studio hinuntergegangen, um mir die Acht-Uhr-Nachrichten anzuhören. Um Punkt halb elf Uhr hatte ich das Morddezernat von einer Telefonzelle aus alarmiert und den diensthabenden Beamten im Diskant aufgefordert, sich schnellstens um eine gewisse Wohnung in einem gewissen Hause auf der 49. Straße zu kümmern. Die Nachricht mußte über Nacht freigegeben worden sein, und ich hätte sie gern gehört. Da ich jedoch am Dienstag um neun Uhr fünfundzwanzig, am Mittwoch um zehn Uhr fünfzehn und am Donnerstag um neun Uhr zwanzig zum Frühstück aufgetaucht war, hätte es Steck leicht erschüttert, mich heute schon vor acht Uhr auf den Beinen zu sehen, vor allem, wenn ich mich dann noch vor das Radio hockte und dem ersten besten, der mir begegnete, mit der Trauerbotschaft ins Gesicht sprang. Falls ich letzteres unterließ, würde mein seltsames Verhalten natürlich noch mehr auffallen. Also schloß ich die Augen und bemühte mich, wieder einzuschlafen. Ich versuchte es erst auf der rechten und dann auf der linken Seite und auch auf dem Bauch, aber es war zwecklos. Schließlich legte ich mich auf den Rücken und öffnete die Augen in der Hoffnung, daß ihnen der Plafond zusagen würde. Nichts zu machen. Sie rollten nach sämtlichen Richtungen, und als ich mich plötzlich bei der Vorstellung ertappte, daß sie womöglich eine Wendung um hundertachtzig Grad machen und im Inneren meines Kopfes verschwinden könnten, langte es mir. Ich stieß die Kissen zurück und sprang mit einem Satz aus dem Bett. Beim Duschen, Rasieren und Einknöpfen der Manschettenknöpfe in ein neues Oberhemd und auch bei den anderen Kleinigkeiten ließ ich mir Zeit; und dann passierte mir dasselbe Mißgeschick wie schon einmal. Ich zog gerade meine Hose an, das heißt, ich war gerade beim zweiten Hosenbein angelangt, als jemand an die Tür klopfte, und zwar keineswegs schüchtern. Ohne meine Aufforderung zum Nähertreten abzuwarten, platzte Jarrell herein.

Ich empfing ihn nicht gerade freundlich. »Guten Morgen. Wenn Sie das nächstemal wieder so plötzlich aufkreuzen, dann warten Sie wenigstens, bis ich die Schuhe anhabe.«

Er hatte die Tür geschlossen. »Ich konnte nicht länger warten. Dringende Sache. Jim Eber ist tot. Man entdeckte seine Leiche in seiner Wohnung. Er wurde ermordet . . . erschossen.«

Ich starrte ihn erstaunt an. »Um Himmels willen! Wann?«

»Ich hörte es eben im Radio – im Acht-Uhr-Nachrichtendienst. Man fand ihn letzte Nacht. Er wurde in den Kopf geschossen, in den Hinterkopf. Mehr wurde nicht gesagt. Es wurde auch nicht erwähnt, daß er früher bei mir angestellt war.« Er lief auf den großen Sessel am Fenster zu und ließ sich hineinsinken. »Ich möchte mit Ihnen darüber sprechen.«

Ich hatte meine Schuhe und neue Socken neben diesen Sessel gelegt in der Absicht, mich in ihm niederzulassen, um mein Anziehen in aller Gemütsruhe zu beenden. Ich holte sie mir, zog einen Stuhl heran und sagte: »Falls die Polizei jetzt noch nicht weiß, daß er für Sie gearbeitet hat, so wird sie's jedenfalls bald herausbekommen. Darüber sind Sie sich doch hoffentlich im klaren.«

»Natürlich. Man kann jeden Moment hier anrufen oder sogar hier erscheinen. Darüber wollte ich ja mit Ihnen sprechen.«

»Na schön, schießen Sie los.«

»Sie wissen sicher, wie eine Morduntersuchung vor sich geht, Goodwin. Sie wissen es besser als ich.«

»Tja. Ein Vergnügen ist es gerade nicht.«

»Stimmt. Natürlich können sie schon eine Spur entdeckt haben – vielleicht haben sie den Täter sogar schon verhaftet. Die Radionachricht brachte allerdings nichts darüber. Haben sie ihn noch nicht und ergreifen sie ihn nicht bald, dann geht das Affentheater los. Sie werden hier in sämtlichen Ecken herumschnüffeln, und das gründlich. Da er fünf Jahre lang bei mir gearbeitet und gewohnt hat, werden sie mir natürlich Fragen über Fragen stellen.«

Ich band einen Schnürsenkel zu. »Tja, wenn es sich um Mord handelt, nehmen sie keine Rücksicht auf das Privatleben und private Geschäfte.«

Er nickte. »Eben. Es ist mir klar, daß es der beste Weg in einem solchen Fall ist, ihnen alles, was sie wissen wollen, zu beantworten, natürlich innerhalb gewisser Grenzen. Falls die Polizei den Eindruck hat, daß ich mit irgend etwas hinter dem Berg halte, verschlimmere ich meine Lage nur, das ist mir auch klar. Was aber soll ich antworten, wenn sie mich fragen, weshalb ich Eber 'rausgeworfen habe?«

»Erzählen Sie ihnen doch einfach, weshalb Sie ihn entlassen haben – daß Sie ihn im Verdacht hatten, geschäftliche Geheimnisse auszuplaudern.«

Er schüttelte den Kopf. »Wenn ich damit erst mal angefangen habe, wollen sie auch die Einzelheiten wissen – was für Geheimnisse er verraten hat und wem und so weiter. Sie würden in einen Bereich eindringen, in dem ich sie nicht brauchen kann. Ich würde ihnen lieber erzählen, daß Eber nachlässig geworden war und jedes Interesse an der Arbeit verloren zu haben schien und daß ich mich aus diesem Grunde von ihm trennte. Bis zu einem gewissen Grade trifft das ja auch zu, und keiner der übrigen, nicht einmal Nora, könnte etwas dagegen vorbringen. Es gibt nur einen Menschen, der die ganze Wahrheit weiß, und das sind Sie. Falls Sie gefragt werden, können Sie antworten, Sie hätten gehört, ich wäre mit Eber unzufrieden gewesen. Sie hätten aber keine Ahnung, weshalb. Sind Sie damit einverstanden?«

Ich blickte ihn einigermaßen verblüfft an. »Die Nachricht über den Mord muß Ihnen ganz schön in die Glieder gefahren sein, Mr. Jarrell. Ich glaube, Sie wissen selbst nicht, was Sie mir da vorschlagen. Inspektor Cramer und Sergeant Stebbins vom Morddezernat gehören zu meinen und Mr. Wolfes ältesten und vertrautesten Feinden. In der Sekunde, in der die zwei mich hier sehen und spitzkriegen, daß ich unter einem anderen Namen Ebers Stellung übernommen habe, sitzen sie Ihnen wie die Laus im Fell. Egal, was Sie den beiden auf die Nase binden, und wenn's noch so einleuchtend klingt, sie werden nicht eine Silbe davon schlucken. Sie werden in diesem Hause keinem Menschen ein Wort glauben. Die Theorie, die den beiden am plausibelsten erscheinen wird, dürfte ungefähr so ausfallen, daß Sie die Absicht hatten, Eber umzulegen, und daß Sie mich als technischen Berater hinzugezogen haben. Das ist vielleicht etwas übertrieben, gibt Ihnen aber eine Vorstellung davon, was Sie zu erwarten haben.«

»Herr des Himmels.« Er war niedergeschlagen. »Natürlich!«

»Es hätte deshalb auch nicht viel Sinn, wenn ich den Ahnungslosen markierte.«

»Nein, natürlich nicht. Daran hatte ich nicht gedacht.« Er beugte sich zu mir. »Sehen Sie, Goodwin, dann ist da noch ein zweites Problem, das mir Kopfzerbrechen bereitet. Ich wollte Sie bitten, von dem Zwischenfall am Mittwoch – ich meine den Diebstahl meines Revolvers – nichts zu erwähnen. Es ist nicht so, daß ich ihn mit dem Mord an Eber in Verbindung bringe, ganz gewiß nicht, denn es braucht sich nicht einmal um dasselbe Kaliber zu handeln. Aber Sie können sich vorstellen, was passiert, wenn man bei der Untersuchung auf die Tatsache stößt, daß ausgerechnet am Tag vor dem Mord meine Waffe verschwunden ist. Und wenn sich herausstellen sollte, daß das Kaliber zufälligerweise das gleiche ist, dann ist der Teufel los. Deshalb wollte ich Sie bitten, darüber zu schweigen. Niemand sonst hat auch nur die geringste Ahnung davon, selbst der Mann von Horland nicht. Er ging ja weg, bevor ich den Verlust entdeckte.«

»Mr. Wolfe weiß es.«

»Die Polizei wird ja nicht gleich zu Wolfe gehen.«

»Vielleicht nicht, aber sie wird es augenblicklich tun, sobald sie mich hier zu Gesicht bekommen hat.«

Er fuchtelte mit den Armen in der Luft herum. »Sie müssen Nachsicht mit mir haben, Goodwin. Das war ein böser Schock für mich, eine verteufelt unangenehme Sache. Wenn Sie nicht hier sind und wenn ich die Abwesenheit meines neuen Sekretärs einleuchtend erkläre, wird die Polizei niemals bis zu Wolfe oder Ihnen vordringen. Sagen Sie Wolfe, daß ich noch sein Klient bin und mich so bald wie möglich bei ihm melden werde. Und richten Sie ihm aus, daß es keine Grenze für das gibt, was mir seine Diskretion wert ist.«

Er erhob sich. »Für Sie gilt selbstverständlich das gleiche. Ich bin ein zäher Kunde, aber ich zahle pünktlich und anständig für das, was man mir liefert. Beeilen Sie sich! Binden Sie sich Ihre Krawatte um. Lassen Sie Ihr Zeug hier. Das können Sie später abholen. Also, wir haben uns verstanden, nicht wahr?«

Er beobachtete schweigend, wie ich hastig meinen Binder knüpfte, mein Jackett anzog, ein paar Kleinigkeiten zusammensuchte, in die Reisetasche stopfte und im Eiltempo das Zimmer verließ.

7

In Wolfes Büro holte ich mir den Telefonapparat heran und wählte eine mir bekannte Nummer, verlangte Lon Cohen von der *Gazette* und hatte ihn eine Minute später in der Leitung.

»Lon? Hier Archie. Ich samm . . .«

»Bin beschäftigt.«

»Ich auch. Ich sammle Tatsachen für ein Buch. Womit hast du James L. Eber umgelegt? Mit einer Arkebuse?«

»Nein, meine Arkebuse ist momentan im Leihhaus. Ich benutzte eine Steinschleuder. Übrigens, was geht dich das überhaupt an?«

»Reine Neugier. Informiere mich, und die Nachwelt wird es dir lohnen. Hat man die Kugel gefunden?«

Lon ist ein feiner Kerl und ein erstklassiger Pokerspieler, aber er leidet an der Berufskrankheit aller Journalisten: Bevor er einem eine Frage beantwortet, muß er unbedingt noch selbst eine an den Mann bringen. So auch diesmal. »Hat Wolfe seine Finger in der Sache?«

»Die ganze Hand. Nein, das stimmt nicht. Jedenfalls darf das nicht in die Zeitung. Wenn's soweit ist, bist du wie gewöhnlich der erste, der's erfährt. Haben sie die Kugel gefunden?«

»Ja. Die Meldung kam eben durch. Kaliber achtunddreißig, das ist soweit alles. Wer ist Wolfes Klient?«

»Haben sie schon jemanden verhaftet?«

»Nein. Mein Gott, so laß ihnen doch Zeit, erst mal die Leiche sicherzustellen, sich hinzusetzen und nachzudenken. Ist ja alles erst zwölf Stunden her. Mir geht schon die ganze Zeit, seit ich deine Stimme höre, etwas im Kopf herum. Ich vermute, daß du gestern nacht das Morddezernat aufgescheucht und ihnen den Tip verabreicht hast. Das macht mich wütend. Du hättest mich zuerst anrufen müssen.«

»Was das betrifft, hast du natürlich recht. Das nächstemal bestimmt. Hat die Polizei oder du oder sonst jemand eine Ahnung?«

»Von dem Mörder, nein. Der interessanteste Punkt ist bisher, daß Eber bis vor ein paar Wochen bei einem Knaben namens Otis Jarrell angestellt war. Du weißt doch, wer das ist ... Seinetwegen hast du mich ja neulich angerufen, um mir die Würmer aus der Nase zu ziehen!«

»Eben. Das ist mit ein Grund ...«

»Ist Jarrell Wolfes Klient?«

»Im Augenblick hat Wolfe, soweit es dich angeht, überhaupt keinen Klienten. Ich sagte, das ist mit ein Grund, warum ich dich sprechen wollte. Mir fiel ein, daß du dich vielleicht an mein Interesse für Jarrell erinnern könntest, und ich wollte dir ans Herz legen, das bis auf weiteres zu vergessen. Vielleicht hörst du eines Tages von mir.«

»Komm zu mir 'rauf. Ich lade dich zum Lunch ein.«

»Läßt sich leider nicht machen, Lon. Also, bis später.«

Ich hatte von der Küche aus die Plantagenräume angerufen, um Wolfe mitzuteilen, daß er mit meiner Anwesenheit rechnen müsse. Mein Anblick überraschte ihn daher nicht. Er ging auf seinen Schreibtisch zu, durchblätterte das spärliche Häuflein Post, rückte seine Löschblattunterlage zurecht und konzentrierte sich dann auf mich. »Also?«

»Meiner Meinung nach ist es Zeit für einen ausführlichen Bericht.«

Wolfe sah mich auffordernd an, und so berichtete ich: »Ich habe eben mit Lon Cohen gesprochen. Die Kugel, mit der Eber erschossen wurde, stammt aus einem Achtunddreißiger. Als Jarrell heute morgen mit der Neuigkeit in mein Zimmer platzte – das ist ihm inzwischen zur lieben Gewohnheit geworden –, wußte er noch nichts davon. Er kannte nur das, was die Acht-Uhr-Nachrichten gebracht hatten, und die haben Sie vermutlich auch gehört. Trotzdem hatte er eine Nervenstärkung bitter nötig. Ich gebe Ihnen unser Gespräch nachher ausführlich wieder, aber es endete jedenfalls unmittelbar damit, daß er mich praktisch vor die Tür setzte, damit ich der Polente nicht in seinem Haus in die Arme lief. Ich soll Ihnen noch ausrichten, daß er sich weiterhin als Ihr Klient betrachtet, daß er sich melden wird und daß Ihre Diskretion ihm unendlich viel bedeutet. Meine auch. Meine Diskretion ist ihm ebensoviel wert wie die Ihre. Was mich betrifft, so bleiben mir jetzt, nachdem ich weiß, daß es eine Achtunddreißiger war, zwei Alternativen. Entweder sause ich zum Morddezernat und erleichtere mein bedrängtes Gewissen an Inspektor Cramers Busen, oder ich gebe Ihnen einen vollständigen Bericht samt Musik und allen Zwischentönen, und Sie hören zu und denken später drüber nach. Falls ich wegen Unterdrükkung von Beweismaterial ins Kittchen wandere, können Sie sowieso nicht weiterarbeiten, weil Ihnen meine Aufsicht fehlt. Also tun Sie lieber jetzt etwas für mich.«

»Pfui. Wie ich schon gestern nacht feststellte, ist es nicht unsere Pflicht, etwas zu melden, was lediglich eine zufällige Übereinstimmung sein kann.« Er seufzte tief auf. »Aber ich gebe zu, daß ich mir Ihren Bericht anhören muß. Doch was das Nachdenken anbelangt, so verpflichte ich mich allerdings zu gar nichts.«

Es dauerte zwei Stunden. Ich will nicht gerade behaupten, daß ich jedes Wort wiederholte, das seit Montag nachmittag in meiner Hörweite geäußert worden war, aber es lief doch fast darauf hinaus. Wenn Wolfe sich schon einmal dazu aufrafft zuzuhören, dann sperrt er auch beide Ohren weit auf. Während der letzten halben Stunde lehnte er mit geschlossenen Augen in seinem Sessel, was aber nicht heißen soll, daß er schlief.

Ich stand auf, reckte mich und setzte mich wieder. »Kurz und gut, es läuft darauf hinaus, daß wir die Klappe halten, auf unseren vier Buchstaben herumhocken und den lieben langen Tag nichts anderes zu tun haben als essen und schlafen und dafür ein beträchtliches Sümmchen einstecken.«

»Kein so unerträgliches Los, Archie. Die Summe, die Sie gestern abend erwähnten, belief sich auf eine halbe Million.«

»Jawohl, Sir. Aber nehmen wir an, die Chance, daß einer von der Jarrellschen Bande Eber auf dem Gewissen hat, steht eins zu zehn. Vermutlich steht sie sogar fünfzig zu fünfzig, aber selbst bei eins zu zehn hört für mich der Spaß auf. Ich passe. Und Sie auch. Es bleibt Ihnen überhaupt nichts anderes übrig. Sie wissen verdammt gut, daß es für Sie nur zwei Möglichkeiten gibt. Die eine wäre, sich von Jarrell zu verabschieden, sich fein säuberlich aus allem herauszuziehen und danach Cramer alle Informationen auszuhändigen. Er wäre Ihnen bestimmt endlich einmal dankbar.«

Wolfe verzerrte seine Gesichtszüge zu einer angewiderten Grimasse. Seine Augen öffneten sich. »Und die andere?«

»Daß Sie sich an die Arbeit machen.«

»Um die Ermordung von Mr. Eber zu untersuchen? Damit hat mich niemand beauftragt.«

Ich grinste ihn an. »Damit können Sie mich nicht ins Bockshorn jagen, verehrter Herr. Ich nenne es schlicht und einfach eine faule Ausrede. Der Mord spielt nur insofern eine Rolle, als er mit Jarrells Revolver begangen worden sein kann. Das Hauptproblem ist doch folgendes: Erzählen wir Inspektor Cramer von dem geklauten

Schießeisen oder nicht? Wir haben keine rechte Lust dazu, und unser Klient wünscht es auch nicht. Also gut, dann müssen wir eben möglichst schnell herausfinden, ob einer von Jarrells Leuten der Mörder ist – nicht dem Richter oder den Geschworenen zuliebe, sondern nur unseretwegen. Hat's dort niemand getan, soll Cramer meinetwegen der Teufel holen. Hat's einer von ihnen getan, dann können wir es uns später immer noch überlegen. Und um das herauszukriegen, müssen Sie sich jetzt an die Arbeit machen, und damit Sie sich an die Arbeit machen können, muß ich Jarrell und die gesamte Bande für heute abend um sechs hierherbestellen. Was stimmt daran nicht?«

»Sie wären dazu imstande«, knurrte er nach einer Weile.

»Jawohl, Sir. Das einzige Hindernis bei dem Plan bin ich, Archie Goodwin alias Alan Green. Ich kann nicht beides auf einmal sein, und da mich Jarrells Meute nur als Alan Green kennt, wird Orrie für mich einspringen und hinter meinem Schreibtisch Archie Goodwin mimen. Ich muß heute abend dabeisein, weil ich die Entdeckung des Revolverdiebstahls miterlebte. Ich bin sozusagen Kronzeuge.« Ich blickte zur Wanduhr hoch. »In acht Minuten ist der Lunch fällig. Es wäre besser, wenn ich Jarrell noch vorher anriefe.«

Ich bewegte mich im Zeitlupentempo, drehte mich langsam mit meinem Stuhl herum, brauchte eine Ewigkeit, um den Apparat heranzuziehen, den Hörer abzuheben und die Nummer zu wählen, und all das nur zu dem Zweck, damit er genügend Gelegenheit hatte, mich zurückzupfeifen, falls er es wünschte. Er rührte sich nicht. Ich hatte das nach meinen unwiderleglichen, logischen Folgerungen eigentlich auch nicht erwartet.

Dann meldete sich eine Stimme. »Büro von Mr. Otis Jarrell.«

Es war nicht Nora, sondern ein Mann, und ich glaubte auch zu wissen, wer. Ich sagte, hier sei Alan Green und ob ich bitte Mr. Jarrell sprechen könnte. Einen Moment später hörte ich Jarrell selbst.

»Ja, Green?«

Ich sprach leise. »Ist sonst jemand in der Leitung?«

»Nein.«

»Sind Sie sicher?«

»Ja.«

»War das vorhin Wyman?«

»Ja.«

»Ist er bei Ihnen im Büro?«

»Ja.«

»Dann überlassen Sie mir das Sprechen und bleiben Sie bei ja und nein. Ich bin hier bei Mr. Wolfe. Wissen Sie schon, daß die Mord-waffe Kaliber achtunddreißig hat?«

»Nein.«

»Ja, so ist's nun mal. Hatten Sie Besuch?«

»Ja.«

»Irgendwas Drastisches?«

»Nein.«

»Sie können mir später ausführlicher davon erzählen, wenn Sie Lust haben. Ich rufe im Auftrag von Mr. Wolfe an. Angesichts der Tatsache, daß das Kaliber der Mordwaffe bekannt ist, rät er mir dazu, der Polizei das Verschwinden Ihres Revolvers zu melden. Die Unterdrückung von Beweismaterial in einem Mordfall ist ein ver-dammt heißes Eisen. Er hat starke Bedenken, ist jedoch bereit, die Meldung aufzuschieben, unter der Bedingung, daß Sie und alle Ihre Leute um sechs hier bei uns vorbeikommen, damit er Ihnen allen ein paar Fragen stellen kann. Er denkt dabei an Sie, Ihre Frau, Wy-man, Susan, Lois, Nora Kent, Roger Foote und Corey Brigham. Ich werde als Ihr Sekretär Alan Green ebenfalls anwesend sein. Ein Er-satzmann wird hinter meinem Schreibtisch als Archie Goodwin fun-gieren.«

»Ich sehe nicht ein, was . . .«

»Einen Moment. Ich weiß, Sie haben wenig Zeit, aber einen Augenblick müssen Sie mir schon noch zuhören. Sie brauchen Ihren Leuten den Anlaß zu dieser Konferenz nicht zu erklären. Das wird Mr. Wolfe übernehmen. Haben Sie schon irgend jemandem gesagt, daß Ihr Revolver verschwunden ist?«

»Nein.«

»In Ordnung. Auch das wird Mr. Wolfe für Sie besorgen. Er wird allen sagen, daß die Nachricht, der zufolge Eber mit einem Achtunddreißiger getötet wurde, Sie natürlich stark beunruhigt hätte. Die Meldung dürfte inzwischen auch schon im Radio durch-gegeben worden sein und wird bereits in den Nachmittagsausgaben stehen. Sie hätten Wolfe daraufhin mit den Nachforschungen be-traut, und er bestünde auf dieser Zusammenkunft in seinem Büro. Ich weiß, Sie haben einen Haufen Bedenken, und es fällt Ihnen verdammt schwer, sie fallenzulassen. Falls Sie dazu noch Hilfe be-nötigen, können Sie ja Wyman und Nora wegschicken und mich an-rufen. Wenn Sie nicht mehr anrufen, erwarten wir Sie alle um sechs Uhr hier.«

»Nein. Ich rufe vorher an.«

»Auch gut. Wird mir ein Vergnügen sein.«

Ich legte auf, drehte mich um und sagte zu Wolfe: »Sie haben alles mitbekommen. Zufrieden?«

»Nein.«

Es geschieht nur selten, daß ich eine von Wolfes wenigen guten Seiten lobend hervorhebe – er ist ohnehin schon selbstherrlich genug –, aber eines muß man ihm lassen: Er haßt Störungen während des Essens nicht nur für seine eigene Person, er verabscheut solche auch in bezug auf seine Mitmenschen. Es gehört zu den unumstößlichen Regeln dieses Hauses, daß Fritz während der Mahlzeiten von der Küche aus das Telefon bedient und mich nur in besonders dringenden Fällen zur Unterstützung anfordert. Vielleicht existiert auf dieser Erde auch irgendein seltenes Geschöpf animalischer, amphibischer oder pflanzlicher Natur, dessentwegen Wolfe sein Essen im Stich lassen würde, aber ich kann mir ein solches, offengestanden, nicht vorstellen.

An jenem Tage servierte Fritz gerade eine Speise, die Wolfe als ›Igel‹-Omelett bezeichnet und die bedeutend besser schmeckt, als es ihr Name besagt, als das Telefon läutete. Ich winkte Fritz ab und flitzte ins Büro. Wie ich vermutet hatte, war es Jarrell, und er hatte noch einen Haufen anderer Einwände auf Lager. Ich erlaubte ihm, sich abzureagieren, bis mir plötzlich einfiel, daß das Omelett entweder kalt oder zäh werden würde, wenn ich den ›Igel‹ noch länger am Leben ließ. Deshalb erklärte ich ihm kategorisch, das Palaver hätte keinen Zweck, er müßte sich schon für eine der beiden Alternativen entscheiden, worauf er widerstrebend der Konferenz bei Wolfe zustimmte. Als ich ins Eßzimmer zurückkam, entdeckte ich, daß mein ›Igel‹ zwischen zwei so rabiaten Tischkumpanen wie Wolfe und Orrie gar keine Chance gehabt hatte zu überleben. Ich erwischte gerade noch einen kümmerlichen Rest.

8

In meinem Bericht über Susans erstes Auftreten am Montag abend ließ ich bewußt die Frage offen, ob es einem wohleinstudierten Plan entsprang oder nicht. Bis zum Freitag nachmittag hatte meine Bekanntschaft mit dieser Dame so geringe Fortschritte gemacht, daß ich noch immer nicht in der Lage war, die Frage eindeutig zu beantworten. Was jedoch mein eigenes Verhalten in Wolfes Büro vor der geladenen Gesellschaft anbelangt, so entsprach es wohlüberlegter Absicht, und zwar aus zwei Gründen: Erstens wollte ich, während wir auf die Nachzügler warteten, eine Unterhaltung mit den zuerst Ankommenden vermeiden, wer immer das auch sein mochte; und zweitens wünschte ich nicht mit anzusehen, wie Orrie Cather in seiner Rolle als Archie Goodwin die Gäste empfing und ins Büro geleitete. Sein stümperhaftes Bemühen hätte mich in Weißglut versetzt. Deshalb überließ ich gegen Viertel vor sechs Uhr Fritz und Orrie die Vorbereitung der Erfrischungen, räumte das Feld und verschanzte mich in dem Schneiderladen auf der gegenüberliegenden Seite der Straße, von dem man einen guten Ausblick auf unsere Vordertreppe hat.

Zuerst kreuzten Lois, Nora Kent und Roger Foote in einem Taxi auf. Nora bezahlte die Fahrt, was mir nur gerecht erschien, weil sie die Auslage ohnehin als Spesen verbuchen würde. Vermutlich ließen sich die Fahrtkosten zu einer Konferenz, bei der es sich um das Problem handelte, ob einer der Konferenzteilnehmer ein Mörder war oder nicht, sogar von der Steuer absetzen. Unser nächster Besucher kam allein und ebenfalls in einem Taxi – es war Corey Brigham. Dann brausten Wyman und Susan in einem gelben Jaguar heran; er saß hinter dem Lenkrad. Darauf trat eine längere Pause ein. Es war bereits zehn nach sechs, als ein schwarzer Rolls Royce an der Kurve bremste und Jarrell und Trella ausstiegen. Ich war nicht ungeduldig geworden, denn ich hatte selbst fünfundzwanzig Minuten auf Trella warten müssen, als ich sie am Dienstag zu Rusterman zum Lunch ausführte. Es hätte mich gewundert, wenn sie diesmal pünktlich gewesen wäre. Sobald sie im Haus verschwunden waren, überquerte ich die Straße und klingelte. ›Archie Goodwin‹ öffnete mir die Tür und führte mich durch die Halle auf das Büro zu. Er benahm sich dabei erträglicher, als ich erwartet hatte.

Bei der Sitzordnung hatte er sich nach den Instruktionen gerichtet. Der einzige Haken dabei war, daß ich vier von den Anwesenden nur im Profil und die übrigen überhaupt nicht zu sehen vermochte. Aber wir konnten ja dem Sekretär nicht gut eine Extrawurst braten und ihn auf einem Vorzugsplatz mit Ausblick auf die Versammlung unterbringen. Jarrell thronte selbstverständlich im roten Ledersessel. Die Familie – Trella, Lois, Wyman und Susan – saß vorn auf den gelben Sesseln, und in der zweiten Reihe saßen Alan Green, Roger Foote, Nora Kent und Corey Brigham. Es war ein Trost, daß ich wenigstens Lois direkt vor mir hatte. Von hinten bot sie zwar nicht die große Augenweide, aber auch ihre Rückenpartie war nicht ganz ohne Reiz.

Dann schob Wolfe seine Körperfülle ins Konferenzzimmer herein, drückte kurz Jarrells ausgestreckte Hand, baute sich hinter seinem Schreibtisch auf, ließ die Vorstellungszeremonie, die Jarrell vollzog, in würdevoller Pose über sich ergehen, neigte seinen Kopf um einen achtel Zentimeter und nahm Platz.

Jarrell ergriff wieder das Wort. »Ich habe alle informiert, daß es bei dieser Zusammenkunft um Eber geht und daß ich Sie zu Rate gezogen habe. Außerdem erklärte ich ihnen, daß es eine Art Familienkonferenz ist, die ganz unter uns bleiben muß. Das ist alles.«

»Dann sollte ich eigentlich gleich zu Beginn etwas klarstellen«, sagte Wolfe und räusperte sich. »Falls Sie damit meinen, daß ich mich verpflichtet habe, nichts von dem, was hier erörtert wird, weiterzuleiten, so muß ich Ihnen widersprechen. Ich bin kein Anwalt und kann auf den Schutz des Berufsgeheimnisses nur bis zu einem gewissen Grade Anspruch erheben. Falls Sie damit jedoch sagen wollen, daß es sich um eine vertrauliche Beratung handelt, deren Inhalt und Ergebnis nur unter gesetzlichem Zwang, sofern ein solcher angewendet werden sollte, enthüllt wird, dann ist das korrekt.«

»Machen Sie keine Ausflüchte, Wolfe. Ich bin Ihr Klient.«

»Nur, wenn wir uns richtig verstehen.« Wolfes Augen wandten sich von links nach rechts und wieder zurück. »Das wäre also klar. Ich glaube, keiner von Ihnen allen weiß etwas über das Verschwinden von Mr. Jarrells Revolver. Sie müssen es aber erfahren. Da Mr. Green dabei war, als der Verlust entdeckt wurde, möchte ich ihn bitten, über den Hergang zu berichten. Mr. Green?«

Ich hatte mit dieser Aufforderung gerechnet, aber nicht damit, daß ich als erster würde in die Bresche springen müssen. Alle Köpfe schwangen wie an einem Draht zu mir herum, und Lois drehte sich auf ihrem Stuhl sogar ganz zu mir herum, so daß ihr Gesicht nur eine Armlänge von mir entfernt war. Ich hatte mich präpariert und gab kurz und knapp einen Extrakt dessen wieder, was ich Wolfe ein paar Stunden früher ausführlich und mit sämtlichen Dialogen berichtet hatte. Alle hingen sozusagen an meinen Lippen, und ich konnte ihre Mienen genau beobachten.

Trella wandte sich zuerst ab. Sie sah ihren Gatten vorwurfsvoll an und protestierte: »Du hättest uns das sofort erzählen müssen, Otis!«

Corey Brigham fragte mich: »Ist der Revolver gefunden worden?« Dann wandte er sich Jarrell zu und stellte ihm dieselbe Frage.

Wolfe übernahm die Beantwortung. »Nein, er ist nicht gefunden worden, und es wurden auch keinerlei Anstrengungen in dieser

Richtung unternommen. Meiner Meinung nach hätte Mr. Jarrell unverzüglich nach ihm suchen lasssen müssen, wenn nötig, sogar mit polizeilicher Unterstützung, aber man muß einräumen, daß er sich in einer schwierigen Situation befand. Mr. Green, hatten Sie den Eindruck, daß Mr. Jarrell eine bestimmte Person verdächtigte?«

Ich hoffte, ihn richtig verstanden zu haben. Die Betonung seiner Frage lag auf meinem ›Eindruck‹. Wenn er jemanden zu einer unvorsichtigen Äußerung verleiten wollte, dann jedenfalls nicht mich. Ich gab ihm die Antwort, die er offensichtlich von mir erwartete: »Ja. Ich kann mich natürlich auch getäuscht haben, aber ich hatte das Gefühl, als glaubte er zu wissen, wer die Waffe entwendet hat. Es war . . .«

»Zum Teufel«, platzte Jarrell dazwischen. »Sie wissen ganz genau, wen ich verdächtigte. Ich glaubte es nicht zu wissen, ich war davon überzeugt und bin es noch. Da wir schon mal davon angefangen haben, hat es keinen Sinn, mit dem Rest hinter dem Berge zu halten!« Er hob den Zeigefinger gegen Susan. »Du warst es!«

Tiefes Schweigen. Sie blickten nicht auf Susan, sondern auf Jarrell, alle außer Roger Foote, der Wolfe nicht einen Moment aus den Augen ließ. Vermutlich versuchte er sich darüber klarzuwerden, ob er für oder gegen ihn setzen sollte und welche Seite die besseren Chancen hätte.

Wyman Jarrell brach als erster das Schweigen. Er brüllte nicht empört los, sondern erklärte ruhig: »Das ist ganz zwecklos, Pa, es sei denn, du kannst es beweisen. Kannst du das?« Er wandte sich um, weil er Susans Hand auf seinem Arm fühlte, und sagte beschwichtigend: »Nimm's nicht tragisch, Sue.« Er fügte noch irgend etwas hinzu, aber Wolfes Stimme übertönte seine Worte.

»Dieser Punkt sollte ein für allemal entschieden werden. Haben Sie Beweise, Mr. Jarrell?«

»Nein. Ich brauche keine.«

»Dann ist es besser, Sie beschränken Ihre Beschuldigungen auf den engeren Familienkreis. Wenn Sie das aber ausposaunen, machen Sie sich strafbar.« Sein Blick streifte die übrigen. »Wir wollen Mr. Jarrells spezifizierte Ausführung beiseite lassen, da er seinen Verdacht nicht beweisen kann. Wenn wir davon also absehen, ist die Situation folgende: Als Mr. Jarrell heute nachmittag erfuhr, daß Mr. Eber mit einer Waffe desselben Kalibers getötet wurde, das sein abhanden gekommener Revolver hatte, machte er sich Gedanken. Kein Wunder, da Eber immerhin fünf Jahre lang in seinen Diensten gestanden und in seinem Haus gelebt hatte, erst kürzlich entlassen worden war, am Mittwoch, also dem Tag, an dem der Revolver gestohlen wurde, seine Wohnung aufgesucht hatte und einen Tag später ermordet wurde. Er beschloß deshalb, mich zu Rate zu ziehen. Ich sagte ihm, seine Lage sei mißlich und möglicherweise sogar gefährlich; der beste Ausweg sei meiner Ansicht nach, das Verschwinden der Waffe einschließlich aller Begleitumstände der Polizei zu melden. Ich wies darauf hin, daß diese Tatsachen im Verlauf der Morduntersuchung auf die eine oder andere Weise doch durchsickern würden, falls man den Mörder nicht bald anderweitig entdeckte, und daß ich, da mir die Tatsachen jetzt bekannt seien, zu meinem eigenen Schutz zur Meldung gezwungen sei, wenn es sich herausstellen sollte, daß Mr. Jarrells Revolver bei dem Mord eine Rolle gespielt habe. Sinn und Ziel unserer Konferenz ist es, den Beweis zu erbringen, daß der Revolver nicht die Mordwaffe gewesen sein kann. Mit Ihrer aller Unterstützung ließe sich das recht leicht bewerkstelligen.«

»Wie?« fragte Brigham.

»Es wäre bewiesen, wenn die Waffe wieder greifbar wäre. Abgesehen von den Dienstboten, muß einer von Ihnen der Dieb sein. Geben Sie sie also zurück, oder sagen Sie mir, wo ich sie finden kann. Ich werde ein Geschoß daraus abfeuern und dafür sorgen, daß es mit dem Mordgeschoß verglichen wird. Damit dürfte sich alles entscheiden. Fällt der Vergleich negativ aus, dann ist die Waffe uninteressant, und ich habe keine Informationen für die Polizei. Fällt er positiv aus, muß ich der Polizei unverzüglich Meldung machen und ihr die Waffe aushändigen, und dann sitzen Sie alle in der Patsche.«

Jarrell fauchte seine Schwiegertochter an. »Wo hast du sie versteckt, Susan?«

»Nein«, fauchte Wolfe dazwischen. »So geht das nicht. Sie haben selbst gesagt, daß Sie Ihren Verdacht nicht beweisen können. Ich halte diese Konferenz auf Ihren eigenen Wunsch hin ab, und ich werde sie mir nicht von Ihnen verpfuschen lassen. Alle Anwesenden, einschließlich Sie selbst, sind der gleichen Gefahr ausgesetzt, und mein Appell richtet sich deshalb an alle.« Seine Augen wanderten nach rechts und links. »Ich wende mich an Sie alle. Mrs. Wyman Jarrell.« Pause. »Mr. Wyman Jarrell.« Pause. »Mrs. Otis Jarrell.« Pause. »Miss Jarrell.« Pause. »Mr. Green.« Pause. »Mr. Foote.« Pause. »Miss Kent.« Pause. »Mr. Brigham.«

Lois drehte sich in ihrem Sessel zu mir herum. »Er hat ein fabelhaftes Namensgedächtnis, finden Sie nicht auch?« fragte sie. Dann formte sie mit den Lippen zwei Wörter von insgesamt vier Silben, die nicht mißzuverstehen waren, obwohl ich kein ausgebildeter Lippenleser bin: Des Rätsels Lösung lautete: ›Archie Goodwin.‹

Ich verzog mein Gesicht zu einer Miene sichtbarer Begriffsstutzigkeit und war heilfroh, als Corey Brigham mich vor weiteren Anzüglichkeiten rettete. Er sagte zu Wolfe: »Mir ist nicht ganz klar, warum Sie mich zu den Verdächtigen zählen.« Er stellte ein wohleinstudiertes Lächeln zur Schau. »Ich betrachte es natürlich als eine Ehre, dem Jarrellschen Familienkreis zugerechnet zu werden, aber als Kandidat für den Diebstahl kann ich mich, so fürchte ich, wohl kaum qualifizieren.«

»Sie befanden sich zu der fraglichen Zeit in der Wohnung, Mr. Brigham. Vielleicht sollte ich noch einmal wiederholen, worum es eigentlich geht. Das Foto der automatischen Kamera zeigt uns auf der Uhr über der Tür den genauen Zeitpunkt des Diebstahls. Es war sechzehn Minuten nach sechs. Schön. Sie waren an jenem Abend beim Dinner anwesend, kamen bereits kurz nach sechs Uhr und hielten sich in der Diele auf.«

»Ich verstehe.« Er lächelte unentwegt weiter. »Ich raste also den Korridor hinunter zur Bibliothek und vermummte mich in den Teppich. Und wie gelangte ich in den Raum?«

»Vermutlich mit einem Schlüssel. Die Tür war intakt.«

»Ich besitze aber keinen Schlüssel zur Bibliothek.«

Wolfe nickte. »Der Besitz eines Schlüssels zu diesem Raum gehört zu einem der zahlreichen Punkte, die überprüft werden müßten, sollte es je zu einer gründlichen Untersuchung kommen. Jedenfalls können wir auch Sie bis dahin nicht übergehen. Für Sie gelten bis auf weiteres dieselben Verdachtsmomente wie für die übrigen, wenn wir auf Mr. Jarrells unbewiesene spezielle Beschuldigung verzichten, und das tue ich.«

Roger Foote polterte plötzlich mit einer Stimme dazwischen, die lauter klang, als es notwendig war. Schließlich war keiner von uns schwerhörig. »Ich möchte etwas fragen.« Unter den Wangenknochen seines großen, breiten Gesichts leuchteten zwei rote Flecke – wenigstens befand sich einer auf der Seite, die ich zu sehen vermochte. »Wie verhält es sich eigentlich mit diesem neuen Sekretär? Mit Alan Green? Wir wissen so gut wie gar nichts von ihm, jedenfalls ich nicht. Und Sie? Kannte er Eber?«

Das also war mein Kumpan, dieser Geldschnorrer. Ich hatte diesem Experten sechzig Dollar gepumpt, aus eigener Tasche, wie er annehmen mußte, und das war nun der Dank dafür. Freilich, sein

Gaul hatte nicht gewonnen, aber war das eine Entschuldigung für einen so hinterhältigen Überfall? Er fügte noch ein Postskriptum hinzu: »Er hatte einen Schlüssel zur Bibliothek, oder?«

»Ja, Mr. Foote, das stimmt«, gab Wolfe zu. »Ich kenne ihn nicht, werde ihn jedoch besser kennen, bevor diese Angelegenheit geklärt ist. Eines aber weiß ich von ihm. Er sagte, er hätte sich um Viertel nach sechs, zum Zeitpunkt des Diebstahls, allein in seinem Zimmer befunden. Das gleiche gilt, wie ich hörte, für Mr. Jarrell; und Mr. Green hat Ihnen eben ausführlich berichtet, wie Mr. Jarrell ihn dort abholte und was anschließend folgte. Mr. Brigham hielt sich in der Diele auf. Wo waren Sie, Mr. Foote?«

»Wann?«

»Das sollte mittlerweile doch klar genug sein. Am Mittwoch nachmittag um Viertel nach sechs.«

»Ich war auf der Rückfahrt vom Rennplatz Jamaica und traf um ... nein. Nein, das war gestern, am Donnerstag. Ich muß in meinem Zimmer gewesen sein, beim Rasieren. Ich rasiere mich immer um diese Zeit.«

»Sie sagen ›muß gewesen sein‹. Waren Sie in Ihrem Zimmer?«

»Ja.«

»War jemand bei Ihnen?«

»Nein. Ich bin ja nicht Ludwig der Vierzehnte. Ich muß mich selbst rasieren.«

Wolfe nickte. »Da haben Sie recht.« Sein Blick wanderte zu Trella. »Mrs. Jarrell, wir können diesen Punkt gleich ein für allemal erledigen. Erinnern Sie sich noch daran, wo Sie sich zur fraglichen Zeit am Mittwoch aufhielten?«

»Ich weiß es genau, weil es jeden Tag dasselbe ist – fast jeden Tag mit Ausnahme des Wochenendes.« Ich konnte eins ihrer Ohren sehen, aber nicht ihr Gesicht. »Ich war im Studio und saß vor dem Fernsehapparat. Um halb sieben ging ich in die Diele.«

»Sind Sie sicher, daß Sie auch am Mittwoch dort waren?«

»Natürlich!«

»Wann gingen Sie ins Studio?«

»Kurz vor sechs. Fünf oder zehn Minuten vorher.«

»Und Sie blieben ununterbrochen bis halb sieben dort?«

»Ja.«

»Ich glaube, das Studio liegt am Hauptkorridor. Sahen Sie jemanden in einer der beiden Richtungen vorübergehen?«

»Nein. Die Tür war zu. Und übrigens, wofür halten Sie mich eigentlich? Glauben Sie, ich würde es Ihnen sagen?«

»Ich weiß es nicht. Jedoch werden Sie sich, falls wir die Waffe nicht ausfindig machen, einer Befragung ausgeliefert sehen, die keinen Vergleich mit dem hier zuläßt; ich werde Ihnen dann wie ein Vorbild an Zuvorkommenheit in Erinnerung sein.« Seine Augen hefteten sich auf Susan. »Mrs. Jarrell, bitte?«

Sie antwortete sofort. Ihr Stimme klang wie gewöhnlich leise, aber dennoch fest und deutlich. »Ich war in meinem Zimmer, zusammen mit meinem Mann. Wir waren von ungefähr Viertel nach sechs Uhr an zusammen, und zwar eine ganze Stunde lang.«

»Sie bestätigen das, Mr. Jarrell?«

»Jawohl.« Wyman sprach mit großem Nachdruck.

Wolfes Blick wanderte nach links und anscheinend zu mir, aber ich befand mich auf einer Linie mit Lois, die direkt vor mir saß. »Miss Jarrell?«

»Ich glaube, mir geht's an den Kragen«, erklärte sie. »Ich weiß nämlich nicht mehr genau, wo ich mich Viertel nach sechs aufgehalten habe. Ich war aus und kam gegen sechs nach Haus und wollte meinen Vater etwas fragen und ging deshalb zur Bibliothek, aber die Tür war verschlossen. Dann lief ich in die Küche, um mit Mrs. Latham zu sprechen. Aber sie war nicht da; ich entdeckte sie im Eßzimmer und bat sie, mir ein Kleid zu bügeln. Ich war müde und wollte in der Diele rasch etwas trinken; weil ich aber Mr. Brigham dort vorfand und mir nicht nach Gesellschaft zumute war, ließ ich's bleiben und ging hinauf in mein Zimmer, dort kleidete ich mich um. Wenn ich einen Schlüssel zur Bibliothek besessen hätte und mir der Trick mit dem Teppich eingefallen wäre, hätte ich den Revolver vielleicht mitgehen lassen, aber ich tat's nicht. Außerdem hasse ich Schießeisen. Den Trick mit dem Teppich finde ich einfach fabelhaft.« Sie drehte sich zu mir um. »Sie nicht auch, Ar-Al-Alan?«

Ein reizendes Biest! Falls ich ihr jemals wieder auf einer Tanzfläche begegnen sollte, würde ich ihr auf den Zehen herumtrampeln. Sie wandte sich nach vorn, als Wolfe sie etwas fragte.

»Um welche Zeit sahen Sie Mr. Brigham in der Diele? Versuchen Sie, so genau wie möglich zu sein.«

Sie schüttelte den Kopf. »Ausgeschlossen. Wäre es jemand gewesen, der mich etwas mehr interessierte, wie Mr. Green zum Beispiel, dann würde ich sagen, es war genau sechzehn Minuten nach sechs gewesen, und er würde bestätigen, er hätte mich im Türrahmen gesehen und gleichzeitig auf seine Uhr geblickt, und uns beiden wäre geholfen. Da Mr. Brigham leider nicht zu meinen Freunden zählt, versuche ich erst gar nicht, den genauen Zeitpunkt abzuschätzen.«

»Das hier ist kein Gesellschaftsspiel, Lois«, warf ihr Vater dazwischen. »Das kann verdammt ernst werden.«

»Na, für meinen Begriff ist es das schon jetzt, Dad. Mir kommt's jedenfalls schrecklich ernst vor. Ich habe ihm soviel wie möglich erzählt. Stimmt's, Mr. Wolfe?«

»Ja, Miss Jarrell. Vielen Dank. Würden Sie so freundlich sein, Miss Kent?«

»Am Mittwoch verließen Mr. Jarrell und ich um sechs Uhr gemeinsam die Bibliothek und schlossen wie gewöhnlich die Tür hinter uns ab. Wir fuhren zusammen im Lift nach oben und trennten uns im Gang. Ich begab mich in mein Zimmer, um mich zu waschen und umzukleiden, und blieb dort bis kurz vor halb sieben. Dann ging ich hinunter in die Diele.«

Wolfe lehnte sich zurück, faltete die Hände über dem höchsten Punkt seiner Leibeswölbung, holte tief Luft, stieß sie geräuschvoll aus und murrte: »Es ist möglich, daß ich die ganze Sache falsch angepackt habe. Natürlich hat einer von Ihnen gelogen.«

»Da haben Sie verdammt recht«, sagte Jarrell, »und ich weiß auch, wer.«

»Wenn du Susan meinst«, warf Roger ein, »dann hat Wyman auch gelogen. Wie steht's mit diesem Green?«

»Es war ein Fehler«, fuhr Wolfe fort, »Sie nach Ihrem Alibi zur Zeit des Diebstahls in Gegenwart der anderen zu fragen. Ich hätte Sie getrennt anhören müssen. Jetzt haben Sie sich in Ihren Aussagen festgelegt, auch derjenige, der die Waffe entwendet hat, und er wird nun nicht mehr bereit sein, mit der Wahrheit herauszurücken. Es wäre sinnlos, jetzt noch auf Sie einzuwirken; auch bezweifle ich, ob ein weiteres Drängen meinerseits überhaupt von Nutzen ist. Der richtige Moment für eine solche ›Nachhilfestunde‹ wäre am Mittwoch gewesen, als Mr. Jarrell den Diebstahl entdeckte. Zu diesem Zeitpunkt gab es weder einen Mord noch die bevorstehende unerbittliche Untersuchung des Mordfalles durch die Polizei.«

Er musterte alle. »So weit wären wir also. Sie wissen nun, wie die Dinge liegen. Ich sagte vorhin, ich müßte die Polizei informieren, sobald die Möglichkeit, daß Mr. Jarrells Revolver zum Mord an Eber benutzt wurde, zur Wahrscheinlichkeit wird. Meiner Ansicht nach ist die Wahrscheinlichkeit jetzt größer als vor einer knappen Stunde – da Sie alle den Diebstahl abgestritten haben, obwohl einer von Ihnen ihn begangen haben muß.«

Er betrachtete sie von neuem. »Wenn ich zu einem Mann oder einer Frau spreche, blicke ich ihn oder sie gern an. Ich kann dem

Täter jetzt nicht ins Gesicht sehen, weil ich ihn nicht kenne. Deshalb werde ich beim Sprechen die Augen schließen«, was Wolfe auch sogleich tat. »Falls einer von Ihnen weiß, wo sich die Waffe befindet und daß sie mit dem Mord nichts zu tun hat, braucht derjenige sie lediglich wiederauftauchen zu lassen, und es ist nicht nötig, daß er sich dabei zu erkennen gibt. Am besten legt sie der Betreffende sichtbar an einen Fleck, wo sie schnell entdeckt werden kann. Falls die Waffe jedoch nicht bald zum Vorschein kommt, bin ich gezwungen, zwei Hypothesen aufzustellen.«

Er hob einen Finger hoch. Seine Augen waren noch immer geschlossen. »Erstens: daß sie nicht mehr im Besitz desjenigen ist, der sie entwendet hat. Wechselte die Waffe den Besitzer *vor* dem Mord an Eber, dann kann sie dazu benutzt worden sein, Eber zu töten, und dann muß die Polizei informiert werden. Kam sie hingegen *nach* dem Mord in andere Hände und weiß derjenige genau, daß sie als Mordwaffe nicht in Frage kommt – das kann, wie ich bereits ausführte, genau festgestellt werden –, dann setzt sich die betreffende Person lediglich einer Bloßstellung aus. Das dürfte belanglos sein gegenüber der Tatsache, daß für alle, wie Sie hier sitzen, die Scherereien einer Morduntersuchung bevorstehen. Im übrigen glaube ich nicht, daß Mr. Jarrell beabsichtigt, den Diebstahl gerichtlich ahnden zu lassen.«

Er hob einen zweiten Finger hoch. »Zweitens: Es muß davon ausgegangen werden, daß der Dieb Eber ermordet hat. In diesem Fall wird er die Waffe natürlich auch dann nicht zurückgeben, wenn sie noch greifbar für ihn ist. Jedes Zögern meinerseits wäre dann ein Verbrechen gegen das Gesetz, unter dem wir leben, und ich müßte der Polizei unverzüglich und ausführlich alles das mitteilen, was ich von der Sache weiß.«

Er öffnete die Augen. »Das wäre es, meine Damen und Herren. Für den Moment habe ich dem nichts hinzuzufügen. Die Konferenz ist damit beendet für Sie alle bis auf einen Herrn. Mr. Foote hat vorgeschlagen, daß die Vergangenheit von Mr. Green, Ebers Nachfolger, einmal überprüft werden sollte, und ich pflichte ihm bei. Mr. Green, wollen Sie bitte noch bleiben. Für alle übrigen Anwesenden ist das fürs erste alles. Ich muß mich bei Ihnen noch für meine Versäumnisse als Gastgeber entschuldigen. Dieser Tisch mit Erfrischungen steht bereit, und Sie sind herzlichst eingeladen, sich zu bedienen.«

Orrie Cather stand auf und steuerte auf die Getränke zu. Roger Foote war ebenso flink zur Stelle wie er, und ich sah für den Bourbon bewegte Zeiten voraus. In dem Gedanken, man könnte möglicherweise von mir erwarten, daß meine Nerven einer Stärkung bedurften – schließlich sollte ja meine mysteriöse Vergangenheit unter die Lupe genommen werden –, bat ich bescheiden um etwas Scotch mit Wasser. Auch die anderen hatten sich inzwischen von ihren Plätzen erhoben, jedoch nicht, um die Gastfreundschaft des Hauses Wolfe in Anspruch zu nehmen. Jarrell und Trella hatten sich vor Wolfes Schreibtisch aufgebaut und unterhielten sich mit ihm. Corey Brigham kiebitzte über deren Schultern hinweg. Nora Kent hatte sich an das eine Ende der Couch zurückgezogen und ließ ihre scharfen grauen Augen spähend umherwandern. Als ich bemerkte, daß Wyman und Susan sich zum Gehen anschickten, gab ich Orrie einen Wink, und er verzog sich in die Halle, um sie hinauszulassen. Ich führte mir einen Schluck zu Gemüte, trat auf Roger Foote zu und sagte: »Schönen Dank, daß Sie für mich kostenlos Publicity gemacht haben.«

»Es war nicht persönlich gemeint, es fiel mir nur gerade so ein. Was weiß ich schon von Ihnen? Nichts. Und die anderen auch nicht.«

Nach diesem bündigen Bescheid angelte er sich die Flasche und vertiefte sich in das Studium des Bourbon. Bei seiner nimmersatten Kehle bestand leider nicht einmal die Hoffnung, daß er daran ersticken würde.

Ich hatte mit mir debattiert, ob ich das Problem Lois mutig in Angriff nehmen oder lieber vorsichtig umgehen sollte. Die Entscheidung darüber wurde mir indessen abgenommen, als sie mich von dem großen Globus aus zu sich rief.

»Wir wollen so tun, als betrachteten wir uns den Globus«, sagte sie. »Ich wollte Ihnen nur erzählen, daß mir im selben Augenblick, als ich den Kerl sah, der uns einließ, alles wieder einfiel. Aber ich muß Sie was fragen: Weiß mein Vater, wer Sie wirklich sind?«

Sie zeigte auf Venezuela, und ich betrachtete ihre Hand und dachte daran, wie nett es war, sie bei Tanzmusik in der meinen zu halten. Offenbar war meine Chance, ihre Vermutung ins Lächerliche zu ziehen, gleich Null; sie vermutete nicht, sie wußte Bescheid.

»Ja«, erwiderte ich. »Er weiß es.«

»Er ist vielleicht nicht die Ritterlichkeit in Person, aber er ist mein Vater.«

»Ihr Vater wußte, daß ich Archie Goodwin bin, als er mich Montag nachmittag zu Ihnen in die Wohnung schleppte. Wenn er wünscht, daß Sie und die anderen es erfahren sollen, wird er's Ihnen wahrscheinlich selbst sagen.«

»Er sagt mir nie was.« Sie deutete auf Ceylon. »Falls ich Sie er-pressen wollte, so wäre dazu jetzt eine fabelhafte Gelegenheit. Aber gesetzt den Fall, ich würde jemals etwas von Ihnen haben wollen, so möchte ich, daß Sie's mir freiwillig geben, von unbezwinglicher Leidenschaft getrieben. Ich würde Ihnen natürlich niemals auch nur einen Schritt entgegenkommen – so was tut ein wohlerzogenes Mädchen nicht –, aber ich würde auch nicht davonlaufen. Es ist zu schade . . .«

»Kommst du, Lois?«

Der Störenfried war natürlich Roger Foote. Nora Kent stand ne-ben ihm. Lois erklärte, dieser Globus sei der größte, den sie je gese-hen habe, und sie würde ihn gern noch etwas betrachten, und Roger antwortete, er werde ihr einen kaufen – woher er das Geld neh-men wollte, weiß ich allerdings nicht –, und danach zogen sie ab. Ich blieb in Gesellschaft des Globus' zurück. Jarrell und Trella un-terhielten sich noch mit Wolfe, aber Corey Brigham war ver-schwunden. Dann verschwanden auch die beiden, ohne mich eines Blickes zu würdigen.

9

Am Sonnabend morgen um halb zehn, nachdem ich mehr oder we-niger mit Lois, Susan und Wyman gefrühstückt hatte – mehr oder weniger deshalb, weil wir nicht gleichzeitig damit anfingen und ich als erster fertig war –, machte ich einen Rundgang durch die un-tere Etage der Wohnung und ließ nur die Bibliothek und die Küche aus. Es war keine Suchaktion; ich blickte weder hinter Kissen, noch griff ich in Schubladen. Falls die fragliche Person Wolfes Gebrauchs-anweisung akzeptierte, würde sie das Schießeisen an einer Stelle de-ponieren, wo es sofort ins Auge springen mußte. Deshalb graste ich das Territorium in aller Gemütsruhe ab und ließ meine Blicke um-herschweifen. Da ich nicht erwartet hatte, etwas zu finden – meine Wette von eins zu fünfzig stand immer noch –, war das Resultat auch keine Enttäuschung für mich.

Ich hätte von Rechts wegen in der Nacht von Freitag auf Sonn-abend in meinem eigenen, bequemen Bett schlafen können. Jeden-falls sprach kein einleuchtender Grund dagegen, und zur Abwechs-lung wäre es ganz nett gewesen, wieder einmal in den heimischen Gefilden zu verweilen. Aber Wolfe hatte Mr. Jarrell in Trellas Bei-sein mitgeteilt, er würde ihm seinen Sekretär zurückschicken, sobald er ihn über seine Vergangenheit ausgefragt hätte. Also trudelte ich eine Stunde später wieder in der Fifth Avenue ein, und ich war nicht einmal böse darüber. Selbst eine Chance von eins zu fünfzig muß nicht immer eine Niete sein. Falls der Dieb den Revolver noch am selben Abend herausrückte, hätte ich gern den Entdecker gespielt oder zumindest den unbefangenen Zeugen bei der Auffindung. Deshalb machte ich noch rasch eine Runde, bevor ich mich auf mein Zimmer zurückzog.

Mein zweiter Rundgang am Sonnabend morgen fiel gründlicher aus.

Wenn es sich einrichten läßt, mache ich jeden Morgen einen Spaziergang, irgendwann zwischen neun und elf Uhr, solange Wolfe in den Plantagenräumen an seinen Orchideen herumpusselt, um meinen Beinen etwas Bewegung zu verschaffen und um meine Lungen mit Auspuffgasen zu erquicken. Aber dieses Mal trieb mich nicht nur die Besorgnis um meine Gesundheit auf die Straße. Ein stellvertretender Staatsanwalt hatte sich, vermutlich in Begleitung eines Polizeibeamten, für elf Uhr bei Jarrell angemeldet, um das Material über den verstorbenen James L. Eber zu ergänzen. Jarrell und ich waren übereinstimmend zu dem Schluß gekommen, daß meine Anwesenheit dabei nur stören würde.

Ich legte die dreißig Blocks bis zum Gebäude der *Gazette* zu Fuß zurück, um Lon Cohen mit einer Stippvisite zu beehren. Nebenbei zog ich ihm auch die letzten Neuigkeiten über den Mord an Eber aus der Nase. Er wollte natürlich wissen, wer Wolfes Klient sei; das Treffen endete unentschieden. Er behauptete, die Polizei arbeite mit Volldampf daran, eine lohnende Spur freizulegen, und ich behauptete, Wolfe habe im Moment keinen nennenswerten Klienten. Sobald ich jedoch einen Knüller für die erste Seite hätte, werde er es rechtzeitig erfahren. Danach verabschiedete ich mich von ihm und fuhr, um meine Beine nicht zu überanstrengen, mit einem Taxi in die 35. Straße.

Wolfe war bereits aus seinem Orchideenhimmel herabgestiegen, saß hinter dem Schreibtisch und diktierte Orrie Briefe. Sie nahmen sich immerhin die Zeit, mich zu begrüßen, was ich bei zwei so immens beschäftigten Menschen zu schätzen wußte. Sie waren gerade in die wichtige Aufgabe vertieft, Lewis Hewitt mitzuteilen, daß eine Kreuzung von *Cochlioda noezliana* und *Odontoglossum armainvillierense* in Kürze blühen werde und daß er zu diesem Ereignis herzlich eingeladen sei. Da mir meine übliche Vierzig-Minuten-Sitzung mit der Morgenausgabe der *Times* beim Frühstück diesmal verpatzt worden war, angelte ich sie aus dem Regal, zog mich auf die Couch zurück und überflog gerade die Schlagzeilen auf der ersten Seite und die Sportberichte, als es an der Haustür schellte. Eigentlich hätte der Mann hinter meinem Schreibtisch losflitzen müssen, da ihm jedoch eben von Wolfe ein Wort vorbuchstabiert wurde, dessen Schreibweise er von Rechts wegen hätte wissen müssen, machte ich mich auf die Socken.

Ein Blick durch die Spionglasscheibe auf ein kräftiges Individuum im grauen Anzug mit breiten Schultern und einem dicken, roten Gesicht sagte mir genug. Ich legte die Riegelkette vor, öffnete die Tür, so weit es ging – vier Zentimeter, mehr nicht –, und flötete durch den Spalt: »Guten Morgen. Wir sind uns seit einer Ewigkeit nicht mehr begegnet. Sie sehen prächtig aus.«

»Reden Sie kein Blech. Beeilen Sie sich, Goodwin. Machen Sie die Tür auf!«

»An sich schrecklich gern, aber Sie wissen ja, wie das so ist. Mr. Wolfe ist im Moment damit beschäftigt, jemandem das Einmaleins der Orthographie beizubringen. Was soll ich ihm ausrichten?«

»Sagen Sie ihm, ich möchte wissen, weshalb er Ihren Namen in Alan Green umänderte und Ihnen einen Posten als Sekretär bei Otis Jarrell verschaffte.«

»Darüber zerbreche ich mir auch schon die ganze Zeit über den Kopf. Machen Sie's sich bequem, ich werde ihn fragen. Wenn er's auch nicht weiß, hat's natürlich keinen Zweck, daß Sie sich überhaupt hereinbemühen.«

Ich ließ die Tür mit vorgelegter Kette offenstehen, um nicht unhöflich zu erscheinen, stiefelte ins Büro und baute mich vor Wolfes Schreibtisch auf. »Entschuldigen Sie, wenn ich störe, aber Inspektor Cramer möchte wissen, weshalb Sie meinen Namen in Alan Green umänderten und mir einen Posten als Sekretär bei Otis Jarrell verschafften. Soll ich es ihm sagen?«

Er blickte mich finster an. »Wie, zum Teufel, hat er das nur herausbekommen? Von dem Jarrell-Mädchen?«

»Nein. Glaub' ich nicht.«

»Blöde Belästigung! Führen Sie ihn herein.«

Ich flitzte wieder nach vorn, nahm die Kette ab und riß die Tür weit auf. »Er ist entzückt über Ihr Kommen. Ich natürlich ebenfalls.«

Die drei letzten Worte kriegte er vermutlich nicht mehr mit, weil er seinen Hut auf die Ablage feuerte und mit Getöse den Gang hin-

unterstürmte. Bis ich die Tür geschlossen hatte und ins Büro zurück-
gerast war, hatte er sich schon in dem roten Ledersessel niedergelassen. Orrie war nirgends zu sehen. Da wir ihm in der Diele nicht begegnet waren, hatte Wolfe ihn wahrscheinlich in das Vorderzimmer
abgeschoben. Die Tür war zu. Ich begab mich hinter meinen Schreibtisch und war wieder ich selbst.

Cramer platzte los. »Wollen Sie es noch mal hören? Ich meine
das, was ich Goodwin eben sagte?«

»Danke, nein. Dürfte sich erübrigen.« Wolfe hatte sich ihm zugewandt und war höflich, aber nicht beflissen. »Aber es interessiert
mich natürlich, wie Sie zu dieser Information gelangt sind. Stand
Mr. Goodwin unter Beobachtung?«

»Nein, aber ein gewisses Haus in der Fifth Avenue, und zwar
seit fünf Uhr heute morgen. Als Goodwin gegen Viertel vor zehn
beim Verlassen des Hauses beobachtet und erkannt wurde und der
Portier erklärte, das sei Otis Jarrells neuer Sekretär namens Alan
Green, gab der Beamte diese Information sofort an mich weiter.
Wenn ich bloß neugierig gewesen wäre, hätte ich Sie von Sergeant
Stebbins anrufen lassen. Aber die Information erschien mir so ver-
dächtig, daß ich lieber selbst gekommen bin.«

»Ihr Eifer ist gewiß anerkennenswert, Mr. Cramer, und außerdem ist es mir ein Vergnügen, Sie wieder einmal hier zu sehen, aber
ich fürchte, meine Gedankenkonzentration ist heute morgen nicht
ganz intakt. Sie müssen schon etwas Geduld mit mir haben. Es war
mir bisher unbekannt, daß die Übernahme eines Postens unter einem anderen Namen gegen die Gesetze verstößt und deshalb von
der Polizei nachgeprüft wird. Noch dazu von Ihnen, dem Leiter des
Morddezernats?«

»Von Rechts wegen sollte ich inzwischen gelernt haben, Sie mit
Geduld zu ertragen. Ich hatte weiß Gott oft genug Gelegenheit dazu. Aber das ist doch so ungefähr das Unverschäm ...« Er brach
unvermittelt ab, fischte eine Zigarre aus der Tasche, rollte sie zwischen den Händen, steckte sie in den Mund und bohrte seine Zähne
hinein. Er zündete sie niemals an.

Nach einer Weile nahm er die Zigarre wieder aus dem Mund.
»Sie sind schon schlimm genug«, sagte er beherrscht, »wenn Sie nicht
sarkastisch werden. Kommt das noch dazu, dann sind Sie so ziemlich der unerträglichste Mensch in meinem gesamten Amtsbereich.
Ist Ihnen bekannt, daß ein Mann namens Eber am Donnerstag nachmittag in seiner Wohnung in der 49. Straße ermordet worden ist?
Vorgestern also?«

»Ja.«

»Wissen Sie, daß er fünf Jahre lang Otis Jarrells Sekretär war und erst vor kurzem entlassen worden ist?«

»Ja, auch das ist mir bekannt. Entschuldigen Sie die Bemerkung, aber das ist mir alles zu einfältig. Ich pflege regelmäßig Zeitungen zu lesen.«

»Gut, aber das ist die Vorgeschichte, und die wollen Sie doch hören. Meinen Informationen nach tauchte Goodwin am Montag nachmittag, drei Tage vor dem Mord, zum erstenmal in Jarrells Wohnung auf. Jarrell sagte dem Portier, Goodwin heiße Alan Green und werde bei ihm wohnen. Und das hat er auch. Dort gewohnt, meine ich.« Sein Kopf fuhr zu mir herum. »Stimmt das, Goodwin?«

»Stimmt«, gab ich zu.

»Sie mimen dort seit Montag unter einem anderen Namen den neuen Sekretär. Hab' ich recht?«

»Ja – abgesehen von gelegentlichen geschäftlichen Gängen. Im Augenblick bin ich zum Beispiel nicht dort.«

»Sieh mal einer an – wie raffiniert. Sie sind nicht dort, weil Sie genau wußten, daß jemand aus dem Büro des Staatsanwalts im Anmarsch war, und Sie nicht gesehen werden wollten, stimmt doch, wie?«

Er drehte sich wieder zu Wolfe um und entschied, daß seine strapazierte Langmut eine Beruhigungspause brauchte, steckte seine Zigarre in den Mund und kaute auf ihr herum.

Er nahm die Zigarre wieder in die Hand. »Die Sache sieht folgendermaßen aus, Wolfe: Wir fanden nicht den geringsten Hinweis auf Ebers Mörder. Nicht eine Spur, die auch nur einen Cent wert gewesen wäre. Unsere ergiebigste Quelle für Ebers Vergangenheit und seinen Umgang war natürlich Jarrell und seine Familie. Eber war ja nicht nur bei ihm angestellt, er lebte auch dort. Wir haben eine Menge über ihn erfahren, aber nichts, was wie ein überzeugendes Mordmotiv aussieht und uns weiterhilft. Tatsächlich hatten wir die ergebnislose Schnüffelei so satt, daß wir Jarrell und seine Sippe fallenlassen und unsere Nachforschungen in einer anderen Richtung konzentrieren wollten, und dann passiert uns das mit Goodwin. Goodwin und Sie!«

Er kniff seine Augen zusammen, begriff aber rechtzeitig, daß das die falsche Haltung war, und riß sie auf. »Das ändert natürlich alles. Wenn ein Mann wie Otis Jarrell Ihnen einen so wichtigen Auftrag gibt, daß Sie sich sogar von Goodwin trennen, damit er dort unter einem anderen Namen den Sekretär spielen kann, und sein

Vorgänger drei Tage später ermordet wird, erwarten Sie da noch von mir, daß ich annehme, diese Ereignisse stünden in keinerlei Verbindung zueinander?«

»Ich bin nicht sicher, ob ich Sie recht verstanden habe, Mr. Cramer. Was meinen Sie mit ›Verbindung zueinander‹?«

»Und ob Sie mich verstanden haben! Zwischen dem, womit Jarrell Sie beauftragt hat, und dem Mord!«

Wolfe nickte. »Ich vermutete schon, daß es das war, was Sie meinten, aber ich habe diese ewigen Vermutungen nachgerade satt. Ich wundere mich eigentlich, daß es Ihnen allmählich nicht genauso geht. Sie nehmen einfach an, daß Mr. Jarrell mich beauftragt hat. Können Sie mir Gründe dafür angeben? Wäre es nicht auch möglich, daß eine andere Person mich engagiert hat und daß ich Mr. Goodwin in Mr. Jarrells Haushalt hineinschmuggelte, um für meinen Klienten Informationen zu beschaffen?«

Damit war eine mich brennend interessierende Frage entschieden. Von dem Moment an, da ich die Eingangstür einen Spalt geöffnet und Cramers Botschaft für Wolfe entgegengenommen hatte, war ich der Meinung gewesen, daß Wolfe unser Geheimnis auf die Dauer zu gefährlich erscheinen und er die Katze schließlich doch aus dem Sack lassen werde. Aber jetzt wußte ich Bescheid. Die Sache mit Jarrells Revolver würde unerwähnt bleiben. Der Versuch, Cramer eine lang währende Abneigung gegen törichte Vermutungen einzuimpfen, schien geglückt zu sein.

Cramer riß beide Augen noch weiter auf. »Bei Gott! Wer ist Ihr Klient? Aber das werde ich im Leben wohl nicht aus Ihnen herausbekommen. Doch Sie können mir wenigstens das eine sagen: War Eber Ihr Klient?«

»Nein, Sir.«

»Dann ist es doch Jarrell oder . . .? Ist Jarrell Ihr Klient?«

Für Wolfe war das ein Festessen. »Mr. Cramer. Ich bin mir absolut der Verpflichtung bewußt, daß ich Informationen, die im Zusammenhang mit dem Verbrechen stehen, das Sie zur Zeit bearbeiten, an Sie weiterzuleiten habe. Ob diese Informationen aber tatsächlich von Bedeutung sind, hängt nicht von Ihrer Lust und Laune ab, sondern von einer für mich akzeptablen, logisch einwandfreien Beweisführung. Da Sie nicht wissen, welche Informationen ich besitze, steht Ihnen auch keine überzeugende Argumentation zur Verfügung, und Sie müssen sie schon mir überlassen. Und ich folgere daraus, daß ich Ihnen nichts zu berichten habe. Ich habe Ihre einzige wirklich sachdienliche Frage, ob Mr. Eber mein Klient war, ausreichend beantwortet. Sie werden sich natürlich bei Mr. Jarrell erkundigen, ob er mein Klient ist, und ihm eröffnen, daß sein neuer Sekretär mein langjähriger Mitarbeiter Archie Goodwin ist; es liegt nicht in meiner Macht, das zu verhindern. Ich bedaure, daß Sie sich selbst der Mühe unterzogen haben, hierherzukommen, aber ich glaube nicht, daß es ganz umsonst war; immerhin haben Sie erfahren, daß ich nicht für Mr. Eber beschäftigt war.«

Cramer blickte mich an, erstens, weil er wahrscheinlich befürchtete, er werde die Beherrschung verlieren und Wolfe an die Gurgel springen, wenn er ihn noch länger ansähe; und zweitens, weil er vermutlich hoffte, ich wäre mit dem Resultat von Wolfes Beweisführung vielleicht nicht einverstanden. Ich grinste ihn an und bemühte mich, dabei so sarkastisch wie möglich zu wirken.

Er rammte sich die Zigarre in den Mund, biß ingrimmig auf ihr herum, erhob sich, riskierte noch einen Blick zu Wolfe, jedoch nur einen ganz flüchtigen, wandte sich um und stapfte hinaus. Ich rührte mich nicht, bis ich sicher war, daß er fast an der Tür angelangt war. Erst dann spähte ich vorsichtig um die Ecke, um mich zu orientieren, ob er in seiner Wut nicht etwa kehrtgemacht hatte, um uns noch einmal energisch auf die Pelle zu rücken. Ganz so schlimm hatte es ihn offenbar nicht gepackt; er war schon draußen und knallte die Tür hinter sich zu.

Als ich ins Büro zurückkam, fauchte mich Wolfe an: »Verbinden Sie mich mir Mr. Jarrell!«

»Der stellvertretende Staatsanwalt ist wahrscheinlich noch bei ihm.«

»Egal. Ich muß ihn sprechen.«

Ich ging zu meinem Schreibtisch, wählte die Nummer, hatte Nora Kent am Apparat und sagte ihr, daß Mr. Wolfe dringend Mr. Jarrell zu sprechen wünschte. Sie antwortete, er sei momentan beschäftigt und werde später anrufen, und ich erklärte, je eher, desto besser, es sei sehr wichtig, ich könne ihm höchstens zwei Minuten geben. Es dauerte nicht viel länger, bis es wieder läutete und Mr. Jarrell sich meldete. Wolfe griff nach seinem Hörer, und ich blieb an meinem.

Jarrell sagte, er befinde sich jetzt in einem anderen Raum, weil zwei Beamte aus dem Büro des Staatsanwalts bei ihm in der Bibliothek säßen, und Wolfe fragte: »Haben die beiden Mr. Goodwin oder mich erwähnt?«

»Nein, weshalb auch?«

»Weil es nahegelegen hätte. Inspektor Cramer vom Morddezer-

nat war hier und ist gerade gegangen. Ihr Haus steht unter Beobachtung, und Mr. Goodwin wurde heute morgen beim Verlassen des
Hauses erkannt. Man hat inzwischen auch festgestellt, daß er seit
Montag unter dem Namen Alan Green als Sekretär bei Ihnen arbeitet. Mr. Goodwin wies Sie bereits darauf hin, was passieren würde,
falls diese Tatsache bekannt würde, und jetzt ist es geschehen. Ich
gab Mr. Cramer keinerlei Informationen außer der Bestätigung,
daß Mr. Eber nicht mein Klient war. Natürlich . . .«

»Teilten Sie ihm mit, warum ich Sie zu Rate zog?«

»Sie hören ja nicht zu. Ich sagte eben, ich gab ihm keinerlei Informationen. Ich teilte ihm nicht einmal mit, daß *Sie* mich beauftragten, geschweige denn, weshalb. Vermutlich ist Inspektor Cramer
bereits auf dem Wege zu Ihnen. Das war unvermeidlich, da er über
Goodwins Tätigkeit bei Ihnen Bescheid weiß. Ich rate Ihnen, gründlich über die Situation nachzudenken. Was immer Sie der Polizei
auch sagen, unterlassen Sie es nicht, mich unverzüglich darüber zu
unterrichten. Falls Sie zugeben, daß Sie mich beauftragten . . .«

»Zum Teufel, ich muß es doch zugeben! Wenn die Polizei über
Goodwin Bescheid weiß!«

»Ganz recht. Aber ich erwähnte Mr. Cramer gegenüber die Möglichkeit, daß mich auch eine andere Person engagiert haben könnte
und daß ich Goodwin nur zu Ihnen schickte, um Sie zu bespitzeln;
das war jedoch lediglich als eine Art Ablenkungsmanöver gedacht.
Tatsächlich habe ich ihm überhaupt nichts erzählt. Verstehen Sie das
bitte richtig.«

»Ja, ich verstehe.« Schweigen. »Verdammt noch mal!« Schweigen.
»Ich muß mir genau überlegen, was ich sagen soll.«

»Ja, das wäre ratsam. Es wird vermutlich am besten sein, wenn
Sie erklären, daß Sie mich mit einer persönlichen und vertraulichen
Angelegenheit beauftragten, und es dabei belassen. Aber in einem
Punkt darf zwischen Ihnen und mir keine Unklarheit aufkommen.
Es steht mir frei, alles, was mir über den Diebstahl Ihrer Waffe be-
kannt ist, zu enthüllen, falls ich das für notwendig erachte.«

»Sie haben sich vorher aber anders ausgedrückt. Sie sagten, Sie
müßten es melden, falls die Möglichkeit, daß mein Revolver die
Mordwaffe war, sich zur Wahrscheinlichkeit entwickelt.«

»Stimmt, aber die Entscheidung darüber liegt bei mir. Ich riskiere
ernsthafte Schwierigkeiten und Mr. Goodwin desgleichen. Wir wollen schließlich nicht unsere Lizenzen verlieren. Es wäre sicher klü-
ger gewesen, Inspektor Cramer zu informieren, als er bei mir war,
aber er forderte mich zu stark heraus.«

Damit legte er den Hörer auf und funkelte mich so wütend an, als hätte ich ihn herausgefordert.

Ich legte ebenfalls auf und funkelte zurück. »Unsere Lizenz? Quatsch!« entfuhr es mir. »Wir riskieren höchstens kostenloses Quartier und Freifutter zu Lasten des Staates New York für die Dauer von mindestens einem Jahr, und wenn wir Glück haben, bis zu zehn Jahren. Dann können wir auch noch auf Bewährung wegen einwandfreier Führung hoffen.«

»Soll das eine Drohung sein?« fragte er. »Sie waren doch die ganze Zeit über dabei. Sie haben doch sonst ein selbständiges Mundwerk, weiß der Himmel. Hätten Sie ausgepackt, wenn ich nicht dagewesen wäre?«

»Nein«, gab ich zu. »Cramer kämmt einen grundsätzlich gegen den Strich.«

10

Die dreißig Stunden von zwölf Uhr mittags am Sonnabend bis sechs Uhr am Sonntag abend verliefen nicht völlig ereignislos, da ja – wenn man es so bewerten will – sogar ein Gähnen ein Ereignis sein kann. Niemand schien irgendwelche Fortschritte zu erzielen, am wenigsten ich selber. Kurz nachdem Wolfe, Orrie und ich am Sonnabend gespeist hatten, rief Jarrell an, um uns die letzten Neuigkeiten mitzuteilen. Wolfe hatte wieder einmal richtig vorausgesehen.

Cramer war von uns aus schnurstracks zu Jarrell gesaust und hatte sich als dritte Amtsperson an dem Verhör in der Bibliothek beteiligt. Offenbar hatte er jedoch seine selbstherrlichen Gelüste gezügelt, denn selbst ein Polizeiinspektor vergreift sich nicht so ohne weiteres an einem millionenschweren Krösus wie Otis Jarrell. Natürlich hatte er einen ganzen Sack voll Fragen ausgeschüttet, die er beantwortet haben wollte. Doch erwartete ihn eine geballte Enttäuschung, denn Jarrell beantwortete ihm nur eine einzige Frage: Hatte er Nero Wolfe einen Auftrag gegeben? Antwort: *Ja.* Plus Zusatzklausel: Hatte Archie Goodwin alias Alan Green den Posten als Jarrells Sekretär übernommen, um besagten Auftrag auszuführen oder bei der Ausführung desselben zu helfen? Antwort: *Ja.* Damit hatte es sich. Jarrell hatte noch erklärt, bei diesem Auftrag handelte es sich um eine persönliche und streng vertrauliche Angelegenheit, die mit dem Gegenstand der polizeilichen Nachforschungen nichts zu tun habe und die sie deshalb vergessen könnten.

Es war vorauszusehen, daß Cramer diese Angelegenheit keineswegs vergessen würde. Aber er war anscheinend entschlossen, vorläufig die Finger davon zu lassen, denn die nächsten dreißig Stunden war·er wie vom Erdboden verschluckt.

Es kam mir sinnlos vor, Alan Green, der der Gewalt der Ereignisse zum Opfer gefallen war, der menschlichen Gesellschaft zurückzugeben, und Jarrell empfand offenbar das gleiche, denn er unterrichtete alle, die es anging, vom plötzlichen Abgang des Pseudosekretärs. Er verkündete seiner Familie und auch Corey Brigham, wer ich wirklich war, ließ sie jedoch über das Warum ziemlich im Ungewissen. Er hätte Nero Wolfe in einer Geschäftssache zu Rate gezogen, und Wolfe hätte mich zu ihm geschickt, um Tatsachen nachzuspüren, die er brauchte. Jarrell erzählte ihnen außerdem, daß sie mich in seinem Hause nicht wiedersehen würden, aber in dieser Hinsicht wurde Wolfe plötzlich störrisch. Er erklärte kategorisch, ich müsse wieder zur Familie Jarrell zurückkehren und bis auf weiteres dort bleiben. Als Jarrell fragte, wozu, sagte Wolfe, um Tatsachen aufzustöbern; und als Jarrell fragte, was für Tatsachen, antwortete Wolfe: »Tatsachen, die ich brauche.« Da Jarrell genau wußte, daß er bei einer Weigerung mit Cramer und mit einem hochnotpeinlichen Verhör über das Thema Revolverdiebstahl rechnen mußte, wählte er von zwei Übeln das kleinere, nämlich mich. Das stürmische Telefongespräch endete mit einem überlegenen Sieg Wolfes. Als er mit einem Schnaufer den Hörer aufgelegt hatte, bat ich ihn, mir eine Liste der Tatsachen zusammenzustellen, die er benötigte.

»Wie, zum Teufel, soll ich das machen, wenn ich selbst nicht weiß, wie die Tatsachen aussehen? Falls etwas passiert, möchte ich, daß Sie dabei sind, und solange Sie dort anwesend sind, ist die Wahrscheinlichkeit, daß etwas passiert, größer. Da den Leuten jetzt bekannt ist, wer Sie wirklich sind, bedeutet Ihre Anwesenheit eine gewisse Drohung, einen ständigen Druck auf die Nerven, wenigstens für einen von ihnen. Und dieser eine wird dadurch vielleicht gezwungen zu handeln.«

Da wir uns im schönen Monat Mai befanden, erwartete ich eigentlich, daß einige Familienmitglieder für den Rest des Wochenendes zu Mutter Grün flüchten würden. Vermutlich hätten sie es auch getan, wenn ihre Nerven nicht unter Druck gestanden hätten. Vielleicht hatte Jarrell auch die Order ausgegeben, für den Notfall in der Nähe zu bleiben; jedenfalls versammelten sie sich am Sonnabend alle zum Dinner. Ihre Reaktion meinem wahren Ich gegenüber, nachdem sich Alan Green so überraschend als Attrappe entpuppt hatte, war verschieden. Roger Foote hielt es für einen verteufelt guten Spaß, daß er Wolfe aufgefordert hatte, meine Vergangenheit unter die Lupe zu nehmen; er konnte sich nicht beruhigen und redete von nichts anderem. Trella fand nicht nur diesen Spaß unerträglich, sie fand auch mich unerträglich. Die Zeiten liebevollen Girrens waren endgültig vorbei, soweit es meine Person betraf. Wyman reagierte weder auf die eine noch auf die andere Art, und Susan unterzog sich sogar der Mühe, mich wissen zu lassen, daß ich für sie trotz allem immer noch zur menschlichen Gesellschaft zählte. Sie steuerte während der Cocktailstunde in der Diele in ihrer seltsam lautlosen Art auf mich zu, als ich gerade einen ›Bloody Mary‹ für Lois mixte, und sagte, hoffentlich werde sie es nicht vergessen und mich nicht weiter Mr. Green nennen.

»Ich fürchte«, fügte sie mit einem schattenhaften Lächeln hinzu, »mein Gehirn hat nicht genug freie Zellen. Es hat Sie und den Namen Alan Green zusammen in einer Zelle verstaut, und jetzt weiß es nicht, was es tun soll.«

Ich antwortete, der Name sei mir vollkommen egal, solange er mit einem G anfange. Freie Zellen oder nicht, ich jedenfalls hatte nicht vergessen, daß Jarrell sie eine Schlange genannt hatte oder daß sie die einzige gewesen war, die mich willkommen geheißen hatte, oder daß sie mich an einer unsichtbaren Leine durch das halbe Zimmer gezerrt hatte. Letztere Erfahrung hatte sich nicht wiederholt, und ich legte auch keinen Wert darauf. Sie hatte für meinen einfach entwickelten Geschmack etwas zu Gespenstisches an sich und legte meinem angeborenen Wissensdurst Zügel an, so daß es mir noch immer nicht gelungen war, ihr hinter die Schliche zu kommen. Tatsächlich wunderte es mich, sie und Wyman hier vorzufinden, obwohl Jarrell sie in Gegenwart von Zeugen des Diebstahls beschuldigt hatte. Aber vielleicht wollten sie die Familienfehde bis zum bitteren Ende ausfechten. Sollte Jarrell ein zäher Kunde sein, so fiel möglicherweise dem blassen Mund in dem kleinen ovalen Gesicht das Lächeln nicht deshalb so schwer, weil Susan schüchtern veranlagt war, sondern weil auch sie einen harten Schädel hatte.

Ich hatte erwartet, daß nach Tisch die übliche Bridgepartie steigen würde, aber nein. Jarrell und Trella gingen ins Theater, und Susan und Wyman ebenfalls. Nora Kent verschwand mit unbekanntem Ziel. Roger Foote schlug für eine gute Stunde ein Spielchen vor mit dem Hinweis, daß er zeitig in die Federn müsse, weil er am nächsten Morgen um sechs Uhr nach Belmont fahren wolle. Ich fragte, wozu, da meines Wissens am Sonntag keine Rennen gelaufen würden, und er antwortete, da hätte ich schon recht, aber er müsse sich die Pferde beim Training ansehen. Ich lehnte seine Einladung mit Dank ab und pirschte mich an Lois heran. Es war witzlos für mich, den ganzen Abend über zu Hause zu hocken, wenn doch niemand anwesend war außer Roger, dessen Nerven ich unter Druck setzen konnte. Deshalb erklärte ich Lois, da ich wieder Archie Goodwin sei, würde es mir ein Vergnügen bereiten, sie in den Flamingo Club zu entführen. Sie hatte vielleicht des verpatzten Wochenendes wegen keine Verabredung, oder sie hatte doch eine und ließ sie aus Barmherzigkeit schießen, oder mein Charme überwältigte sie einfach, jedenfalls nahm sie meinen Vorschlag an. Wir zogen gemeinsam los und kehrten erst gegen zwei Uhr nach Hause zurück.

Am Sonntag hatte es zunächst den Anschein, als böte sich meiner neuen beruflichen Betätigung – als permanente Nervensäge – ein reiches Arbeitsfeld. Wir frühstückten zu fünft – Wyman, Susan, Lois, Nora und ich. Jarrell hatte sein Frühstück schon hinter sich und war ausgegangen. Roger war weggefahren, und Trella trennte sich ohnehin nie vor zwölf Uhr von ihrem Bett. Aber leider wurden meine Hoffnungen roh im Keim erstickt. Nora ging in die Kirche und danach in eine Picasso-Ausstellung im Museum für abstrakte Kunst, offenbar, um den ganzen Tag dort zu verbringen. Susan machte ebenfalls einen Kirchgang. Wyman verschwand mit einem Packen Sonntagszeitungen auf der Terrasse und ließ sich dort häuslich nieder. Als Lois verlauten ließ, daß sie Lust zu einem Spaziergang habe, packte mich die gleiche Lust, und ich fragte sie, ob wir gemeinsam losziehen könnten oder jeder für sich allein. Sie meinte, wir könnten es ja mal zusammen versuchen. Es stellte sich heraus, daß sie für den Park nichts übrig hatte, wahrscheinlich wegen der leidvollen Erinnerung an das Eichkätzchen, und deshalb schlenderten wir die Madison Avenue hinauf und die Park Avenue hinunter. Schon nach einer halben Stunde winkte sie ein Taxi heran und fuhr zu einer Lunchverabredung mit irgendwelchen Freunden. Ich wurde aufgefordert, mich anzuschließen, aber ich dachte an meine Spezialaufgabe und kehrte nach Hause zurück, um die Nerven von irgend jemandem weiter anzusägen. Auf dem Rückweg rief ich Wolfe an und berichtete ihm, was sich inzwischen ereignet hatte: nichts. In der Empfangshalle machte mir Steck die Mitteilung, daß Jarrell mich zu sprechen wünsche.

Er war in der Bibliothek und glaubte, er hätte sensationelle Neuigkeiten für mich, aber ich war nur mäßig beeindruckt. Im Penguin Club hatte er eine Stunde lang mit einem alten Freund oder sagen wir mit einem alten Bekannten, Polizeikommissar Kelly, zusammengesessen. Dieser hatte ihm versichert, man werde alles tun, um den Mörder von Jarrells früherem Sekretär schnellstens zur Strecke zu bringen, und dabei Jarrells verständlichen Wunsch, ihn mit seinen Privatangelegenheiten unbehelligt zu lassen, respektieren. Geachtete Bürger verdienten es doch wohl, mit Rücksicht behandelt zu werden. Jarrell sagte mir, er werde Wolfe rufen und es ihm berichten, und ich erwiderte, daß das eine gute Idee sei. Ich verkniff mir jeden Hinweis darauf, daß Wolfe davon vermutlich noch weniger beeindruckt sein würde als ich und daß es mit der Rücksicht auf ›geachtete Bürger‹ ein Ende haben würde, sobald die Polizei von Jarrells Revolver erführe.

Da ich mir eine Zeitung gekauft hatte, schlenderte ich damit in die Diele, in der ich allein war, ließ mich in einen Sessel sinken und vertiefte mich in die letzten Weltgeschehnisse. Der Mordfall Eber wurde im lokalen Teil sehr stiefmütterlich behandelt. Zum Beispiel wurde die beachtliche Tatsache, daß sich Jarrells neuer Sekretär als Nero Wolfes getreuer Gefolgsmann und Assistent entpuppt hatte, nirgends erwähnt. Offenbar dachten Cramer und der Staatsanwalt nicht daran, für uns kostenlos die Reklametrommel zu rühren, solange wir nicht in den Mord verwickelt waren. Ich hatte gerade mein Zimmer betreten, als das grüne Telefon zu läuten begann. Ich hatte den stellvertretenden Staatsanwalt an der Strippe, der mich für drei Uhr zu einer kleinen, informellen Unterhaltung in sein Büro bestellte. Ich erwiderte, es sei mir ein Herzensbedürfnis, und begab mich auf die Suche nach etwas Eßbarem, um meinen Hunger bis zum Lunch um halb zwei zu stillen.

Da ich auf dem Weg zum Büro des Staatsanwalts eine Zwischenstation einschob und Wolfe von einer Telefonzelle aus mitteilte, wo ich in den nächsten zwei bis drei Stunden zu erreichen sei, traf ich mit einer Verspätung von zwei Minuten dort ein. Danach hockte ich genau eine Stunde und siebzehn Minuten auf einer Bank im Vorzimmer, und als ich endlich um sechzehn Uhr neunzehn in das Büro des stellvertretenden Staatsanwalts geführt wurde, hatte ich jegliche Lust verloren, ihm überhaupt etwas zu erzählen, außer daß er seit unserer letzten Begegnung noch kahler und fetter geworden sei. Aber er setzte mich in Erstaunen. Anstatt mir mit Drohungen und Schmeicheleien auf den Leib zu rücken und mich über meine Tätigkeit bei Jarrell auszuhorchen, entschuldigte er sich bei mir zunächst für die lange Warterei. Jarrells Privatangelegenheiten ließ er ganz aus dem Spiel, woraus ich schloß, daß Kommissar Kelly inzwischen nicht ganz untätig gewesen war. Er wollte lediglich einen Bericht von mir über mein Zusammentreffen mit James L. Eber am Mittwoch nachmittag im Studio, als ich ihn mit Mrs. Wyman Jarrell überrascht hatte, und außerdem über alles, was ich sonst in bezug auf Eber gehört hatte. Da sich seine Fragen nur um Eber und dessen Kontakte am Vortage seiner Ermordung drehten und mir seine Beweisführung logisch einwandfrei und akzeptabel erschien, erwies ich ihm den Gefallen. Ich wiederholte das Gespräch zwischen Eber, Susan und mir sogar wortgetreu. Er vergeudete einige Zeit mit dem Versuch, meinem Gedächtnis aufzuhelfen und mir noch einige weitere Kommentare über Eber zu entlocken. Natürlich hatte ich so manches mitbekommen, was nicht für meine Ohren bestimmt gewesen war – für die Ohren des Detektivs Archie Goodwin wohlgemerkt –, und zwar hauptsächlich beim Lunch. Selbstverständlich hatte ich Wolfe darüber Bericht erstattet, da aber keine dieser Äußerungen Mordabsichten oder einen überdimensionalen Haß gegen Eber verriet, sah ich nicht ein, was sie in einem Protokoll zu suchen hatten.

Ja, meine Aussage wurde zu Protokoll genommen. Ein Stenotypist saß dabei und schrieb mit, und als der Anwalt schließlich begriff, daß aus mir nichts mehr herauszuquetschen war, mußte ich wieder warten, bis der ganze Kram abgetippt war und mir zur Unterschrift vorgelegt wurde. Beim Durchlesen vermochte ich nichts zu entdecken, was einer Korrektur bedurft hätte, deshalb setzte ich mit ruhigem Gewissen ›Archie Goodwin alias Alan Green‹ darunter. Ich dachte, daß sie das ebensogut auch gleich schriftlich haben konnten.

Zwanzig Minuten nach sechs kreuzte ich wieder in der Jarrellschen Diele auf und stellte fest, daß eine Partie Bridge im Gange war, jedoch nur an einem Tisch: mit Jarrell, Trella, Wyman und Nora. Auf meine Frage teilte mir der pflichtgetreue Steck mit, daß weder Lois noch Roger inzwischen zurückgekehrt seien und daß sich Mrs. Wyman Jarrell augenblicklich im Studio aufhalte. Ich lief gemächlich den Korridor hinunter, fand die Tür offen und trat ein.

Der Raum war dunkel bis auf den hellen Fernseh-Bildschirm und das Licht, das vom Korridor hereinfiel. Susan saß im selben Sessel wie beim letztenmal. Da sie ganz in die Handlung auf dem Bildschirm vertieft schien, wo gerade die Diskussionssendung ›Wir fragen Sie‹ abrollte, war die Situation besonders von meinem beruflichen Standpunkt her nicht sehr günstig, aber vom rein persönlich-experimentellen her konnte sie interessant werden. Die Bedingungen waren die gleichen wie neulich, und ich war gespannt, was passieren würde. Sollte ich wieder in eine Art Trance verfallen, so blieb mir immer noch die Flucht durch die Tür und ein Rückzug in sicherere Gefilde. Ich kurvte von hinten um sie herum und ließ mich an ihrer Seite in einen Sessel sinken.

Anstatt auf den Bildschirm hätte ich meine Aufmerksamkeit lieber auf ihr Profil konzentriert, um ihrer Magie jede Chance zu geben, aber sie hätte meinen wissenschaftlichen Eifer mißverstehen können. Deshalb richtete ich meinen Blick stur auf ›Wir fragen Sie‹, und zwar bis zum Ende der Sendung, obwohl ich an einem unterdrückten Gähnkrampf fast erstickte. Es drehte sich um die Frage, wie man neunmalkluge Kinder behandeln sollte. Da ich unbeweibt und kinderlos bin und für die neunmalklugen Gören, die einem im Kino und im Fernsehen am laufenden Band vorgesetzt werden, nicht das geringste übrig habe, langweilte mich das Problem entsetzlich.

Als die sich berufen fühlenden Pädagogen schließlich eine Lösung ausgeknobelt hatten und man die Reklamesendung startete, wandte sich Susan zu mir um. »Soll ich den Apparat für die Nachrichten eingeschaltet lassen?«

»O ja, wenn es Ihnen nichts ausmacht.«

Bei den Nachrichten spitzte ich plötzlich die Ohren.

›Heute nachmittag wurde in einem geparkten Wagen auf der 39. Straße in der Nähe der Seventh Avenue die Leiche von Mr. Corey Brigham entdeckt. Wie die Polizei berichtet, erhielt er einen Schuß in die Brust. Die Leiche lag auf dem Boden des Wagens vor den Vordersitzen und war mit einem Reiseplaid zugedeckt. Sie wurde von einem Jungen entdeckt, der unter dem Plaid eine Hand herausragen sah und sofort einen Polizisten alarmierte. Die Wagenfenster waren geschlossen, und eine Waffe wurde in dem Wagen nicht gefunden. Mr. Corey Brigham wohnte in den Churchill Towers. Er war Junggeselle und eine wohlbekannte Erscheinung in den Kreisen der Gesellschaft und in der Geschäftswelt.‹

Susans Finger umklammerten meinen Arm mit mehr Muskelkraft, als ich bei ihr vermutet hätte. Sie schien es erst nach einer ganzen Weile zu bemerken, zog dann ihre Hand zurück und sagte: »Verzeihung.« Ihre Stimme klang leise wie gewöhnlich, aber ich fing ihre

Äußerung trotzdem auf und täuschte mich bestimmt nicht. Sie sagte ›Verzeihung‹, mehr nicht. Ich tastete an ihr vorbei nach dem Schalter und brachte den Sprecher zum Schweigen.

»Corey Brigham?« fragte sie. »Es hieß doch Corey Brigham?«

»Ganz deutlich.« Ich stand auf, ging zur Tür, machte Licht und kam zurück. »Ich werde Mr. Jarrell Bescheid sagen. Wollen Sie mitkommen?«

»Wie?« Sie hob den Kopf und sah mich erschrocken an. »Oh, natürlich, Sie müssen es ihnen sagen. Sagen *Sie* es ihnen.«

Offensichtlich legte sie keinen Wert darauf, mich zu begleiten. Ich ließ sie allein zurück, sauste den Korridor hinunter und überlegte, daß diese Nachricht für einen von der Bande vermutlich keine Neuigkeit sein werde, vielleicht galt das sogar für Susan.

Am Spieltisch in der Diele waren sie gerade mitten in einem spannenden Rubber, und ich wartete, bis sie den letzten Stich gemacht hatten.

»Ich hab' meine Königin glatt verschenkt, verdammt noch mal«, schnarrte Jarrell. Er wandte sich zu mir um. »Irgend was Neues, Goodwin?«

»Beim Staatsanwalt nicht. Reine Routine. Gipfelpunkt die übliche Frage, wann ich Jim Eber zum letztenmal gesehen hätte. Jetzt wird er wahrscheinlich von mir wissen wollen, wann ich Corey Brigham zum letztenmal gesehen habe. Und von Ihnen auch . . . von Ihnen allen.«

Drei Gesichter blickten zu mir hoch: Jarrell, Trella und Wyman. Nora mischte die Karten. In keinem zeichnete sich Zweifel, Angst oder Schrecken ab. Sie waren völlig ausdruckslos. Es hatte also keinen Zweck, die Sache unnötig in die Länge zu ziehen, deshalb fügte ich rasch hinzu: »Das Fernsehen brachte eben eine Neuigkeit. Die Leiche von Corey Brigham wurde in einem geparkten Wagen aufgefunden. Er wurde erschossen. Ermordet.«

Jarrell platzte heraus: »Herrgott! Nein!« Nora hielt mitten im Mischen inne und warf ihren Kopf zu mir herum. Trella riß ihre blauen Augen weit auf und starrte mich an. Wyman sagte: »Machen Sie keine faulen Witze?«

»Das ist kein Witz. Ihre Frau war dabei, ich meine im Studio, als die Nachricht durchgegeben wurde. Sie hat es mit angehört.«

Wyman schob seinen Stuhl zurück, stand auf und verschwand. Jarrell fragte: »Er wurde in einem Wagen gefunden? In wessen Wagen?«

»Weiß ich nicht. Ich weiß nur das, was über den Sender kam, und das kann ich Ihnen wörtlich wiedergeben. Ich habe ein gutes Gedächtnis.« Ich wiederholte den Wortlaut der Ansage. »Das ist alles. Jetzt wissen Sie ebensoviel darüber wie ich.«

Trella protestierte. »Sagten Sie nicht, er sei ermordet worden? Von Mord ist doch aber gar nicht die Rede. Er kann sich ja auch selber erschossen haben.«

Ich schüttelte den Kopf. »Es war keine Waffe im Wagen.«

»Außerdem«, warf Nora ein, »hätte er sich bestimmt nicht unter eine Reisedecke gelegt. Falls Corey Brigham jemals die Absicht gehabt haben sollte, sich zu erschießen, hätte er es im Speisesaal vom Penguin Club getan.« Das klang nicht ganz so gehässig, wie es sich liest; sie stellte lediglich etwas allgemein Bekanntes fest.

»Er hat keine Angehörigen«, erklärte Trella. »Ich glaube, wir waren seine engsten Freunde. Solltest du nicht etwas unternehmen, Otis?«

»Ich schätze, Sie brauchen mich nicht mehr«, sagte ich. »Es tut mir leid, daß ich Sie beim Spiel stören mußte.« Und zu Jarrell: »Ich bin bei Mr. Wolfe zu erreichen, falls . . .«

»Nein!« Er wurde sehr energisch. »Ich brauche Sie hier!«

»Sie werden bald viel zu beschäftigt sein, um sich noch um mich kümmern zu können. Zuerst Ihr ehemaliger Sekretär und jetzt Ihr Freund Brigham. Ich fürchte, mit der amtlichen Rücksicht hat es jetzt ein Ende, und ich möchte den Beamten nicht direkt in die Arme laufen.«

Ich machte mich schleunigst aus dem Staube. Es wunderte mich eigentlich, daß Cramer und seine Helfer nicht bereits vor der Tür standen und stürmisch Einlaß begehrten. Bei dem Aufwand an Zeit und Energie, den sie an Jarrell und seine Familie bisher verschwendet hatten, dürfte ihnen der Name Corey Brigham in Jarrells Freundeskreis kaum entgangen sein. Möglicherweise übertrug Inspektor Cramer Leutnant Rowcliff die Aufgabe, Jarrell auf die Hörner zu nehmen – das Verhören hartnäckiger Burschen war sein Spezialgebiet; und obwohl es eine meiner Lieblingsbeschäftigungen ist, Rowcliff an der Nase herumzuführen, war ich momentan nicht dazu aufgelegt; erst mußte ich mit Wolfe sprechen.

Als ich das Büro betrat, war Wolfe allein – Orrie erholt sich am Sonntag vom Nichtstun in der Woche –, und ein Blick auf sein Antlitz reichte mir. Er hatte ein Buch vor sich, mit einem Finger zwischen den Seiten als Lesezeichen, aber er las nicht, und seine Gesichtszüge sprachen Bände. Er war reif für die Schreckenskammer, und die Wetterformel ›aufziehender Sturm‹ wurde ihm nur unvollkommen gerecht.

»Wie ich sehe, brauche ich Ihnen die Neuigkeit gar nicht erst zu verkünden. Sie haben sie schon gehört.«

»Ja«, knurrte er. »Und Sie?«

»Ich saß mit Susan vor dem Fernsehapparat. Wir hörten es zusammen. Ich informierte sofort Jarrell und seine Frau und Wyman und Nora Kent. Lois und Roger Foote waren nicht anwesend. Keiner brach ohnmächtig zusammen. Dann suchte ich eiligst das Weite, um mir bei Ihnen Instruktionen zu holen. Falls ich dort geblieben wäre, hätte ich nicht erfahren, ob jetzt die Zeit dafür gekommen ist, die Katze aus dem Sack zu lassen. Wissen Sie's?«

»Nein.«

»Meinen Sie damit, daß Sie's nicht wissen oder daß die Zeit dafür noch nicht gekommen ist?«

»Beides.«

Ich drehte meinen Stuhl herum und setzte mich. »Das ist geradezu lächerlich. Wenn ich einen solchen Blödsinn verzapfen würde, würden Sie behaupten, daß in meinem Gehirn eine Schraube locker sei, nur würden Sie diese ordinäre Redewendung natürlich niemals gebrauchen. Ich will mich aber so verständlich wie möglich ausdrükken. Haben Sie den Wunsch, mit Cramer zu sprechen?«

»Nein. Ich werde erst dann mit Mr. Cramer sprechen, wenn es erforderlich ist.« Der aufziehende Sturm war wieder abgeebbt.

11

Zum erstenmal seit fast einer Woche schlief ich wieder in meinem eigenen Bett.

Das war das einzige erfreuliche Ereignis in der Zeit von Sonntag abend bis Montag mittag. Kein Wunder, denn Wolfes Anordnung, daß er niemanden sehen und anhören wollte, bis er mehr Tatsachen hätte, verwandelte das Haus in eine schalldichte, unbezwingbare Festung, wenigstens soweit es ihn betraf. Wie er unter diesen grotesken Umständen auch nur eine winzige Tatsache zu ergattern hoffte, war mir mehr als schleierhaft. Vielleicht durch eine Himmelsbotschaft oder das Zweite Gesicht oder eine Séance; denn selbst eine gewöhnliche irdische Brieftaube wäre nicht bis zu ihm vorgedrungen. Bis Montag mittag jedoch mußte selbst dem größten Trottel klargeworden sein, daß er es ganz anders gemeint hatte. Er wollte den Tatsachen um jeden Preis aus dem Wege gehen. Falls er eine auf sich hätte zukommen sehen, würde er die Augen zugemacht, und falls sich eine in Hörweite befunden hätte, würde er sich totgestellt haben.

Da ich sonst nichts zu tun hatte, beobachtete ich seine Finten mit großem Interesse und fragte mich, wie ein erwachsener Mann ein solches Affentheater aufführen konnte. Da saß er nun, er, der wohl bekannteste Privatdetektiv mit keiner anderen Einkommensquelle als dem Erlös aus dem Verkauf einiger seltener Orchideensorten und einem schwerreichen Klienten, der nicht nur zehntausend Dollar Vorschuß geblecht hatte, sondern darüber hinaus bereit war, eine halbe Million rollen zu lassen, falls er sich mal in Bewegung setzen und so etwas wie erstklassige Detektivarbeit leisten würde; und da hatte dieser Koloß Angst, mit mir in demselben Zimmer zu hocken, weil mir womöglich aus purem Versehen ein strategischer Einfall herausrutschen konnte. Er weigerte sich, am Telefon mit Jarrell zu sprechen, das Radio oder den Fernsehapparat einzuschalten, und ich hatte ihn sogar im Verdacht, daß er am Montag morgen auf die *Times* verzichtete, obwohl ich das nicht beschwören kann. Er liest sie nämlich stets während des Frühstücks, das Fritz ihm auf einem Tablett in sein Zimmer hinaufträgt; ich wollte aber in meinem Mißtrauen nicht so weit gehen und ihn durch das Schlüsselloch kontrollieren.

Die Diagnose für sein widernatürliches Verhalten lautete schlicht und einfach: Panik. Schon die Vorstellung, daß jeden Moment eine Tatsache hereinspazieren könnte, die ihn zwingen würde, vor Cramer einen Kotau zu machen, jagte ihm einen tödlichen Schreck ein. Der Gedanke, Cramer unser Geheimnis ausliefern zu müssen, versetzte ihn in Schüttelfrost.

Ich verstand jedoch seine Gefühle und teilte sie bis zu einem gewissen Grade. Als Jarrell am Sonntag abend und am Montag morgen anrief, redete ich mir den Mund fußlig, um ihn bei der Stange zu halten. Ich erklärte ihm, Wolfe habe bisher keinen Ton von sich gegeben und sich nicht von der Stelle gerührt, und das war, weiß Gott, nicht einmal gelogen. Dann sagte ich ihm noch, weshalb ich es für besser hielt, mich gegenwärtig nicht in seinem Haus blicken zu lassen. Meine Ahnung hatte mich nicht betrogen. Leutnant Rowcliff hatte sich inzwischen bei Jarrell eingenistet, schien sich jedoch nicht ganz so als Wüterich zu entpuppen, wie ich es erwartet hatte. Der Zufall, daß zwei von Jarrells Bekannten, sein ehemaliger Sekretär und ein scheinbar guter Freund, innerhalb einer Woche ermordet worden waren, hatte ihm nur das übliche Gekläff entlockt. Natürlich hatte er nach altbewährter Bullenbeißermanier jedermann angeknurrt, aber er hatte wenigstens niemanden gebissen.

Ich lungerte noch immer völlig tatenlos herum, als zehn Minuten vor zwölf das Telefon läutete und ich höflich, aber dringend eingeladen wurde, so bald wie möglich im Büro des Staatsanwalts vorzusprechen. Wolfe kam für gewöhnlich Punkt elf aus den Plantagenräumen herunter, hatte sich heute jedoch dort oben verbarrikadiert, um mir und allen Neuigkeiten aus dem Wege zu gehen. Ich teilte ihm über den Hausanschluß mit, wo ich von jetzt an zu erreichen sein würde, zog los und schnappte mir ein Taxi.

Diesmal mußte ich nur ein paar Minuten warten, bis ich ins Büro geführt wurde. Der Empfang war herzlich, und der stellvertretende Anwalt stand sogar auf, um mir die Hand zu schütteln. Ich war zwar nur ein Privatdetektiv, hatte aber, soviel er wußte, weder ein Verbrechen noch sonst eine finstere Untat auf dem Gewissen. Außerdem war er wie jeder Stellvertreter darauf erpicht, eine Rangstufe höher zu rutschen. Der für mich bestimmte Stuhl neben seinem Schreibtisch war natürlich gegen das Fenster gedreht, so daß mir das Licht genau ins Gesicht fiel.

Er schoß dieselben Fragen auf mich ab wie das letztemal, nur konzentrierte sich seine Wißbegier diesmal auf Corey Brigham und nicht auf James L. Eber. Da sein Interesse berechtigt war, tat ich mein Bestes. Ich hatte Brigham Montag abend und noch einmal am Mittwoch gesehen und bei anderen Gelegenheiten eine Menge über ihn gehört und aufgeschnappt, und wenn ich dem Anwalt auch nicht alles auf die Nase band, was ich wußte, konnte er doch mit mir zufrieden sein. Er benahm sich recht anständig und versuchte nicht, mich hereinzulegen. Zwar konnte er es nicht lassen, mir immer wieder irgendeinen alten Knochen hinzuwerfen, den wir schon doppelt und dreifach abgenagt hatten, um mich auf einen Widerspruch festzunageln. Aber wer soll auf diesen uralten Trick noch hereinfallen? Ich unterschlug ihm meine letzte Begegnung mit Brigham anläßlich der Konferenz in Wolfes Büro, und zu meiner Überraschung spielte er auch nicht darauf an. Anscheinend war ihnen diese Familienzusammenkunft bisher entgangen.

Nachdem er den Schreiber gebeten hatte, meine Aussage abzutippen, und dieser im Nebenzimmer verschwunden war, stand ich auf. »Das wird vermutlich eine Weile dauern«, sagte ich. »Ich muß noch ein paar Besorgungen erledigen. Wenn Sie nichts dagegen haben, komme ich später noch mal vorbei und unterschreibe dann.«

»Gewiß. Aber es muß noch heute sein. Sagen wir gegen fünf Uhr.«

»Ja.« Ich wandte mich zur Tür, machte zwei Schritte und drehte mich wieder zu ihm um.»Sie haben wahrscheinlich auch gemerkt, daß ich heute nicht ganz in Form bin, oder?«

»Ja, das ist mir allerdings aufgefallen. Vielleicht ist Ihr Vorrat an faulen Witzen erschöpft.«

»O je, hoffentlich nicht. Nein, ich schätze, ich bin in Gedanken zu sehr mit etwas beschäftigt, was ich zufällig gehört habe . . . über die zwei Geschosse.«

»Was für Geschosse?«

»Sollte das wirklich noch nicht bis zu Ihnen gedrungen sein? Daß die Geschosse, mit denen Eber und Brigham getötet worden sind, aus derselben Waffe stammen?«

»Ich dachte, das sei . . .« Er hielt inne. »Wo haben Sie das gehört?«

Ich grinste ihn breit an. »Ich weiß, das ist ein streng gehütetes Amtsgeheimnis, aber regen Sie sich deswegen nicht auf, ich werde nichts weitersagen. Vielleicht verrate ich's nicht mal Mr. Wolfe. Sehr lange werden Sie's aber nicht zurückhalten können, es ist ein verdammt heißes Eisen. Dem Burschen, der es mir erzählte, brannte es förmlich auf der Zunge, und er kennt mich.«

»Wer war es? Wer hat's Ihnen erzählt?«

»Vielleicht war's Polizeikommissar Kelly. Das war ein fauler Witz, mir scheint, ich bin wieder in Form. Vermutlich hätte ich es nicht erwähnen dürfen. Verzeihung. Kurz vor fünf bin ich wieder zurück, um das Protokoll zu unterschreiben.« Ich setzte mich endgültig in Bewegung. Er rief hinter mir her und wollte durchaus wissen, wer so leichtsinnig mit Amtsgeheimnissen umgesprungen war, aber ich antwortete, das hätte ich vergessen, und verduftete.

Nun hatte ich die ersehnte Tatsache endlich erwischt, und noch dazu ohne jedes Risiko. Hätte ich aus seiner Reaktion herausgelesen, daß ich falsch getippt hatte, dann hätte ich einfach behauptet, daß ich auf einen dummen Schwindel hereingefallen war. Aber es war kein Schwindel, und ich hatte richtig vermutet. Falls Wolfe geahnt hätte, was für eine nette, kleine Überraschung ich für ihn in petto hatte, würde er sich vermutlich sofort in sein Zimmer eingeschlossen und jeden Kontakt mit der Außenwelt strikt abgelehnt haben, und ich wäre dann gezwungen gewesen, durch das Schlüsselloch mit ihm zu verhandeln.

Als ich zu Hause aufkreuzte, hatte er sich gerade zum Lunch niedergesetzt, deshalb hielt ich zunächst die Klappe. Selbst wenn es nicht zu den ungeschriebenen Gesetzen des Hauses gehört hätte, Geschäftsgespräche bei Tisch zu vermeiden, hätte ich es nicht über das Herz gebracht, ihm dieses delikate Essen zu vermiesen. Der Gedanke, daß er sich stillvergnügt seinem Mahl hingab, während ihm gegenüber der Attentäter auf seine Seelenruhe bereits auf der Lauer lag, barg direkt etwas Bedrückendes in sich. Erst als wir uns wieder in das Büro hineinbegeben hatten und Kaffee tranken, ließ ich die Bombe platzen. »Es ist mir zuwider, das Thema so kurz nach dem Lunch aufs Tapet zu bringen, aber ich glaube, Sie müssen es erfahren, und zwar schleunigst. Wir sitzen bildschön in der Tinte, und zwar bis zum Hals. Das ist, kurz gesagt, meine Meinung zur Situation.«

Für gewöhnlich trinkt er seinen Kaffee brühheiß und nimmt dann gleich drei Schlucke hintereinander, bevor er die Tasse absetzt. Diesmal beschränkte er sich auf zwei, weil er die Bedeutung des Tonfalls meiner Stimme zur Genüge kennt.

»Meinung?«

»Ja, Sir. Ich nenne es nicht Überzeugung, weil es sich lediglich um eine Schlußfolgerung handelt. Über eine Stunde lang quetschte mich der stellvertretende Staatsanwalt über Corey Brigham aus. Als ihm schließlich nichts mehr einfiel, erklärte ich ihm, ich würde später vorbeikommen, um das Protokoll zu unterschreiben, stand auf und ließ einen Versuchsballon gegen ihn los. Er griff sofort danach, aber Sie sollen sich Ihre eigene Meinung darüber bilden.«

Ich erzählte es ihm. Zu Beginn begnügte er sich mit einem Stirnrunzeln, aber seine Miene wurde immer finsterer, und am Ende glotzte er mich wütend und stumm an. Offenbar hatte es ihm die Sprache verschlagen. Es passiert äußerst selten, daß er seine Gefühle so sichtbar zur Schau trägt.

»Wenn Sie es unbedingt krummnehmen müssen, daß *ich* es herausgekriegt habe, tun Sie sich da keinen Zwang an. Falls ich ihm die Würmer nicht aus der Nase gezogen hätte, wäre Ihnen diese gefährliche Tatsache nur ein, höchstens zwei Tage erspart geblieben, aber erfahren hätten Sie sie auf jeden Fall. Schließlich können Sie deswegen böse sein und gleichzeitig Ihr Köpfchen gebrauchen. Wenn mich nicht alles täuscht, werden wir bald einen Haufen Gehirnarbeit zu leisten haben. Ich nehme an, Sie sind der gleichen Meinung wie ich, was die Auslassung des Anwalts anbetrifft?«

Wolfe schnaubte. »Meinung? Pah. Er hätte es ebensogut geradeheraus sagen können.«

»Ja, Sir.«

»Dieser Einfaltspinsel hätte wissen müssen, daß Sie ihn übertölpeln wollten.«

»Ja, Sir. Ärgern Sie sich ruhig über ihn.«

»Ärger nützt uns hierbei überhaupt nichts. Und Ihr Vorschlag, daß ich meinen Verstand heranziehen soll, hat auch keinen Sinn. Das ist eine Katastrophe! Jetzt bleibt uns nur noch eine letzte, verzweifelte Möglichkeit. Vorläufig ist es immer noch eine Vermutung. Müssen wir uns unbedingt Gewißheit verschaffen? Wenn ja, auf welchem Wege?«

»Ich bezweifle, ob Sie das überhaupt für notwendig halten würden, wenn Sie sein Gesicht gesehen hätten, als er sagte: ›Ich dachte, das sei . . .‹, und dann mitten im Satz abbrach.«

»Zum Teufel mit ihm. Der Kerl ist wirklich ein ausgewachsener Esel.«

Er preßte beide Hände auf die Schreibtischplatte und starrte ins Leere. Damit konnte er mich nicht hinters Licht führen, denn das bedeutete noch nicht, daß er sein Köpfchen einschaltete. Wenn er nachdenkt, lehnt er sich zurück und schließt die Augen, und sobald er angestrengt nachdenkt, schiebt er die Lippen vor und zurück. Ich kannte ihn zu gut und wußte, daß er sich seelisch darauf vorbereitete, die bittere Pille zu schlucken und zu Kreuze zu kriechen. Er brauchte volle drei Minuten dazu und zog dann eine Grimasse, als hätte er einen ganzen Arzneischrank im Magen.

Er stützte seine Arme auf die Sessellehnen und sagte mit einem abgrundtiefen Seufzer: »Nun denn! Ihren Notizblock. Ein Brief an Mr. Jarrell, der ihm sofort per Eilboten überbracht werden muß. Es dürfte vielleicht am besten sein, wenn Sie ihn selbst hinbringen, dann sind wir wenigstens sicher, daß er ihn ohne Zeitverlust bekommt.«

Wolfe holte tief Luft. »Sehr geehrter Mr. Jarrell, in der Anlage übersende ich Ihnen einen Scheck über zehntausend Dollar. Er entspricht dem Betrag, den ich von Ihnen als Vorschuß erhielt und durch Quittung bestätigte. Meine Auslagen in Ihrer Angelegenheit waren minimal, und ich werde Ihnen keine Rechnung darüber schicken.

Ein gewisser Umstand, der mir durch Zufall zu Ohren kam, zwingt mich leider dazu, die Polizei über bestimmte Vorgänge in Ihrer Wohnung zu informieren. Das bezieht sich vor allem auf das Verschwinden Ihres Revolvers, eines Bowdoin 38. Ich bin nicht befugt, auf obenerwähnten Umstand näher einzugehen. Seine ausschlaggebende Bedeutung dürfte Ihnen jedoch durch den Schritt, zu dem ich gegen meinen Willen genötigt bin, klar ersichtlich sein.

Ich nehme an, daß Sie angesichts dieser Entwicklung auf meine

Dienste verzichten und daß unsere Verbindung damit beendet ist. Sollten Sie jedoch wider Erwarten . . .«

Er hielt inne, und ich blickte neugierig hoch. Seine Lippen waren fest aufeinandergepreßt, und seine Kiefermuskeln spannten sich. Er stand dicht vor einem Wutanfall.

»Nein! Ich will nicht! Zerreißen Sie's!«

Ich war von dem Wisch ohnehin nicht sehr begeistert. Ich legte den Bleistift aus der Hand, riß zwei Seiten aus dem Notizbuch, zerkleinerte sie zu Konfetti und ließ das Zeug in den Papierkorb regnen.

»Verbinden Sie mich mit Mr. Cramer«, sagte er barsch.

Diese Idee entzückte mich noch weniger. Offenbar hatte er plötzlich kalte Füße bekommen und hielt sogar eine Verzögerung von nur ein paar Stunden für zu riskant. In seiner Besorgnis um den eigenen Hals ließ er jede Rücksicht gegenüber dem Klienten fahren. Ich will nicht gerade behaupten, daß ich seine Handlungsweise unmoralisch fand, ich fand sein Verhalten lediglich unfair. Mir lagen ein, zwei deutliche Bemerkungen zu diesem Thema auf der Zunge, aber ich verkniff sie mir. Erstens war er vermutlich nicht in der Stimmung, sie sich anzuhören, und zweitens bestand die einzige Alternativlösung in dem Brief an Mr. Jarrell, und der Brief war zu Konfetti geworden. Deshalb griff ich nach dem Telefon und verlangte Inspektor Cramer. Aus seiner Begrüßung schloß ich, daß er ebenfalls nicht bei bester Laune war. Er erklärte Wolfe rundheraus, daß er nur eine Minute Zeit für ihn habe.

»Das dürfte genügen«, sagte Wolfe. »Sie erinnern sich vielleicht noch an unser Gespräch vom Sonnabend. Vorgestern.«

»Tja, ich erinnere mich. Und weiter?«

»Ich sagte damals, daß ich, falls ich über wichtige Informationen zur Mordsache Eber verfügte, verpflichtet sei, solche an Sie weiterzugeben. Ich halte es jetzt für möglich, daß sich derartige Informationen in meinem Besitz befinden, aber ich möchte mir darüber zunächst Gewißheit verschaffen, bevor ich sie enthülle. Ich brauche die Bestätigung einer Tatsache, die mir auf seltsame Weise zur Kenntnis kam und von der ich nicht weiß, ob sie ganz zuverlässig ist. Mr. Goodwin hat erfahren oder glaubt, erfahren zu haben, daß Eber und Brigham mit derselben Waffe getötet worden sind, daß die Gravuren auf den Geschossen in beiden Fällen identisch sind und daß es sich beide Male um das Kaliber achtunddreißig handelt. Meine Information ist nur dann von Bedeutung, wenn Mr. Goodwins Bericht auf Wahrheit beruht. Was sagen Sie dazu?«

»Bei Gott«, fauchte Cramer.

»Ich fürchte, ich brauche eine klarere Auskunft.«

»Dann scheren Sie sich zur Hölle und holen Sie sich dort eine bessere! Ich weiß genau, woher Goodwin seine Weisheit hat . . . von dem verdammten Esel von Anwalt! Er wollte, daß wir sofort den Schwätzer ausfindig machten, der Goodwin den Hinweis gegeben haben könnte; und wir fragten ihn, was Goodwin ihm eigentlich alles erzählt habe. Er wiederholte den ganzen Salat, und darauf mußten wir ihm erklären, falls er wirklich so scharf darauf sei, den Schwätzer ausfindig zu machen, brauche er nur in den Spiegel zu sehen, da stehe er in voller Lebensgröße vor ihm. Und jetzt haben Sie noch die Unverschämtheit, sich ausgerechnet bei mir danach zu erkundigen, ob diese Information stimmt. Junge, Junge! Wenn Sie über wichtige Neuigkeiten verfügen, dann wissen Sie doch, wem sie diese zu melden haben und was Ihnen blüht, wenn Sie das nicht tun.«

»Ganz recht. Es dürfte sich in Kürze herausstellen, ob ich über solche verfüge oder nicht. Sobald das der Fall ist, werde ich sie Ihnen unverzüglich zuleiten. Habe ich recht mit der Annahme, daß Mr. Goodwins Nachricht auf Wahrheit beruht und daß Sie mir raten, so weiterzumachen wie bisher?«

»Sehen Sie, Wolfe . . . Hören Sie noch zu?«

»Ja, ich höre.«

»Gut, Sie wollen einen Rat von mir. Hier ist er: Verschaffen Sie sich die schriftliche Erlaubnis vom Polizeipräsidenten und vom Bürgermeister und machen Sie dann, was Sie wollen.«

Wolfe legte auf.

Ich folgte seinem Beispiel und drehte mich mit dem Stuhl zu Wolfe um. »Jetzt ist die Katze also aus dem Sack. Es war dasselbe Schießeisen! Aber Jarrells Privatangelegenheiten sind offenbar immer noch privat, sonst hätte man uns schon längst zum Kreuzverhör gezerrt, uns beide, und unser schönes Essen wäre inzwischen sanft verbrutzelt. Übrigens muß ich Sie um Entschuldigung bitten. Ich nahm an, Sie würden mit der ganzen Wahrheit herausrücken.«

»Das muß ich doch auch, zum Kuckuck! Was bleibt mir denn anderes übrig? Aber vorher will ich mir wenigstens eine Art Rechtfertigung verschaffen, und wenn sie auch nur auf eine noble Geste hinausläuft. Verbinden Sie mich mit Mr. Jarrell.«

»Sie wollen ihn ohne Zeugen sprechen?«

»Ja.«

Das war nicht ganz einfach. Nora Kent meldete sich und sagte,

Jarrell führe gerade ein Ferngespräch, und außerdem sei jemand bei ihm. Ich antwortete, es sei dringend und vertraulich, und er solle Wolfe so bald wie möglich anrufen, und zwar von einem Apparat aus, der nicht überwacht werden könnte. Während wir warteten, warf Wolfe einen verzweifelten Blick im Raum umher, offenbar auf der Suche nach irgend etwas, das ihn von seiner elenden Verfassung abzulenken vermochte. Er entschied sich schließlich für den großen Globus, erhob sich und watschelte hinüber. Vielleicht hoffte er, einen geeigneten Zufluchtsort zu finden, irgendeine ferne, einsame, romantische Insel, für den Fall, daß ihm hier der Boden unter den Füßen zu heiß werden würde. Als das Telefon läutete und ich ihm mitteilte, Jarrell sei am Apparat, ließ er sich Zeit. Eine Unterhaltung mit diesem Klienten schien im Moment noch weniger Reiz auf ihn auszuüben als sonst.

»Mr. Jarrell? Ich habe einen Brief vor mir, den ich Mr. Goodwin eben diktiert habe und der Ihnen sofort durch Boten zugestellt werden sollte. Bei einiger Überlegung schien es mir aber angebracht, Sie vorher von seinem Inhalt zu unterrichten. Er lautet wie folgt.«

Meine Notizen ruhten im Papierkorb, aber er las ihn aus dem Gedächtnis herunter und veränderte nicht eine Silbe dabei. Er beendete sogar den letzten Satz, der seinem Wutausbruch zum Opfer gefallen war. »›Sollten Sie jedoch wider Erwarten den Wunsch haben, mich weiter zu beschäftigen, lassen Sie es mich sofort wissen. Hochachtungsvoll.‹ Das ist der Inhalt des Briefes. Mir fiel jedoch ein . . .«

»Das können Sie nicht tun! Um was für einen Umstand handelt es sich denn?«

»Nein, Sir. Wie ich bereits erwähnte, bin ich nicht befugt, näher auf ihn einzugehen – wenigstens nicht in einem Brief und keinesfalls am Telefon. Aber es fiel . . .«

»Schreiben Sie sich folgendes hinter die Ohren, Wolfe: Falls Sie irgend jemandem meine Privatangelegenheiten auf die Nase binden – interne, vertrauliche Dinge, die Ihnen in Ihrer Eigenschaft als Privatdetektiv bekannt wurden –, dann werden Sie das für Ihr ganzes ferneres Leben bereuen!«

»Danke. Ich bereue es schon jetzt, daß ich überhaupt mein Augenmerk auf Sie gerichtet habe, Mr. Jarrell. Aber lassen Sie mich bitte ausreden. Es fiel mir ein, daß es möglicherweise eine, wenn auch minimale, Chance für mich gibt, besagten Umstand zu ignorieren und eine Meldung bei der Polizei zu vermeiden. Ob mein Versuch erfolgreich sein wird, weiß ich nicht – offen gestanden bezweifle ich es –, aber ich bin bereit, ihn zu unternehmen. Als ich den Brief an Sie diktierte, beabsichtigte ich, Mr. Cramer um sechs Uhr zu mir zu bitten. Ich verzichte jetzt darauf unter der Bedingung, daß Sie sich mit allen Personen, die auch am Freitag hier waren, wieder um die gleiche Zeit in meinem Büro einfinden. Mr. Brigham fällt natürlich aus, da er nicht mehr am Leben ist. Ich erwarte ...«

»Wozu? Was versprechen Sie sich davon?«

»Unterbrechen Sie mich bitte nicht. Ich erwarte von Ihnen allen, daß Sie so lange hier bleiben, bis ich die Sitzung aufhebe, und daß Sie alle meine Fragen beantworten. Natürlich kann ich die Antworten nicht erzwingen, aber auch die Verweigerung einer Antwort kann sehr aufschlußreich sein. Das also wären meine Bedingungen. Werden Sie kommen?«

»Was wollen Sie denn noch fragen? Sie haben ja bereits am Freitag gehört, daß keiner meinen Revolver an sich genommen hat!«

»Und Sie haben behauptet, Sie wüßten, daß Ihre Schwiegertochter die Diebin ist. Einer hat doch gelogen, das steht unzweifelhaft fest, und ich habe aus dieser meiner Überzeugung damals auch kein Hehl gemacht. Sie werden meine Fragen also heute abend erfahren. Werden Sie kommen?«

Jarrell wehrte sich noch weitere fünf Minuten mit Händen und Füßen gegen Wolfes Vorschlag und schoß zehn Fragen und ebensoviel Proteste und Gegenvorschläge auf uns ab, aber nur, weil er bisher daran gewöhnt gewesen war, immer das letzte Wort zu führen, und ihm die Erfahrung mit uns neu war. Er hatte gar keine andere Wahl, und er wußte das sehr genau.

Wolfe legte den Hörer auf, schüttelte sein Haupt wie ein Stier, den eine Fliege belästigt, und läutete nach Bier.

12

Wolfe leitete die Konferenz mit einem Frontalangriff ein. Er musterte die Anwesenden mit der Miene eines Richters, der im Begriff ist, ein gepfeffertes Urteil zu verlesen, und legte in seine Stimme einen gehörigen Schuß Aggressivität. Sein Vorrat hieran ist beträchtlich.

»Da nach Lage der Dinge jede Vorsicht fehl am Platze wäre, ziehe ich es vor, darauf zu verzichten. Unsere Besprechung am Freitag drehte sich im wesentlichen darum, festzustellen, wer von Ihnen

Mr. Jarrells Revolver entwendet hat; heute geht es darum, ausfindig zu machen, wer von Ihnen die Waffe dazu benutzte, um Mr. Eber und Mr. Brigham zu töten. Ich bin davon überzeugt, daß einer von Ihnen der Mörder ist. Zuerst werde ich ... unterbrechen Sie mich nicht!«

Er funkelte Jarrell wütend an, aber meiner Meinung nach war es weniger das Funkeln als sein Ton, der Jarrell ziemlich abrupt zum Schweigen brachte. Wolfe brüllt selten, und dann sind meistens Cramer und ich die Opfer seines Wutanfalls. Nachdem er seinem Klienten im roten Ledersessel einen gehörigen Dämpfer verabreicht hatte, nahm er die übrigen der Reihe nach aufs Korn. Vorn saßen Susan, Wyman, Trella und Lois wie am Freitag. Da Brigham aus einem sehr triftigen Grunde fehlte und ich mich wieder dahin verfügt hatte, wohin ich gehörte, nämlich hinter meinen Schreibtisch, waren nur zwei Personen für die hintere Reihe übriggeblieben: Nora Kent und Roger Foote.

»Ich wünsche nicht mehr unterbrochen zu werden!« Das war recht deutlich, aber in der Lautstärke schon wesentlich gemildert. »Ich habe jede Geduld mit Ihnen verloren. Das gilt auch für Sie, Mr. Jarrell, speziell für Sie. Zunächst werde ich erklären, warum ich mit Bestimmtheit einen von Ihnen für den Mörder halte. Zur Beweisführung bin ich gezwungen, eine Tatsache zu enthüllen, die von der Polizei entdeckt wurde und geheimgehalten wird. Es ist einwandfrei erwiesen, daß Eber und Brigham mit derselben Waffe getötet wurden. Das, Mr. Jarrell, ist der Umstand, auf den ich am Telefon anspielte.«

»Woher ...«

»Unterbrechen Sie mich nicht! Unter einwandfrei erwiesen verstehe ich natürlich, daß die beiden Geschosse im Polizeilabor miteinander verglichen worden sind. Woher ich mein Wissen habe, tut hier nichts zur Sache. Soviel zur Tatsache selbst; und nun zu den Folgerungen, die sich für mich daraus ergeben. Die Geschosse haben das Kaliber achtunddreißig; der Revolver, der aus Mr. Jarrells Schreibtisch gestohlen wurde, hat dasselbe Kaliber. Am Freitag bat ich Sie alle, dafür zu sorgen, daß der verschwundene Revolver wieder auftaucht. Ich zeigte Ihnen einen Weg, auf dem sich das ohne Gefahr für die betreffende Person hätte bewerkstelligen lassen. Wäre die Waffe nicht benutzt worden, dann hätte der Dieb fraglos meiner Bitte entsprochen. Da er jedoch darauf nicht einging, lag die Vermutung nahe, daß der Revolver zum Mord an Eber Verwendung fand. Das war und blieb lediglich eine Vermutung – bis jetzt. Zu diesem Zeitpunkt ist es jedoch eine logisch begründete Tatsache. Denn Brigham wurde, wie bereits festgestellt, mit derselben Waffe erschossen wie Eber, und beide Männer standen zu jedem von Ihnen in engen Beziehungen. Eber hat fünf Jahre lang bei Ihnen gelebt, und Brigham verkehrte regelmäßig in Ihrer Hausgemeinschaft. Aber nicht nur das, sie waren beide in eine Angelegenheit verwickelt, mit deren Erforschung ich vor genau einer Woche beauftragt wurde und die Mr. Goodwin . . .«

»Das genügt! Sie wissen, was ich . . .«

»Unterbrechen Sie mich nicht!« bellte er Jarrell an. ». . . die Mr. Goodwin unter einem anderen Namen zu Ihnen führte. Ich werde nicht näher darauf eingehen. Auf jeden Fall war die Angelegenheit dringend und schwerwiegender Natur, und sowohl Eber als auch Brigham waren in sie verwickelt. Glauben Sie wirklich, daß jene zwei Männer von irgendeinem unbekannten Außenstehenden aus einem Motiv ermordet wurden, das nichts mit Ihnen und der oben angedeuteten Angelegenheit zu tun hat? Glauben Sie, daß es lediglich ein Zufall war, daß die beiden Männer zu Ihrem Bekanntenkreis gehörten, daß die Mordwaffe dasselbe Kaliber hat wie Mr. Jarrells Revolver, daß Mr. Jarrells Waffe einen Tag vor dem Mord an Eber auf höchst seltsame Weise verschwand und seitdem trotz meines Appells nicht wieder zum Vorschein gekommen ist? Falls Ihnen das alles schmeckt, dann guten Appetit! Ich lehne eine solche Hypothese als unverdaulich ab und folgere aus alldem, daß einer von Ihnen der Mörder ist. Soviel zu unserem Ausgangspunkt.«

»Einen Moment!« Der Zwischenruf kam von Wyman. Seine schmale Nase wirkte noch schmäler und die tiefen Falten auf seiner Stirn noch tiefer als sonst. »Das mag *Ihr* Ausgangspunkt sein, ist aber noch lange nicht der meine. *Ihr* Mann, Archie Goodwin, war dabei, als der Diebstahl entdeckt wurde. Wie verhält sich das? Wie kam es überhaupt dazu? Was halten Sie davon, wenn *er* die Waffe selbst entwendet hat? Das wäre genau ein Trick von der Art, die zu Ihnen, auch zu Goodwin, wie überhaupt zu Ihrer Branche paßt, und mein Vater war natürlich von Anfang mit von der Partie. Das ist *mein* Ausgangspunkt.«

Wolfe verschwendete nicht das geringste Knurren an ihn. Er schüttelte nur den Kopf. »Nein, Sir. Sie begreifen offenbar nicht, weshalb ich Sie hergebeten habe. Sie sind hier, um mir eine Chance zu geben, mir einen Strohhalm zu reichen, an dem ich mich aus einer äußerst riskanten Situation wieder herausschlängeln kann. Ich bin nahezu verzweifelt. Ich handle höchst ungern unter Zwang, und ich verabscheue es, vertrauliche Mitteilungen eines Klienten an die Polizei weiterzugeben. Der Ausgangspunkt stellt meine Schlußfolgerung dar, daß einer von Ihnen der Mörder ist. Ich beabsichtige jedoch keineswegs, den Täter zu identifizieren und hier bloßzustellen – das gehört nicht zu meinem Auftrag –, ich möchte Ihnen nur die Zwangslage veranschaulichen, in der ich mich befinde. Ich wünsche von Ihnen keine Bestätigung meiner Schlußfolgerung, sondern einen plausiblen Grund, der es mir erlaubt, diese Schlußfolgerung zu verwerfen. Ich will sie also nicht beweisen, ich möchte sie anfechten. Was nun Ihren genialen Einfall anbelangt, daß der Diebstahl von Mr. Goodwin ausgeführt und von mir mit Wissen Ihres Vaters in Szene gesetzt wurde, so ist das doch wohl nur dummes Geschwätz und Ihrer Intelligenz nicht würdig. Hätten Sie recht, dann steckte ich jetzt nicht so fatal in der Klemme; dann könnte ich die Waffe vorlegen, ihre Nichtbenutzung beweisen und hätte es auch nicht nötig, mich hier mit Ihnen herumzuplagen.«

Trella fragte: »Bin ich dumm? Oder sagten Sie eben, daß *wir* Ihnen beweisen sollen, daß Sie unrecht haben?«

»So kann man es auch ausdrücken, Mrs. Jarrell. Ja.«

»Wie sollen wir Ihnen das beweisen?«

Wolfe nickte. »Das ist eben die Schwierigkeit. Ich verlange nicht, daß Sie eine negative Tatsache beweisen. Der beste Ausweg wäre natürlich, wenn wir die Waffe vorlegen könnten, aber diese Hoffnung habe ich ein für allemal begraben. Ich beabsichtige auch nicht, langwierige Befragungen über die Gelegenheit zum Mord durchzuführen; das würde die ganze Nacht über dauern, und zur Nachprüfung Ihrer Antworten müßte ich eine Armee von Rechercheuren zur Verfügung haben und diese eine Woche lang beschäftigen. Aber ich habe aus den Zeitungsberichten erfahren, daß Eber am Donnerstag zwischen zwei und sechs Uhr und Brigham am Sonntag zwischen zehn Uhr morgens und drei Uhr nachmittags getötet worden sind, so daß es vielleicht möglich ist, einen oder mehrere von Ihnen endgültig auszuschalten. Hat jemand ein Alibi für einen der beiden Zeitabschnitte?«

»Sie haben die Zeitspannen zu reichlich bemessen«, warf Roger Foote ein. »Es war am Donnerstag von drei bis fünf und am Sonntag von elf bis zwei Uhr.«

»Ich nannte die äußersten Grenzen, Mr. Foote. Diese gewähren absolute Sicherheit. Sie scheinen gut informiert zu sein.«

»Mein Gott, und darüber wundern Sie sich noch? Die Polizisten!«

»Zweifellos. Und die Polizei wird Ihnen noch mehr auf die Nerven fallen, wenn es uns nicht gelingt, meine Überzeugung ins Wanken zu bringen.«

»Sie können gleich bei mir anfangen und mich ausschalten«, erklärte Jarrell. »Am Donnerstag nachmittag hatte ich drei geschäftliche Verabredungen und kam erst kurz vor sechs Uhr nach Hause. Und am Sonntag . . .«

»Fanden die Verabredungen alle am gleichen Ort statt?«

»Nein, zwei in der Stadtmitte und die dritte mehr außerhalb. Sonntag morgen saß ich eine Stunde lang, von halb elf bis halb zwölf, im Penguin Club mit dem Polizeikommissar zusammen, ging anschließend direkt nach Haus, war bis zum Lunch um halb zwei in der Bibliothek und danach wieder bis um fünf Uhr. Mich können Sie also getrost aus dem Spiel lassen.«

»Pfui«, sagte Wolfe angewidert. »So können Sie mit mir nicht reden. Hier stehen zwei Morde zur Debatte und kein Spiel, Mr. Jarrell. Ihr Nachweis für Donnerstag ist eine einzige Pleite, und für Sonntag ist er auch nicht viel besser. Sie können weder die Zeitspanne zwischen dem Verlassen des Penguin Clubs und Ihrer Ankunft zu Haus belegen noch Ihren Aufenthalt in der Bibliothek. Waren Sie dort allein?«

»Die meiste Zeit, ja. Wenn ich ausgegangen wäre, hätte man mich bestimmt gesehen.«

»Unsinn! Ihre Wohnung hat doch bestimmt nicht nur einen Eingang, oder?«

»Es gibt noch den Lieferanteneingang.«

»Also bitte! Dann ist jedes weitere Wort überflüssig. Einem Mann von Ihrer Intelligenz und mit Ihrem Geld dürfte es, falls er zum Mord entschlossen ist, gewiß nicht schwerfallen, einen Weg zu finden, um ungesehen aus seiner Wohnung zu gelangen.« Wolfe ließ seine Blicke umherschweifen. »Es dürfte doch wohl klar sein, daß mir mit törichtem, unbestimmtem und nicht zu beweisendem Gefasel nicht gedient ist. Was ich brauche, sind einwandfreie, hieb- und stichfeste Alibis. Kann einer von Ihnen den unerschütterlichen Beweis dafür liefern, daß er für eine der beiden Zeitspannen nicht in Frage kommt?«

Roger Foote wagte es. »Am Sonntag fuhr ich nach Belmont, um Rennpferde beim Training zu besichtigen. Ich kam um neun Uhr dort an und ging erst nach fünf Uhr weg.«

»Befanden Sie sich in Gesellschaft? Die ganze Zeit über?«

»Nein. Ich war zwar ständig im Blickfeld von irgendwelchen Leuten, aber es waren immer wieder andere.«

»Dann hat Ihr Alibi nicht viel mehr Wert als das von Mr. Jarrell. Möchte noch jemand für seine Person den Nachweis führen? Die Bedingungen sind Ihnen ja jetzt bekannt.«

Offenbar verspürte niemand mehr Lust dazu. Wyman und Susan saßen Hand in Hand da und sahen sich schweigend an. Trella wandte sich zu ihrem Bruder um und murmelte etwas, aber so leise, daß ich es nicht mitbekam. Lois rührte sich nicht, und Otis Jarrell blieb ebenfalls stumm.

Wolfe widmete sich wieder seinen Zuhörern. »Es gibt noch eine dritte, kurze Zeitspanne, die ich bisher nicht erwähnt habe, weil wir bereits am Freitag darüber gesprochen haben – es handelt sich um die Zeit von sechs bis sechs Uhr dreißig am Mittwoch nachmittag, als der Revolver entwendet wurde. Auch für diesen Zeitraum hatte keiner von Ihnen ein Alibi, nicht einmal Mr. Brigham, obwohl sein Tod ihn von jedem Verdacht des Diebstahls befreit.« Er wandte sich an Jarrell. »Ich komme deshalb darauf zurück, Sir, weil Sie damals Ihre Schwiegertochter mit großer Bestimmtheit als die Täterin bezeichneten, ohne allerdings einen Beweis dafür vorbringen zu können. Haben Sie jetzt einen?«

»Nein. Beweise, die Sie akzeptieren würden, habe ich nicht.«

»Natürlich hat er keine.« Das war Wyman. Er blickte nicht auf Wolfe, sondern auf seinen Vater. »Und ich finde, daß das jetzt alles ein bißchen zu weit geht. Es handelt sich doch nicht mehr um einen simplen Diebstahl, sondern um zwei Morde, die mit der gestohlenen Waffe begangen worden sein können. Natürlich hat er keine Beweise. Woher denn auch? Er haßt Susan, das ist alles. Er möchte ihr etwas anhängen. Ein ganzes Jahr lang stellte er ihr nach, und sie wollte nichts von ihm wissen, und deshalb möchte er sich an ihr rächen. Mehr steckt bestimmt nicht dahinter.«

Wolfe verzog sein Gesicht. »Mrs. Jarrell, Sie haben gehört, was Ihr Gatte soeben behauptet hat?«

Susan nickte fast unmerklich. »Ja.«

»Ist das wahr?«

»Ja. Ich möchte nicht . . .« Sie stockte. »Ja, es ist wahr.«

Wolfes Kopf fuhr nach links. »Mr. Jarrell. Stellten Sie der Frau Ihres Sohnes nach?«

»Nein!«

Wyman sah seinen Vater fest an und sagte klar und deutlich: »Das ist eine Lüge!«

»Oh, mein Gott«, rief Trella stöhnend. »Das ist ja prächtig! Eine schöne Familie!«

Wolfe tat mir leid. Das passiert äußerst selten, denn meistens sind eher die armen Opfer zu bedauern, die sich hilfesuchend an ihn wenden, ohne zu ahnen, in was sie sich da mit ihm einlassen. Aber nach all der Mühe, der Zeit und dem Atem, die er an sie verschwendet hatte, damit sie ihm aus der Klemme halfen, fiel der undankbaren Bande nichts Besseres ein, als ihre schmutzige Wäsche in seinem Büro direkt unter seiner Nase zu waschen.

Er warf einen angewiderten Blick auf die erregten Anwesenden und fauchte: »Archie, schreiben Sie für Mr. Jarrell einen Scheck über zehntausend Dollar aus.« Während ich aufstand, um das Scheckheft aus dem Safe zu holen, kollerte er weiter: »Die ganze Angelegenheit ist hoffnungslos. Ich habe zwar von vornherein mit einem Fiasko gerechnet, aber ich wollte wenigstens einen Versuch machen. Ich gebe zu, daß ich ihn hauptsächlich meiner Selbstachtung wegen unternahm, ich war jedoch auch der Ansicht, daß Sie diese letzte Chance verdienten, jedenfalls einige von Ihnen. Jetzt sitzen Sie alle miteinander in der Patsche, und einer von Ihnen ist erledigt. Mr. Jarrell, Sie verzichten vermutlich unter diesen Umständen auf meine Dienste, und auch ich habe weiß Gott nicht den Wunsch, noch länger für Sie tätig zu sein. Ein Teil von Mr. Goodwins Sachen befindet sich noch in Ihrer Wohnung. Er wird nach ihnen schicken oder sie selbst abholen. Den Scheck, Archie!«

Ich gab ihm das ausgefüllte Formular, er unterschrieb es, und ich überreichte ihn Jarrell, der schwer mitgenommen und sprachlos im roten Ledersessel hockte. Ich mußte dazu einen weiten Bogen um Wolfes Schreibtisch machen, um von Wolfe nicht über den Haufen gerannt zu werden, der in jeder Lebenslage ohnehin mehr Raum braucht als Menschen mit normalen Dimensionen. Da er außerdem noch vor Wut kochte, vollzog sich sein Abgang mit der Wucht einer Herde Elefanten, die alles überrennen, was ihnen in den Weg kommt. Selbst Jarrell sah ein, daß jeglicher Widerstand zwecklos war.

Die Versammlung brach gleichzeitig auf und machte nicht gerade einen lebhaften Eindruck. Ich geleitete sie alle durch die Halle und öffnete ihnen die Tür, aber keiner schenkte mir auch nur die geringste Aufmerksamkeit, außer Lois. Sie reichte mir die Hand und sah mich mit einem Stirnrunzeln an – nicht, weil sie böse war, sondern weil das obligate Lächeln im Augenblick über ihre Kraft ging. Ich gab ihr den Händedruck und das Stirnrunzeln zurück zum Zeichen, daß ich kapiert hatte und meine Gefühle für sie dieselben geblieben waren.

Ich beobachtete ihren Abmarsch noch einen Moment lang durch die Spionglasscheibe und sauste dann ins Büro zurück. Wolfe thronte wieder hinter seinem Schreibtisch und bellte mir entgegen: »Verbinden Sie mich mit Mr. Cramer.«

»Sie haben sich zu sehr aufgeregt«, wandte ich ein. »Wie wär's, wenn Sie lieber erst mal bis zehn zählten?«

»Nein. Ich brauche Mr. Cramer, und zwar sofort.«

Ich setzte mich und wählte die Nummer, verlangte Inspektor Cramer, geriet jedoch an meinen speziellen Freund Purley Stebbins. Er erklärte, Cramer sei nicht zu sprechen, er befinde sich in einer Konferenz. Ich fragte, wie lange sie noch dauern werde. Purley antwortete, das wisse er auch nicht, und fragte, was ich überhaupt wolle.

Unser Palaver wäre vermutlich noch eine Weile so hin und her gegangen, wenn Wolfe nicht ungeduldig geworden wäre und sich in der für ihn typischen Weise eingeschaltet hätte. »Mr. Stebbins? Hier Nero Wolfe. Richten Sie bitte Mr. Cramer aus, daß ich ihm zu Dank verpflichtet wäre, wenn er mich heute abend um halb zehn aufsuchen würde – oder zu einer anderen, ihm passenden Zeit. Sagen Sie ihm, ich hätte eine wichtige Information für ihn im Zusammenhang mit den Mordfällen Eber und Brigham ... Nein, ich bedaure, es muß schon Mr. Cramer selbst sein ... Das weiß ich, sollten Sie jedoch ohne Mr. Cramer hier auftauchen, dann werden Sie nicht empfangen. In seiner Begleitung sind Sie mir selbstverständlich immer willkommen ... Gut, so bald, wie es ihm möglich ist.«

Als ich auflegte, bemerkte ich: »Eins jedenfalls ist sicher, es gibt ...«

Ich brach plötzlich ab und schnappte nach Luft. Er hatte sich in seinem Sessel zurückgelehnt und die Augen geschlossen. Seine Lippen schoben sich vor und zurück. Seine Verzweiflung mußte ungeheuer sein, wenn er sich so kurze Zeit vor dem Essen zum Nachdenken aufraffte. Es waren nur noch fünfzehn Minuten bis zum Dinner.

Nachdem Cramer und Stebbins Wolfe begrüßt und Platz genommen hatten – Cramer im roten Ledersessel und Stebbins neben ihm an der Wand in einem gelben –, zeigten ihre Gesichter einen fast verbindlichen Ausdruck. Ich sage fast, Cramer versuchte sogar so etwas wie einen kümmerlichen Witz. Er erkundigte sich jovial, wie weit Wolfe mit seiner logisch absolut einwandfreien Beweisführung inzwischen gekommen sei.

»Zu keinem Ziel«, erwiderte Wolfe grimmig. Er hatte sich ihnen zugewandt und bemühte sich erst gar nicht, den freundlichen Hausherrn zu mimen. Wolfe war wütend und zeigte es deutlich. »Mein Verstand funktioniert nicht mehr. Er streikt, bedingt durch den Ansturm widriger Umstände. Mein Anruf bei Ihnen wurde nicht von der Vernunft, sondern vom Mißgeschick diktiert. Ich bin ratlos, und das entfacht Zorn bei mir. Ich habe vorhin einen Vorschuß von zehntausend Dollar an einen Klienten zurückgezahlt. An Otis Jarrell. Ich habe keinen Klienten mehr.«

Falls Wolfe erwartet hatte, daß sein Jammern auf Cramer irgendeinen Eindruck machen würde, hatte er sich getäuscht. In Cramers scharfen grauen Augen schimmerten weder Tränen des Mitleids noch Anzeichen von Schadenfreude. Langjährige bittere Erfahrung zwang ihn zur Vorsicht. Cramer würde Wolfes Offerte erst dann schlucken, wenn er sie in das Polizeilabor geschickt und festgestellt hatte, daß sie seinen Verdauungsorganen nicht schaden könnte. »Das ist natürlich unangenehm«, polterte er los, »unangenehm für Sie, aber vorteilhaft für mich. Ich kann Informationen immer brauchen. Im Zusammenhang mit Eber und Brigham, sagten Sie doch am Telefon.«

Wolfe nickte. »Ich verfüge schon geraume Zeit über sie, wurde jedoch erst heute, vor wenigen Stunden, gezwungen, zu erkennen, daß ich verpflichtet bin, sie weiterzugeben. Es handelt sich um ein Ereignis, das sich am vergangenen Mittwoch in Mr. Jarrells Wohnung zugetragen hat. Mr. Goodwin war Zeuge und erstattete mir Bericht. Bevor ich Ihnen davon erzähle, möchte ich Ihnen noch ein oder zwei Fragen stellen. Soviel ich weiß, erfuhren Sie von Mr. Jarrell, daß er mir einen Auftrag erteilt hatte, aufgrund dessen Mr. Goodwin bei ihm unter einem anderen Namen als Sekretär auftrat. Wenn ich recht verstanden habe, weigerte sich Mr. Jarrell, auf Einzelheiten dieses Auftrags näher einzugehen, weil es sich dabei um eine Privatangelegenheit handelte, die mit Ihrer Untersuchung nicht in Verbindung steht, und es trifft wohl auch zu, daß der Polizeikommissar und der Staatsanwalt seinen Einwand gelten ließen. Das gilt offenbar auch für Sie, da Sie weder Mr. Goodwin noch mich mit unnützen Fragen belästigt haben. Ist das korrekt dargelegt?«

»Es stimmt, daß ich Sie nicht belästigt habe. Was Sie sonst noch zu wissen glauben, geht mich nichts an.«

»Aber Sie bestreiten es auch nicht. Schön, das ist mir klar. Sie werden also begreifen, warum ich auch jetzt noch nicht bereit bin, mich über Mr. Jarrells Auftrag zu äußern, obwohl er nicht mehr mein Klient ist. Vermutlich würden der Polizeikommissar und der zuständige Staatsanwalt es nicht gern hören, und ich möchte beide nicht verärgern. Eine andere Frage, bevor ich . . . ja, Mr. Stebbins?«

Stebbins hatte nicht gesprochen. Er hatte nur geknurrt. Wolfes Zwischenruf hatte zur Folge, daß er schwer atmend die Zähne zusammenbiß und rot anlief, aber nicht aus Verlegenheit.

Wolfe fuhr ungeniert fort: »Eine andere Frage. Vielleicht ist meine Information wertlos, weil Sie möglicherweise inzwischen eine Spur ausfindig gemacht haben, die in eine andere Richtung weist. Haben Sie in einem der beiden Fälle bereits jemanden verhaftet?«

»Nein.«

»Haben Sie Hinweise oder Material, das eine Person außerhalb des Jarrellschen Familienkreises verdächtigt?«

»Nein.«

»Jetzt eine etwas umfangreichere Frage, die sich jedoch auf einen einfachen Nenner bringen läßt. Ich muß wissen, ob Sie etwas entdeckt, aber bisher nicht bekanntgegeben haben, das meine Information wertlos machen könnte. Wurde zum Beispiel ein Fremder – vermutlich der Mörder – am Donnerstag nachmittag beim Betreten oder Verlassen des Hauses beobachtet, in dem Eber wohnte? Das gleiche gilt für Brigham. Laut den veröffentlichten Berichten nimmt die Polizei an, daß jemand hinten in seinem Wagen saß, daß der Wagen an einer unauffälligen Stelle geparkt war, daß der unbekannte Fahrgast ihn erschoß, die Leiche mit dem Plaid zudeckte, mit dem Wagen zur 39. Straße fuhr, von wo aus die Untergrundbahn schnell zu erreichen ist, und dann den Wagen stehenließ und flüchtete. Wird diese Hypothese auch jetzt noch aufrechterhalten? Oder hat sich jemand gemeldet, der den Wagen sah und den Mörder beschreiben kann? Kurz gesagt: Verfügen Sie über einen bisher nicht veröffentlichten Beweis, der Ihnen den Weg zu dem Mörder weist?«

Cramer grunzte. »Ihr Wissensdurst ist recht bescheiden. Gnade Ihnen Gott, wenn Sie mich angeschmiert haben! Die Antwort lautet nein. Und jetzt heraus mit Ihrer Information!«

»Sobald ich dazu bereit bin. Ich ergreife nur jede irgendwie zulässige Schutzmaßnahme. Meiner Information nach ist es sehr wahrscheinlich, daß die beiden Morde von Otis Jarrell oder seiner Frau, Wyman Jarrell oder seiner Frau, Lois Jarrell, Nora Kent oder Roger Foote begangen worden sind. Oder von zweien oder mehreren gemeinsam. Deshalb noch eine letzte Frage. Wissen Sie etwas, das einen oder einige dieses Kreises von dem Verdacht befreit?«

»Nein.« Cramer kniff seine Augen nachdenklich zusammen. »So sieht die Sache also aus. Kein Wunder, daß Sie's mit der Angst zu tun bekommen haben. Jetzt begreife ich auch, weshalb Sie ihm den Vorschuß zurückgegeben haben. Heraus mit Ihrer Information.«

»Sobald ich dazu bereit bin«, wiederholte Wolfe starrsinnig. »Ich möchte eine Art Gegenleistung von Ihnen. Ein Pflaster für meinen Kummer. Sie werden mehr als zufrieden sein mit dem, was Sie von mir bekommen, also können Sie mir auch einen Trostpreis zukommen lassen. Ich möchte meine Information gegen eine andere eintauschen, und zwar gegen einen vollständigen Bericht über das Tun und Treiben der sieben Personen, die ich Ihnen soeben nannte. Der Bericht müßte eine beträchtliche Zeitspanne umfassen, nämlich von zwei Uhr am Donnerstag nachmittag bis drei Uhr am Sonntag nachmittag. Ich will wissen, wo jede der sieben Personen sich während dieser Zeitspanne aufgehalten hat und welche diesbezüglichen Angaben von Ihren Leuten nachgeprüft worden sind. Ich verlange nicht . . .«

»Jetzt reicht's mir aber!« krächzte Cramer. »Sie verlangen! Sie befinden sich in einer zu verdammt heiklen Lage, um noch viel verlangen zu können! Sie haben wichtiges Beweismaterial zurückgehalten und wollen es nun loswerden, um sich nicht die Finger zu verbrennen! Höchste Zeit, daß Sie jetzt damit herausrücken!«

Soweit es Wolfe anging, hätte er sich seine Zurückweisung sparen können. Wolfe reagierte darauf überhaupt nicht. »Ich verlange nicht viel. Sie haben schon etwas bekommen und werden auch das übrige noch erhalten. Sie brauchen nicht mehr dafür zu tun, als Mr. Goodwin die betreffenden Berichte kopieren zu lassen. Es handelt sich ja schließlich nicht um Dienstgeheimnisse. Ich feilsche nicht, darin bin ich sowieso nicht versiert. Falls Sie mir meine Bitte abschlagen, werden Sie Ihre Information trotzdem bekommen, denn ich habe keine andere Wahl. Ich bringe mein Anliegen nur deshalb jetzt schon vor, weil Sie nachher vermutlich keine Zeit mehr haben, mich anzuhören. Wollen Sie mir den Gefallen tun?«

»Wir werden sehen, was sich machen läßt. Ich will's mir überlegen. Also, was haben Sie für Informationen?«

Wolfe wandte sich zu mir um. »Archie?«

Da ich Bescheid wußte, brauchte ich ihn nicht erst danach zu fragen, womit ich endlich herausrücken sollte. Ich sollte die Wahrheit sagen, die reine Wahrheit, und zwar über die seltsame Begebenheit mit Jarrells Revolver, das war alles. Ich begann meinen Bericht damit, wie Jarrell am Mittwoch nachmittag um achtzehn Uhr zwanzig meine Zimmertür aufriß, und beendete ihn mit der Beratung zwischen Wolfe und mir im Büro, vierundzwanzig Stunden später. Als ich fertig war, hockte Stebbins sprungbereit auf der Kante seines Sessels und stierte mich drohend an. Cramer blickte unheilverkündend auf Wolfe.

»Der Teufel soll Sie holen!« knurrte er. »Vier Tage! Seit vier Tagen sitzen Sie darauf!«

»Goodwin weiß es seit fünf Tagen.« Das kam von Purley Stebbins, meinem liebsten Feind.

»Tja.« Cramer widmete sich zur Abwechslung mir. »Schön, und weiter.«

Ich schüttelte den Kopf. »Das ist alles.«

»Ich will verdammt sein, wenn ich mir das aufbinden lasse! Sie werden sich noch wundern! Falls Sie . . .«

»Mr. Cramer«, fiel Wolfe ihm ins Wort, »jetzt, da Sie die Information haben, machen Sie besser schleunigst Gebrauch davon, anstatt hier herumzuwettern. Es ist völlig zwecklos, wenn Sie über Goodwin und mich herfallen. Wenn Sie glauben, daß Sie Grund zu einer Anklage wegen Zurückhaltung von Beweismaterial haben, dann verschaffen Sie sich einen Haftbefehl, aber ich kann Ihnen nicht dazu raten, denn Sie würden es bitter bereuen. Sobald die Möglichkeit zur Wahrscheinlichkeit wurde, handelte ich ja. Und solange ich lediglich von einer Vermutung ausgehen mußte, untersuchte ich sie. Ich hatte die gesamte Familie einschließlich Miss Kent und Mr. Brigham am Freitag hier und machte ihnen klar, daß die Waffe unbedingt gefunden werden müßte, falls sie nicht alle in den Verdacht der Täterschaft geraten wollten. Ich hielt diese Drohung für notwendig, um den Dieb aufzurütteln. Als gestern die Nachricht über den Mord an Brigham veröffentlicht wurde, geriet die Sache in ein kritisches Stadium. Und heute, als Mr. Goodwin hinter die Identität der Geschosse kam, wurde es beinahe zur Gewißheit, aber ich hatte das Gefühl, daß ich meinem Klienten zumindest eine Geste schuldig war. Ich trommelte sie alle noch einmal zusammen, mein Bemühen war jedoch zwecklos. Deshalb zahlte ich Mr. Jarrell den Vorschuß zurück, ließ sie alle gehen und rief Sie sofort an. Ich wünsche nicht angebrüllt zu werden, ich habe wahrhaftig genug Kopfschmerzen deswegen gehabt. Entweder Sie verschaffen sich einen Haftbefehl oder Sie lassen mich in Frieden und gehen an die Arbeit.«

»Vier Tage!« wiederholte Cramer, noch immer entrüstet. »Wenn ich daran denke, was wir in den vier Tagen alles angestellt haben,

um hinter eine winzige Spur zu kommen! Ohne Erfolg, und Sie ...
womit halten Sie eigentlich noch hinter dem Berg? Was wissen Sie
außerdem? Welcher von der Bande war es?«

»Nein, Sir. Wüßte ich das, dann hätte ich Ihnen nicht die Information, sondern den Mörder überlassen. Dann säße ich nicht hier
wie ein begossener Pudel. Ich habe nicht die leiseste Ahnung.«

»Es war Jarrell. Jarrell ist der Mörder! Er war Ihr Klient, und
Sie haben ihm sein Geld zurückgegeben, aber Sie wollen ihn nicht
ausliefern wegen Ihrer vermaledeiten Selbstachtung oder wie Sie
das immer so stolz nennen.«

Cramer sah Wolfe an und runzelte die Stirn. »Ich kenne Sie. Ich
habe es noch nie erlebt, daß Sie mit etwas herausrückten, ohne nicht
den fettesten Brocken für den Eigengebrauch zurückzubehalten.
Wenn Sie wirklich nichts mehr mit dem Fall zu tun haben, wenn
Sie keinen Klienten mehr haben und kein Honorar erwarten können, wozu brauchen Sie dann die Berichte, um die Sie baten?«

»Zum Training für meinen eingerosteten Verstand. Er hat, weiß
Gott, etwas Übung notwendig. Wie ich bereits erwähnte, sind sie
eine Art Pflaster für meinen Kummer. Halten Sie was von Ehrenworten?«

»Ja, sofern sie von einem Ehrenmann kommen.«

»Bin ich ein Mann von Ehre?«

Cramer riß die Augen weit auf. Er war platt. Er wollte etwas
sagen und machte den Mund auf und wieder zu wie ein Karpfen,
der auf dem Trockenen liegt. Er mußte erst darüber nachdenken.
Schließlich erklärte er langsam: »Schon möglich. Sie sind raffiniert
und gerissen, Sie sind der unverschämteste Lügner, den ich kenne,
aber wenn ich eine ausgekochte Gemeinheit nennen sollte, die Sie auf
dem Kerbholz haben, müßte ich's mir erst überlegen.«

»Sehr schön, dann überlegen Sie.«

»Lassen wir's gut sein. Also, Sie sind ein Ehrenmann. Was weiter?«

»Was die Berichte anbelangt, um die ich Sie gebeten habe, so gebe
ich Ihnen mein Ehrenwort, daß ich Ihnen nichts, aber auch gar
nichts vorenthalten habe, was sich auf diese beziehen könnte, und
daß ich über keinerlei sachdienliche Tatsachen verfüge, die Sie nicht
auch haben.«

»Das *klingt* ja ganz schön.« Cramer erhob sich. »Ich war auf dem
Nachhauseweg und sollte von Rechts wegen schon in der Klappe
liegen. Und jetzt passiert mir das! Sie haben mir schon manchmal
was erzählt, das sich wunderschön anhörte, und was hatte ich da-

von? Einen feuchten Dreck. Stebbins, wer sitzt jetzt an meinem Schreibtisch, Rowcliff?«

»Ja, Sir.« Stebbins war inzwischen auch aufgestanden.

»Na, dann wollen wir uns mal an die Arbeit machen. Sie kommen mit, Goodwin! Holen Sie sich Ihren Hut, falls Sie einen haben.«

13

Montag abend, zwanzig Minuten nach zehn Uhr, verließ ich, eingerahmt von Cramer und Stebbins, das Haus, und wir fuhren zu dritt in die 20. Straße; am Mittwoch nachmittag um sechs Uhr, als Wolfe aus den Plantagenräumen herunterkam, war ich mit dem Abtippen der Berichte fertig, und er konnte mit dem Gehirntraining beginnen.

Die Verzögerung war nicht meine Schuld. Erstens hatte sich der amtliche Apparat nicht vor Dienstag morgen in Bewegung gesetzt, und bis sämtliche Jarrells plus Anhang auf Herz und Nieren durchröntgt worden waren, war der Tag praktisch herum. Zweitens entschloß sich Cramer erst Mittwoch mittag dazu, die Berichte herauszurücken. Ich wußte verdammt gut, daß ich sie ihm schließlich doch abluchsen würde, weil sie keine Dienstgeheimnisse enthielten und weil er neugierig darauf war, was Wolfe mit ihnen vorhatte. Aber das konnte er natürlich nicht zugeben. Drittens war es eine Mordsarbeit, die Protokolle, die Cramer mir zur Verfügung stellte, durchzusehen, auszusieben, mit meinen eigenen Notizen zu vergleichen und abzutippen.

Womit Wolfe sich in den zwei Tagen die Zeit vertrieb, weiß ich nicht, da ich meistens unterwegs war und ihn kaum zu Gesicht bekam. Es gehört jedoch kein prophetischer Geist dazu, um diese Frage mit hinreichender Sicherheit zu beantworten, und wenn jemand behauptet, daß er gar nichts tat, erhebe ich auch keinen Einspruch. Das heißt natürlich außer essen, schlafen, lesen, Bier trinken und an den Orchideen herumzupfen. Ich jedenfalls war vollauf beschäftigt. Montag nacht verbrachte ich einige nicht gerade angenehme Stunden in Gesellschaft von Rowcliff und einem Sergeanten Coffey. Beide bombardierten mich mit Fragen und kauten alles noch einmal von Anfang bis Ende und von oben bis unten durch und waren um vier Uhr morgens nicht schlauer als Cramer und Stebbins um zehn Uhr abends. Rowcliff hatte die Hoffnung, mir doch noch ein paar Geheimnisse bezüglich meines Auftrags bei Jarrell zu entreißen, und ich wagte es nicht, ihn allzu kärglich abzuspeisen, um mir den Siegespreis, die Berichte für Wolfe, nicht zu verscherzen. Das Tauziehen endete schließlich unentschieden, aber nicht feindselig. Die Morgendämmerung brach bereits herein, als ich endlich ins Bett kam.

Ich war am Dienstag mittag gerade bei meinem vierten Pfannkuchen und der zweiten Tasse Kaffee angelangt, als das Telefon läutete und eine amtliche Stimme mir ausrichtete, daß man mich in zwanzig Minuten im Büro des Staatsanwalts erwartete. Ich schaffte es in vierzig Minuten und hockte dann volle fünf Stunden dort, während mehrere Stellvertreter und eine Stunde lang sogar der Staatsanwalt persönlich ihr Glück bei mir versuchten. Am Ende wußten sie genausoviel wie Rowcliff und Coffey, wie Cramer und Stebbins. An einem gewissen Punkt sah es verdammt brenzlig für mich aus, und ich machte mich schon darauf gefaßt, als wichtiger Zeuge mit schwedischen Gardinen Bekanntschaft zu machen. Aber ich kam gerade noch mit einem blauen Auge davon, ohne um Hilfe schreien zu müssen.

Ich hatte die Absicht gehabt, nach dem Verhör beim Morddezernat West vorbeizuschauen und Cramer auf die Bude zu rücken, mußte meinen Plan jedoch auf später verschieben. Als man mich endlich entließ und ich den Korridor hinunterstiefelte, um mich nach dem Ausgang zu begeben, öffnete sich rechter Hand eine Tür, und eine der drei besten Tänzerinnen, die ich je im Arm gehalten habe, kam zum Vorschein. Als sie mich erblickte, blieb sie stehen.

»Oh«, sagte sie erstaunt. »Hallo.«

Ein stellvertretender Anwalt namens Riley hatte sie zur Tür gebracht und beäugte mich mißtrauisch. Er dachte, er müsse etwas Amtliches von sich geben, entschied sich dann fürs Gegenteil und machte die Tür zu. Die Miene, mit der Lois mich betrachtete, war gerade keine Einladung zum Tanz.

»Na, wissen Sie, Sie und Ihr dicker Chef haben uns ja eine schöne Suppe eingebrockt!«

»Dann sprechen Sie lieber nicht mit mir. Fegen Sie mit einem eisigen Blick an mir vorbei und behandeln Sie mich wie einen Wurm. Übrigens, was die Suppe betrifft, da sind Sie bei uns an der falschen Adresse. Wir haben getan, was wir konnten, und die Meldung bis zur letzten Sekunde hinausgeschoben.«

Wir gingen nebeneinander den Korridor entlang. »Wohin gehen Sie?«

»Heim, ich will nur noch einen Abstecher machen.«

Wir durchquerten einen Warteraum, in dem ein paar Leute auf Bänken herumsaßen, und gelangten dann in die Eingangshalle. Lois sah sich unschlüssig um und erklärte: »Ich glaube, ich muß Sie was fragen. Aber ich muß vorher etwas trinken. Gibt's hier in der Nähe ein Lokal?«

Ich sah auf mein Handgelenk. Zehn Minuten vor sechs Uhr. Wir hatten zwar keinen Klienten mehr, dem wir solche Spesen auf die Rechnung setzen konnten, aber vielleicht hatte sie etwas Wichtiges auf dem Herzen, und außerdem war ihr Anblick nach den fünf Stunden eine angenehme Abwechslung.

Ich entführte sie zu ›Mohan‹, das nur ein paar Schritte weiter um die nächste Ecke lag, entdeckte ganz hinten eine leere Nische und bestellte das Übliche. Als die Drinks kamen, kostete sie ihren, schnitt eine Grimasse, nahm einen kräftigen Schluck und setzte das Glas wieder ab.

»Ich glaub', jetzt habe ich den Mut dazu. Vielleicht sollte ich lieber warten, bis ich noch einen oder zwei Drinks mehr intus habe, weil meine Nerven so strapaziert sind. Als ich Sie dort im Gang sah, haben meine Knie tatsächlich gezittert.«

»Nachdem Sie mich gesehen hatten oder schon vorher?«

»Schon vorher. Ich wußte, daß ich es jemandem würde erzählen müssen, ich wußte das schon gestern. Aber ich fürchtete, daß es mir niemand glauben würde. Ich wollte Sie bitten, mir zu helfen, damit die anderen mir glauben. Sehen Sie, ich weiß genau, daß Jim Eber und Corey Brigham nicht mit dem Revolver meines Vaters getötet wurden, und deshalb möchte ich, daß Sie sagen, Sie wären dabeigewesen, als ich die Waffe in den Fluß warf.«

Ich stieß einen leichten Pfiff aus. »Ein bescheidener Wunsch! Weiß Gott, was Sie von mir verlangt hätten, wenn Sie schon zwei Drinks als Nervenstärkung intus hätten. Wenn ich recht verstehe, warfen Sie also das Schießeisen Ihres Vaters in den Fluß?«

»Ja.« Sie zwang sich, mir gerade in die Augen zu blicken.

»Wann?«

»Donnerstag morgen. Deshalb weiß ich auch, daß es nicht die Mordwaffe sein kann, denn Jim wurde ja erst am Donnerstag nachmittag umgebracht. Ich verschaffte sie mir einen Tag vorher, am Mittwoch. Sie wissen selbst am besten, wie ich das gemacht habe, mit dem Teppich und so . . . Ich versteckte . . .«

»Und wie kamen Sie in die Bibliothek?«

»Ich hatte einen Schlüssel. Jim Eber hatte mir von seinem ein

Duplikat anfertigen lassen – schon vor ungefähr einem Jahr. Jim hatte eine Zeitlang ziemlich viel für mich übrig. Ich versteckte den Revolver in meinem Zimmer unter der Matratze. Aber dann fürchtete ich, Dad würde die Wohnung durchsuchen lassen, und deshalb wollte ich das verflixte Ding so schnell wie möglich loswerden. Möchten Sie nicht wissen, warum ich ihn überhaupt gestohlen habe?«

»Sicher, das würde weiterhelfen.«

»Also, ich nahm ihn, weil ich Angst hatte, es könnte etwas damit passieren. Ich wußte ganz genau, daß mein Vater Susan nicht ausstehen konnte und daß das Verhältnis zwischen ihm und Wyman sich täglich verschlechterte, und ich wußte auch, daß er einen Revolver in seiner Schreibtischschublade aufbewahrte. Ich kann Revolver sowieso nicht leiden. Ich fürchtete mich vor nichts Bestimmtem – ich meine, daß Dad vielleicht Susan erschießen würde oder Wyman ihn –, ich dachte nur, daß mal etwas damit passieren könnte, so ganz allgemein. Deshalb steckte ich ihn Donnerstag morgen in meine Handtasche, holte meinen Wagen heraus und fuhr bis zum West Side Highway und zur George-Washington-Brücke, dort warf ich ihn in den Fluß.«

Sie trank ihr Glas aus. »Natürlich wollte ich zuerst niemandem etwas davon verraten. Als am Freitag morgen die Nachricht kam, daß Jim Eber ermordet worden war, fiel es mir nicht im Traum ein, daß man das Verbrechen mit dem Verschwinden von Dads Revolver in Verbindung bringen würde. Wieso auch, wo ich doch genau wußte, daß er nichts damit zu tun haben konnte. Aber ein paar Stunden später, in Wolfes Büro, kapierte ich, wie dumm ich gewesen war. Das, was er vorschlug, nämlich, daß der Dieb den Revolver irgendwo sichtbar hinlegen sollte, damit er gefunden werden könnte, hätte ich natürlich sofort getan, wenn ich's noch gekonnt hätte. Aber Ihnen zu erzählen, was ich angestellt hatte, wagte ich einfach nicht, weil es zu unwahrscheinlich geklungen hätte. Alle hätten es für eine faule Ausrede gehalten. Kann ich noch einen Drink haben, bitte?«

Ich gab dem Ober einen Wink und nickte ihr ermunternd zu.

»Und am Sonntag der Mord an Corey Brigham – das machte natürlich alles noch viel schlimmer. Dann gestern unsere Konferenz bei Nero Wolfe – Sie wissen selbst, wie scheußlich das war. Und heute wurden wir alle den ganzen Tag verhört, von Polizeibeamten und Staatsanwälten, getrennt natürlich, es war einfach widerlich. Am Morgen waren sie in der Wohnung, und am Nachmittag mußten wir zu ihnen kommen. Ich hätte es natürlich beim Verhör sagen müssen, aber ich traute mich nicht, weil ich sicher bin, daß sie es mir nicht glauben werden. Aber wenn Sie bestätigen, daß Sie dabei waren, als ich den Revolver in den Fluß warf, müssen sie es doch glauben.«

Der Ober kam mit den Getränken, und ich wartete, bis er sich wieder von unserem Tisch entfernt hatte.

»Sie haben in der Eile etwas ausgelassen«, erklärte ich ihr. »Sie haben vergessen, zu erwähnen, daß Sie ein Dutzend Taucher angeheuert haben, damit sie das Flußbett absuchen, und daß Sie dem glücklichen Finder des Schießeisens eine Reise nach Hollywood und zehntausend Dollar in bar versprochen haben.«

Sie betrachtete mich kühl. »Soll das ein Witz sein?«

»Nicht unbedingt. Aber es würde dem ganzen Bericht mehr Farbe geben und ihn schön abrunden. Da Sie heute den ganzen Tag Fragen beantwortet haben, mußten Sie vermutlich auch über Ihr Tun und Treiben am Donnerstag morgen Rechenschaft ablegen. Was haben Sie denn erzählt?«

Sie nickte. »Na ja, ich habe ein bißchen geschwindelt. Ich hab' ihnen erzählt, daß ich nach dem Frühstück auf der Terrasse gesessen habe, bis ungefähr halb zwölf, und daß ich anschließend Einkäufe machte und zum Lunch zu Bolivar ging. Jetzt werde ich zugeben müssen, daß ich gelogen habe und überhaupt nicht einkaufen war.«

»Was haben Sie gesagt, wo Sie gewesen sind?«

»In drei Geschäften.«

»Mußten Sie die Geschäfte nennen?«

»Ja. Sie fragten mich doch danach. Ich nannte Zussman und Yorio und Weeden.«

»Haben Sie Schuhe gekauft?«

»Ja, ich . . .« Sie blieb stecken. »Selbstverständlich nicht, ich war doch gar nicht dort.«

Ich schüttelte bekümmert den Kopf. »Trinken Sie lieber aus. Als Märchenerzählerin sind Sie eine Niete. Verlegen Sie sich künftig auf was anderes.«

»Verdammt, seien Sie doch nicht so ekelhaft!«

»Wieso ekelhaft? Ich bin's doch nicht. Abgesehen davon, daß Ihre Angaben in den drei Geschäften natürlich nachgeprüft werden und daß man, falls Sie mit Ihrer hirnrissigen Geschichte herausrücken, feststellen wird, daß Ihr Wagen an dem bewußten Morgen gar nicht aus der Garage geholt worden ist, lohnt es sich überhaupt nicht, noch ein Wort darüber zu verlieren. Ich könnte Ihnen noch ein Dutzend oder mehr Unwahrscheinlichkeiten aufzeigen. Eigentlich müßte ich Ihnen böse sein, weil Sie mich für so naiv halten, um einen solchen Zimt bei mir anzubringen. Aber Sie hatten sicher die besten Absichten, und es ist nicht leicht, hochherzig und klug gleichzeitig zu sein. Also, trinken Sie aus und vergessen Sie's – es sei denn, Sie wollen mir erzählen, wer den Schießprügel in Wirklichkeit geklaut hat. Wissen Sie's?«

»Natürlich nicht.«

»Angeborene Großmut der ganzen Bande gegenüber, einschließlich Nora, wie?«

»Ich bin weder edel, noch will ich jemanden schützen! Ich möchte nur, daß dieses ekelhafte Theater endlich aufhört!« Sie berührte meine Hand mit den Fingerspitzen. »Archie! Ich habe mich wieder mal unmöglich angestellt, aber so geht's mir immer, wenn ich besonders schlau sein möchte. Wenn Sie mir dabei helfen würden, könnten wir uns bestimmt etwas Glaubhaftes ausdenken. Zum Beispiel: Wir benutzten nicht meinen Wagen, sondern ein Taxi – oder wir gingen zu Fuß, das ist ja egal –, und zwar schon Mittwoch nacht, und warfen den Revolver in den East River. Das klingt doch ganz gut, wie? Wollen Sie mir nicht helfen, Archie?«

Ich kam mir vor wie Adam, den Eva zu einem Komplott anstiften wollte. Schon damals ging die Sache schief aus. Was wäre geschehen, wenn ich angesichts der verlockenden Begleitumstände übersehen hätte, daß der Apfel einen Wurm hatte! Meine Standhaftigkeit war von Anfang an starken Belastungsproben ausgesetzt gewesen. Bereits bei unserer ersten Begegnung am Montag nachmittag auf der Terrasse war mir klargeworden, daß Sie von Kopf bis Fuß mein Typ war, und unser Gespräch hatte diesen ersten Eindruck noch verstärkt. Unser Ausflug ins ›Colonna‹ hatte mir gezeigt, wie angenehm es war, sie im Arm zu halten, auch wenn ihr alter Herr auch nicht gerade das war, was ich einen idealen Schwiegervater nennen würde. Die Vorstellung, was passiert wäre, wenn ich den Kopf verloren und sie im Triumph zum nächsten Friedensrichter entführt hätte, jagt mir noch jetzt eine Gänsehaut über den Rücken. Ich wäre für alle Zeiten mit einem Weiblein verbunden gewesen, das in einer Krisis seinen gesunden Menschenverstand völlig einbüßte, das sich wahrhaftig einbildete, es könnte eine Morduntersuchung abbremsen. Noch dazu mit einer kindlichen Lügengeschichte.

Aber sie meinte es gut. Deshalb ging ich glimpflich mit ihr um, bezahlte die Drinks ohne Murren aus eigener Tasche, verfrachtete sie in ein Taxi und fuhr ohne Groll in einem anderen zur 20. Straße.

Ich hätte mir den Umweg sparen können. Mit den Berichten war es Essig. Weder Cramer noch Stebbins war greifbar, und alles, was Rowcliff für mich hatte, war ein glasiger Blick.

Cramer trennte sich, wie gesagt, erst Mittwoch mittag von ihnen. Ich stärkte mich an einigen Sandwiches und einem Glas Milch und saß hinter einem Schreibtisch, den er mir für meine Arbeit überlassen hatte. Aus einem Stoß von Protokollen suchte ich das heraus, was Wolfe brauchte. Gegen vier Uhr raste ich nach Hause und klemmte mich hinter die Schreibmaschine. Ich war mit dem Abtippen gerade fertig und deponierte das Original und einen Durchschlag auf Wolfes Schreibtisch, als er aus den Plantagenräumen herunterkam. Er ließ sich in seinem Sessel nieder, setzte sich bequem zurecht, griff nach dem Manuskript und begann mit der Denkarbeit.

14

Donnerstag vormittag um Viertel nach zehn Uhr erschien ich auf der Pferderennbahn. Und in diesem denkwürdigen Augenblick begannen für mich die so ziemlich abscheulichsten vier Tage, die ich je in meiner an sich schon entsagungsvollen Laufbahn als Privatdetektiv durchgemacht habe.

Als Wolfe sich am Mittwoch nachmittag in das Studium der Zeitnachweise der Jarrellschen Sippe vertiefte, hatte ich keine Ahnung, was mir blühen würde, sonst hätte ich vermutlich seine angestrengte Denkarbeit nicht mit so inniger, hoffnungsfroher Genugtuung zur Kenntnis genommen. Das Dinner bescherte uns eine Erholungspause. Als wir danach wieder ins Büro zurückgekehrt waren, bombardierte er mich mit einem Dutzend zusätzlicher Fragen. Was wußte ich über Mr. oder Mrs. Herman Dietz? Praktisch nichts. War Trella Jarrells Behauptung über den einstündigen Spaziergang von zwei bis drei Uhr am Sonntag im Park nachgeprüft worden? Nein, und vermutlich würde er auch von niemandem bestätigt werden können. Wenn ich einen Revolver im Central Park verstecken wollte, und zwar an einer Stelle, wo er mit einiger Sicherheit nicht entdeckt werden würde, für mich jedoch jederzeit greifbar wäre, wo würde ich ihn dann verbergen? Ich machte ihm drei Vorschläge zur Auswahl, von denen aber keiner etwas taugte, und erklärte ihm, ich müßte mir das noch genauer überlegen. Wer oder was war Clarinda Day? Sie leitete einen kosmetischen Salon in der 48. Straße und verfügte über ein reichhaltiges Arsenal von Schönheitsmitteln und Marterwerkzeugen für Haar, Gesicht, Hals, Büste, Taille, Hüften, Beine und Arme ihrer diversen, auf gutes Aussehen erpichten, zu jedem finanziellen Opfer bereiten Kundinnen. Der Kreis ihrer Stammkundinnen war groß und reichte von Stenotypistinnen bis zu Multimillionärinnen.

Besaß Nora Kent Schlüssel zu sämtlichen Aktenschränken in Jarrells Bibliothek, und kannte sie die Kombination zu den Safes? Ich hatte keinen blassen Schimmer. War die Jarrellsche Wohnung gründlich untersucht worden? Ja; ein ganzes Heer von Sachverständigen hatte sich mit Jarrells Erlaubnis den ganzen Donnerstag über mit dem Durchstöbern befaßt. Einschließlich der Bibliothek? Ja, wobei ihr Tun von Jarrell mit Argusaugen beobachtet worden war. Von wem ich das erfahren hatte? Von Purley Stebbins. Wo befand sich der Metropolitan Athletic Club? Central Park Südseite, 59. Straße. Wie lange brauchte man für die Fahrt von der Stelle, wo der Dampfer Bolivar im Dock lag, bis zu Ebers Wohnung in der 49. Straße? Je nach der Tageszeit und der Verkehrsdichte zwischen zehn und dreißig Minuten; durchschnittlich schätzungsweise achtzehn Minuten. Wie schwierig wäre es für Nora Kent gewesen, von der Bibliothek auf die Straße und später wieder in die Bibliothek zu gelangen, ohne von jemandem gesehen zu werden? Das war mit etwas Glück durch den Lieferantenaufgang ein Kinderspiel, nur durfte sie dabei kein Pech haben.

Und so weiter und so fort.

Um halb elf lehnte sich Wolfe zurück und sagte: »Instruktionen!«

»Ja, Sir.«

»Rufen Sie, bevor Sie zu Bett gehen, Saul, Fred und Orrie an und bestellen Sie sie für morgen vormittag um elf Uhr hierher.«

»Ja, Sir.«

»Morgen ist ein Feiertag. Miss Bonner dürfte deshalb kaum in ihrem Büro anzutreffen sein. Setzen Sie sich also lieber noch heute abend mit ihr in Verbindung und laden Sie sie für morgen um acht Uhr zum Frühstück zu mir ein.«

Das ›Ja, Sir‹ blieb mir vor Schreck im Halse stecken. Ich starrte ihn völlig entgeistert an. Die Aktivität, die er so plötzlich entwickelte, hatte fast etwas Beängstigendes an sich und machte offenbar vor nichts halt. Wenn man seine Ansichten über Frauen im allgemeinen und in individuellen Fällen kannte und, wie ich, seine niederschmetternden Äußerungen über andere Detektive so oft mit angehört hatte, wußte man ziemlich genau, wieviel er von weiblichen Detektiven hielt – nämlich nichts. Vor ungefähr einem Jahr hatten gewisse Umstände ihn gezwungen, Miss Dol Bonner einen Auftrag zu erteilen, den sie übrigens sehr geschickt und erfolgreich ausgeführt hatte. Aber das hatte natürlich Wolfes eingefleischte Vorurteile nicht ins Wanken gebracht. Und jetzt wollte er sie offenbar nicht nur wieder beschäftigen, sondern er lud sie ganz harmlos und völlig freiwillig zum Frühstück ein. Wenn Fritz das erfuhr, würde ihm der Angstschweiß ausbrechen.

»Ich habe ihre Privatnummer«, sagte ich, noch immer leicht verdattert. »Ich will natürlich versuchen, sie zu erwischen, aber vielleicht ist sie über das verlängerte Wochenende schon weggefahren. Ist es so dringend, daß ich sie auf Biegen und Brechen irgendwo auftreiben muß?«

»Ja, ich brauche sie. Jetzt zu Ihnen: Sie begeben sich morgen frühzeitig zur Rennbahn Jamaica und . . .«

»Jetzt finden keine Rennen in Jamaica statt. Die Bahn ist geschlossen.«

»Wie steht's mit Belmont?«

»Geöffnet. Morgen ist ein ganz großer Renntag.«

»Die Entscheidung, wo Sie anfangen wollen, überlasse ich Ihnen. Sie werden von folgender Hypothese ausgehen und Ihre Nachforschungen darauf abstellen: Roger Foote entwendete Jarrells Revolver, versteckte ihn in seinem Zimmer oder sonstwo in der Wohnung, und am Donnerstag erschoß er Eber damit. Da er als sein Alibi die Rennen in Jamaica vorzubringen versuchte, fuhr er nach dem Mord dorthin, um sich zu zeigen, und bewahrte die Waffe in einem günstigen Versteck auf. Eine Spekulation darüber, weshalb er sie überhaupt behielt und nicht lieber loszuwerden trachtete, ist überflüssig; wir gehen davon aus, daß er sie versteckte, denn sie trat ja am Sonntag ein zweites Mal in Aktion. Ob er sie in Jamaica oder in Belmont verbarg, bleibt abzuwarten. Jedenfalls nahm er sie am Sonntag wieder an sich, kehrte nach New York zurück, traf sich mit Brigham, wahrscheinlich unter einem Vorwand, und tötete ihn. Aufgrund dieser Hypothese wird also Ihre Aufgabe darin bestehen, herauszufinden, wo er den Revolver von Donnerstag bis Sonntag versteckt hatte, und es ist nicht ausgeschlossen, daß Ihnen dabei die Waffe selbst in die Hände fällt, denn er mag damit gerechnet haben, daß sie ihm noch von Nutzen sein kann, und ist vielleicht sofort nach dem zweiten Mord wieder hinausgefahren, um sie im alten Versteck aufzubewahren. Wie Sie wissen, kam er am Sonntag erst um sieben Uhr nach Haus.«

»Tja, abgesehen davon, daß ihm auch die gesamte New York City zum Verstecken der Waffe zur Verfügung stand.« Das war keine Miesmacherei meinerseits, sondern lediglich ein schlichter Hinweis auf andere Möglichkeiten.

»Gewiß, aber das wäre von vornherein hoffnungslos. Da er am Donnerstag nach Jamaica und am Sonntag nach Belmont fahren mußte, um sich dort sehen zu lassen, und wir das mit Bestimmtheit wissen, werden wir uns bei unseren Nachforschungen auf diese beiden Plätze beschränken. Wir wissen nicht, was er in New York trieb, und wir kennen hier auch keine Stelle, wo er den Revolver in der sicheren Erwartung hinterlegen konnte, ihn schußbereit wieder vorzufinden. Untersuchen Sie zunächst einmal die Möglichkeiten in Jamaica und Belmont.«

Ich untersuchte sie ganze vier Tage, ausgerüstet mit fünfhundert Dollar in kleinen Scheinen für den Notfall und acht Fotos von Roger Foote, die ich mir am Donnerstag morgen bei Lon Cohen von der *Gazette* verschafft hatte. Ich richtete mein Augenmerk zuerst auf Jamaica, weil ich kein Verlangen danach verspürte, im feiertäglichen Massengetümmel in Belmont niedergetrampelt zu werden.

Vermutlich wandelte Wolfes getreuer Mitarbeiterstab – inklusive Dol Bonner – inzwischen auf den Spuren diverser anderer Hypothesen, obwohl er mir gegenüber kein Wörtchen darüber hatte verlauten lassen. Seine Geheimnistuerei hielt seiner außergewöhnlichen Aktivität die Waage. Ich schnappte nur ganz zufällig auf, daß Saul Panzer auf die Fersen von Otis Jarrell gesetzt worden war, das konnte sich unser ehemaliger Klient hoch anrechnen. Sauls Dienste kommen Wolfe nämlich auf sechzig Dollar täglich zu stehen, zuzüglich der Spesen, und Sauls Arbeit ist mindestens fünfmal soviel wert. Fred Durkin ist zwar auch ein fähiger Mann, kommt aber an Saul Panzer nicht heran. Orrie Cather, der sich in seiner Rolle als Archie Goodwin gerade nicht mit Ruhm bekleckert hatte – allerdings waren ihm die gegebenen Umstände nicht hold gewesen –, gehört zu den sogenannten umstrittenen Fällen. Auf einigen Spezialgebieten ist er unschlagbar, aber sonst ist er ein ziemlicher Versager. Meine Erfahrungen mit Dol Bonner waren begrenzt, jedoch in Fachkreisen war sie als clever bekannt, und zwar galt das Motto: ›Wenn schon einen weiblichen Spürhund, dann nur Dol Bonner.‹ Sie besaß ein eigenes Büro und eine Reihe von Mitarbeiterinnen.

Bis Sonntag abend hatte ich genug über Jamaica und Belmont, besonders über Belmont, ausgegraben, daß mein Material für ein Buch und darüber hinaus für zehn längere Zeitungsartikel ausgereicht hätte. Ich hatte vier Rennstallbesitzer, neun Trainer, siebzehn Stallburschen, fünf Jockeis, dreizehn Buchmacher, achtundzwanzig zweifelhafte Individuen kennengelernt und war außerdem mit einem Schaf, drei Hunden und sechs Katzen ein Herz und eine Seele geworden. Ich hatte das Mißtrauen von zwei Rennplatzwächtern erregt und mit dem einen dann Brüderschaft getrunken. Ich hatte zweihundertsiebenundvierzig Mädchen gesehen, die schon aus der Entfernung eine Augenweide waren und bei näherer Betrachtung sicher noch gewonnen hätten, aber ich war leider zu stark anderweitig beschäftigt, um sie mit mehr als nur einem komplimentartigen Blick zu würdigen. Ich entdeckte mindestens dreihundert Stellen, die sich als Versteck für einen Schießprügel eigneten, vermochte jedoch niemanden ausfindig zu machen, der Roger Foote in seiner Umgebung bemerkt hatte. Ich fand auch nirgends eine Spur, die erkennen ließ, daß hier oder dort jemals ein Revolver gelegen haben könnte. Ein Loch in einem Baum auf der anderen Seite der Rennbahn war als Versteck so ideal, daß ich förmlich in Versuchung geriet, mein eigenes Schießeisen darin zu deponieren. Ein anderer sehr günstiger Fleck wäre für meine Begriffe ein Futterkasten vor einem Stall gewesen, aber ich schied ihn schließlich aus der engeren Wahl aus, weil sich im Gehege zu viele scharfe Aufpasser herumtrieben.

Sonntag nacht erklärte ich Wolfe, ich hätte so ziemlich alles durchgeschnüffelt und sei mit meinem Spürsinn am Ende, es sei denn, er wünsche, daß ich meine Aktivität hinfort in die Rennställe verlegte und den edlen Rössern mal in das Maul sähe. Offenbar hielt er das für aussichtslos, denn er antwortete, er werde am nächsten Morgen neue Instruktionen für mich haben.

Aber daraus wurde nichts. Eine höhere Gewalt machte ihm einen Strich durch die Rechnung. Montag morgen kurz nach zehn läutete das Telefon, und wieder einmal beorderte mich eine amtliche Stimme in das Büro des Staatsanwalts. Nachdem ich Wolfe in den Plantagenräumen angerufen und ihm mitgeteilt hatte, wo ich zu finden sein würde, zitterte ich los. Dreißig Minuten in dieser Gesellschaft genügten, um mir zu verraten, daß die Polizei in den vergangenen vier Tagen ebensoviel erreicht hatte wie ich in Jamaica und Belmont. Und nach weiteren dreißig Minuten wurde mir klar, daß der Polizeikommissar und der Staatsanwalt mit ihrer Strategie am

Ende waren wie ich und sich zum Äußersten entschlossen hatten. Kurz: Man wollte um jeden Preis aus mir herausholen, weshalb ich unter falschem Namen bei Jarrell gewohnt und worin mein Auftrag bestanden hatte. Ich erklärte, ich müßte erst Mr. Wolfe anrufen, und erhielt zur Antwort, daß alle Telefonapparate besetzt seien. Um ein Uhr stärkte ich mich mit behördlicher Erlaubnis in einem der Vorzimmer an einem frugalen Mahl: zwei Sandwiches mit Schinken und Pute. Ich verlangte Milch und bekam sie auch. Um halb drei hatte ich die Nase endgültig voll und verdrückte mich in Richtung Ausgang, wurde jedoch geschnappt und zurückgebracht. Man benötigte mich als wichtigen Zeugen und war offenbar gewillt, mich gegebenenfalls einzusperren. Da die Katze jetzt aus dem Sack gelassen war, konnten sie es mir nicht mehr abschlagen, ein Telefongespräch zu führen. Und bereits zehn Minuten später rief Nathaniel Parker an. Parker ist Wolfes Anwalt und Rechtsberater und immer zur Stelle, wenn Not an Mann ist. Letzten Endes wanderte ich dann doch nicht in eine Zelle. Der oberste Staatsanwalt nahm mich, ohne jeden Erfolg, noch einmal persönlich in die Zange und verbannte mich daraufhin unter Bewachung von einem Polizisten namens O'Leary in ein anderes Zimmer. Die folgenden zwei Stunden verliefen für mich angenehm, da ich O'Leary insgesamt drei Dollar zwölf Cent im Rommé abknöpfte. Ich war absolut bereit, ihm die Chance zu geben, sie zurückzugewinnen, aber jemand störte uns und entführte mich in ein Büro. Dort wartete Nathaniel Parker auf mich und schüttelte mir kräftig die Hand. Ich schloß daraus, daß er mich freigeboxt hatte, und so war es dann auch. Der stellvertretende Anwalt gab mir zum Abschied die Warnung mit auf den Weg, daß ich vorläufig die Stadtgrenzen nicht verlassen dürfe, und ich sagte, daß ich das schriftlich haben wolle. Er erwiderte, ich solle mich zur Hölle scheren, und ich erklärte, das sei mir neu, denn ich hätte bisher nicht gewußt, daß sich die Hölle innerhalb der Stadtgrenzen von New York befinde. Parker griff ein und schleuste mich endgültig aus dem Raum.

Unten auf dem Bürgersteig fragte ich: »Wie hoch war diesmal der Preis für meine Freilassung?«

»Keine Kaution, Archie. Und auch kein Haftbefehl. Ich überredete sie, darauf zu verzichten, da beides unnötig sei. Ich versprach, daß Sie erreichbar seien, sobald Sie gebraucht würden.«

Ich war enttäuscht. Es gibt dem Selbstbewußtsein ungeheuren Auftrieb, wenn man gegen Kaution freigelassen wird. Dann merkt man erst, wie wertvoll und unentbehrlich man für seine Mitwelt ist, wenigstens für einen Teil von ihr, und wie sehr die Leute an einem hängen. Trotz meines Kummers machte ich Parker keine Vorwürfe; er hatte sein Bestes getan. Wir fuhren zusammen im Taxi durch die Stadt. Er war irgendwo zum Dinner eingeladen und stieg deshalb nicht mit aus, als wir vor dem alten Backsteinhaus auf der 35. Straße West bremsten. Ich verabschiedete mich von ihm, bedankte mich für die prompte Hilfe und die freie Fahrt und verließ den Wagen. Als ich den Bürgersteig überquerte, zeigte meine Armbanduhr genau achtzehn Uhr dreiundzwanzig.

Wolfe saß hinter seinem Schreibtisch, ein Buch vor der Nase, hob kurz die Augen, grunzte eine unverständliche Begrüßung und vertiefte sich wieder in seine Lektüre. Ich lief zu meinem Schreibtisch, um nachzusehen, ob irgendwelche Mitteilungen für mich darauf lagen, entdeckte keine, setzte mich und fragte: »Ist was passiert?«

Er verneinte, ohne aufzublicken.

»Ich soll Sie von Parker grüßen. Ich wurde nicht gegen Kaution entlassen. Er riet davon ab.«

Er grunzte.

»Man hat sich dort zu dem Entschluß durchgerungen, jede Rücksicht auf Jarrells Privatangelegenheiten fallenzulassen. Wollen Sie einen ausführlichen Bericht?«

Er verneinte wieder, ohne aufzublicken.

»Irgendwelche Instruktionen?«

Er hob die Augen und sagte: »Ich lese, Archie«, und vertiefte sich wieder in sein Buch.

Ich hatte große Lust, ihn von seinem unnahbaren Wolkenthron herunterzustoßen. Aber das beste Wurfgeschoß, das ich zur Hand hatte, war die Schreibmaschine, und die gehörte nicht mir. Das zweitbeste war das Telefon, aber das gehörte mir auch nicht, und außerdem wäre die Schnur sowieso zu kurz gewesen. Infolgedessen enthielt ich mich jeglicher Handgreiflichkeiten, erhob mich, stieg die zwei Treppen zu meinem Zimmer hinauf, duschte mich, ließ das Rasieren jedoch bleiben, zog ein frisches Hemd an und einen leichteren Anzug. Ich nähte gerade Knöpfe an einen Schlafanzug, als Fritz meldete, daß das Dinner bereit sei.

Erst bei Tisch kapierte ich, daß irgend etwas in der Luft lag, und zwar etwas Erfreuliches. Wolfe war nicht verdrießlich, er war selbstgefällig, und die Aussichten schienen nicht trübe, sondern rosig. Die Freude am Essen vermochte ihm selbst das schlimmste Mißgeschick nicht zu vermiesen, aber nach zehntausend Mahlzeiten an seinem Tisch kannte ich auch die noch so feinen Nuancen seines

Benehmens, mit dem er sich sein Futter einverleibte. Die Art, wie er *paté* auf einen Cracker strich und sein Messer im Aspik eines Rind-filets versenkte, die schwungvolle Bewegung, mit der er den Salat auf die Gabel hob, das innere Behagen, mit dem er seine Wahl beim Käse .traf, den Fritz ihm reichte – all das bewies mir deutlich, daß er jemanden bereits in der Tasche hatte oder ihm doch verdammt dicht auf den Fersen war.

Natürlich nahm ich an, er würde später im Büro beim Kaffee mit der Sprache herausrücken oder mir zumindest einen kleinen Vorge-schmack auf die künftigen freudigen Ereignisse gönnen. Aber nein, Irrtum auf der ganzen Linie. Nach drei tiefsinnigen Schlucken von seinem brühheißen Kaffee klappte er sein Buch wieder auf und war für mich und die Umwelt verloren. Seine immense Geheimnistuerei ging mir allmählich so sehr über die Hutschnur, daß ich mir überlegte, ob ich ihn von vorn attackieren oder ihn von der Flanke her überrum-peln sollte, als es an der Tür schellte und er so fürs erste gerettet war. Ich trottete durch den Korridor zum Eingang. Nach Wolfes selbstgefälligem Wesen hätte es mich nicht überrascht, wenn die ganze Jarrell-Bande, sieben Mann hoch, vor der Tür gestanden hätte mit einem Schuldgeständnis in dreifacher Ausfertigung in der Hand und Tränen der Reue in den Augen. Aber es war nur ein älteres männliches Individuum in hellbraunem Anzug und ohne Hut, das ich nie zuvor gesehen hatte.

Als ich die Tür öffnete, legte er los, bevor ich überhaupt dazu kam, den Mund aufzumachen. »Ist das das Haus von Nero Wolfe?«

»Stimmt.«

»Sind Sie Archie Goodwin?«

»Stimmt wieder.«

»Gut.« Er hielt mir ein Päckchen vor die Nase. »Das hier ist für Nero Wolfe.«

Ich nahm es, und er wandte sich um und lief davon. Ich forderte ihn auf, einen Moment zu warten, aber er rief mir über die Schulter zu: »Quittung nicht nötig!« und verschwand um die Ecke. Leicht verdattert musterte ich das Päckchen von allen Seiten. Es hatte die Größe einer Streichholzschachtel, war in braunes Papier gewickelt, mit Klebestreifen bepflastert, und falls es einen Namen oder eine Adresse trug, dann mußte sie mit unsichtbarer Tinte geschrieben worden sein.

Ich schloß die Tür, lief zurück ins Büro und erklärte Wolfe: »Der Mann, der mir das hier aushändigte, sagte, es sei für Sie, aber ich begreife nicht, woher er das wissen konnte. Es steht kein Name dar-

auf. Es tickt auch nicht. Soll ich es vorsichtshalber unter der Wasser-
leitung auspacken?«

»Meinetwegen. Aber es ist kaum groß genug, um gefährlich zu sein.«

Das schien mir reichlich optimistisch. Ich erinnerte mich noch zu
gut an die kleine Kapsel, die ein freundlicher Mitmensch in unserem
Büro in die Kaffeemaschine praktiziert hatte. Bei der Explosion
knallte der Deckel gegen die Wand und verfehlte Wolfes Kopf nur
um ein paar Zentimeter. Wenn er durchaus den Helden spielen
wollte, dann bitte. Ich griff nach meinem Taschenmesser, säbelte
den Klebestreifen durch, riß das Papier ab und stieß auf eine Papp-
schachtel ohne Aufschrift. Ich legte sie auf den Schreibtisch, gleich
weit von Wolfe und mir entfernt, um das Risiko gerecht zu ver-
teilen, und hob vorsichtig den Deckel ab. Watte. Ich pulte die oberste Schicht heraus und sichtete, fein säuberlich in Watte gebettet,
einen vielversprechenden Gegenstand. Ich beugte mich vor und verkündete: »Ein Achtunddreißiger-Geschoß. Interessant, wie?«

»Im höchsten Grade.« Wolfe griff nach der Schachtel und warf
einen Blick hinein. »Mehr als interessant. Sind Sie sicher, daß es
wirklich ein Achtunddreißiger ist?«

»Ja, Sir. So ein Zufall!«

Er legte die Schachtel wieder hin. »Wer brachte sie?«

»Ein unbekanntes Männlein. Zu schade, daß ich ihn nicht herein-
gebeten habe.«

»Ja. Dieser Zwischenfall läßt alle möglichen Schlüsse zu – auch
den, daß uns jemand einen Streich spielen wollte.«

»Tja. Soll ich das Ding in den Papierkorb befördern?«

»Nein. Nicht so voreilig. Ich mache Ihnen einen besseren Vorschlag: Sie haben einen anstrengenden Tag hinter sich, und deswegen bitte ich Sie ungern darum, aber Sie könnten das Geschoß Mr.
Cramer überbringen, ihm berichten, wie wir in seinen Besitz gelangten, und ihm vorschlagen, es mit den Geschossen, die Mr. Eber und
Mr. Brigham töteten, zu vergleichen.«

»Puh! Mit der Zeit, sagen wir in einer Woche oder so, wäre mir
das vielleicht auch eingefallen. Mein Köpfchen arbeitet eben nicht so
schnell wie das Ihre.« Ich stopfte die oberste Schicht Watte wieder
hinein und stülpte den Deckel darauf. »Ich nehme am besten das
Packpapier auch gleich mit. Falls die Geschosse übereinstimmen,
wird er's sicher haben wollen. Nebenbei bemerkt: Er wird mich vermutlich auch gleich dort behalten. Wenn ich ihm damit unter die
Augen trete und ihm die – sagen wir einigermaßen unglaubwür-
dige – Geschichte über die Herkunft erzähle und ihm noch dazu

den Vorschlag mache, es mit den anderen Geschossen zu vergleichen, läßt er mich bestimmt nicht mehr aus seinen Fängen. Dies nur, falls Sie mich heute noch wiedersehen wollen.«

»Zum Teufel!« Er runzelte die Stirn. »Sie haben recht. So geht es nicht.« Er überlegte einen Augenblick. »Ihren Notizblock. Einen Brief an Mr. Cramer.«

Ich verzog mich hinter meinen Schreibtisch und holte Notizblock und Füller hervor.

Wolfe diktierte: »Sehr geehrter Mr. Cramer. In der Anlage übersende ich Ihnen ein Päckchen, das vor wenigen Minuten an meiner Haustür abgegeben wurde. Es trägt weder Namen noch Adresse, aber der Bote erklärte Mr. Goodwin, es sei für mich bestimmt. In der Schachtel befindet sich ein Geschoß, das nach Ansicht von Mr. Goodwin aus einem Achtunddreißiger-Revolver stammt. Zweifellos ist das Ganze nur ein billiger Scherz. Dennoch halte ich es für das beste, es Ihnen zu übergeben. Verfahren Sie damit ganz nach Belieben. Ich habe keine Verwendung für den Inhalt. Hochachtungsvoll.«

»Mit der Post?« fragte ich.

»Nein. Bringen Sie es bitte selbst hin, und zwar sofort. Geben Sie das Päckchen mit Brief ab und kommen Sie unverzüglich zurück.«

»Mit Vergnügen.« Ich zog die Schreibmaschine an mich heran.

15

Die Montagnacht gehörte wohl zu den unruhigsten Nächten, die Fritz je unter Wolfes Dach verbracht hatte, obwohl er ein an Kummer gewöhnter, sturmerprobter Kämpe ist. Als ich kurz nach zehn Uhr von meinem Gang in die 20. Straße zurückkehrte, rief Wolfe den guten Fritz ins Büro.

»Einige Instruktionen, Fritz.«

»Ja, Sir.«

»Archie und ich werden bald zu Bett gehen, aber falls Sie jemand nach uns fragt, sind wir nicht zu Hause. Sie werden das Telefon übernehmen und sich auf die Auskunft beschränken, daß Sie nicht wissen, wo wir hingegangen sind oder wann wir zurückkommen. Sie haben auch keine Ahnung, wann wir das Haus verlassen haben. Ist das klar? Mr. Cramer oder sonst jemand wird versuchen, Sie einzuschüchtern, aber Sie werden ganz entschieden bei dieser Auskunft bleiben. Sie können alle Mitteilungen entgegennehmen mit dem Versprechen, sie an uns weiterzuleiten, sobald wir zurück sind. Kümmern Sie sich nicht darum, wenn es an der Tür schellt. Öffnen Sie vor allem keine Tür, weder die vorn noch die in der Küche, noch die im Souterrain. Falls Sie das doch tun, wird Ihnen vermutlich ein Haussuchungsbefehl unter die Nase gehalten, und Sie werden von Mr. Cramers vereinigter Streitmacht einfach überrannt werden. Es könnte natürlich irgend etwas passieren, was es Ihnen notwendig erscheinen läßt, Archie oder mich zu Hilfe zu rufen, aber ich glaube und hoffe es nicht. Bringen Sie mir mein Frühstück eine Stunde früher als gewöhnlich, also um sieben Uhr. Archie wird zur selben Zeit frühstücken. Ich würde es bedauern, wenn Sie um Ihre Nachtruhe kommen sollten, aber ich kann daran leider nichts ändern. Sie können den verlorenen Schlaf morgen nachholen.«

»Ja, Sir.« Fritz schluckte. »Falls irgendeine Gefahr droht, dürfte ich dann vorschlagen . . .« Er brach ab und fing noch einmal von vorn an. »Ich weiß, Sie verlassen das Haus nur höchst ungern, aber manchmal ist es besser, das Feld zu räumen, wenigstens für kurze Zeit.« Er sah mich mahnend an. »Sie wissen das doch auch, Archie.«

Wolfe beruhigte ihn. »Nein, Fritz, es droht keinerlei Gefahr. Im Gegenteil, das ist der Auftakt zu einem Triumph. Haben Sie die Instruktionen verstanden?«

Er bejahte, aber er fühlte sich nicht glücklich. Er zog ein ausgesprochen belämmertes Gesicht. Seit Jahren wartete er mit Zittern und Bangen auf den Tag, an dem Wolfe in Handschellen aus dem Haus gezerrt werden würde, von meinem ähnlichen Schicksal ganz zu schweigen; auch hatte er eine tiefe Abneigung gegen alle Husarenstückchen. Er bedachte mich mit einem vorwurfsvollen Blick, den ich weiß Gott nicht verdient hatte, und verschwand. Wolfe und ich gingen auf unsere Zimmer und zu Bett.

Sieben Uhr ist als Zeitpunkt für das Frühstück verdammt früh, falls man nicht gerade auf das Motto ›Morgenstunde hat Gold im Munde‹ schwört, und ich gehöre nicht zu diesen Strebernaturen. Immerhin tauchte ich bereits um sieben Uhr acht in der Küche auf. Mein übliches Glas mit Orangensaft stand bereit, Fritz war jedoch nicht zu sehen, und das Telefon läutete wie verrückt. Es kitzelte mich, den Hörer abzuheben und festzustellen, wie gut ich Fritzens Stimme zu imitieren vermochte, aber ich ließ es lieber weiterläuten. Als Fritz endlich aufkreuzte, hatte der Anrufer die Geduld verloren und aufgehängt. Ich erklärte Fritz, er müsse Wolfe das Frühstück zu spät gebracht haben, aber er erwiderte, er habe es Punkt sieben Uhr serviert, sei jedoch noch bei ihm oben geblieben, um Bericht zu erstatten.

Während ich mich an Toast mit Schinken und einem Erdbeeromelett und an Kaffee labte, erstattete er auch mir Bericht und blätterte dabei immer wieder zur Auffrischung seines Gedächtnisses in seinen Notizen. Der erste Anruf war genau um 11.32 Uhr gekommen, und zwar von Leutnant Rowcliff. Er war so ausfallend geworden, daß Fritz kurzerhand aufgelegt hatte. Der zweite, ebenfalls von Rowcliff, kam um 11.54 Uhr, in gemäßigterem Ton, dafür aber dringlicher. Um 12.21 Uhr hatte sich Cramer gemeldet und war sowohl persönlich gehässig als auch amtlich im Ton gewesen. Als freundliches Zureden nichts fruchtete, hatte er die schrecklichen Strafen an die Wand gemalt, die einen Mann wie Fritz erwarteten, wenn er als Mitschuldiger bei der Unterdrückung von Beweismaterial in einem Mordfall vor den Kadi gebracht würde. Um 12.56 Uhr hatte es an der Tür geklingelt, und um 1.03 Uhr donnerten und polterten die Vertreter des Gesetzes gegen die Haustür. Von 1.14 Uhr bis kurz vor sechs Uhr hatten Ruhe und Frieden geherrscht, aber um 6.09 Uhr hatte Cramer wieder angerufen. Um 6.27 Uhr hatte es abermals an der Tür geschellt, und zwar fünf Minuten lang hintereinander, und als Fritz den hartnäckigen Störenfried durch die Spionglasscheibe im Morgengrauen in Augenschein nahm, hatte er Sergeant Stebbins auf der Vortreppe stehen sehen. Im Moment befand er sich mit noch einem Kollegen in einem Streifenwagen draußen an der Straßenecke.

Ich stand auf, ging an die Vordertür, spähte hinaus, lief zurück in die Küche, verlangte noch etwas Toast und goß mir noch eine Tasse Kaffee ein. »Er ist noch immer auf seinem Posten«, sagte ich zu Fritz. »Die Sache hat nur einen Haken. Wie Sie wissen, bringt Mr. Wolfe es nicht übers Herz, einen hungrigen Menschen auf sich warten zu lassen, ohne ihm etwas zur Stärkung zu verabreichen. Stebbins sitzt zwar nur vor der Tür, aber er möchte doch liebend gern zu uns herein und sieht dazu recht hungrig aus. Wenn Mr. Wolfe nun einfällt, daß Stebbins noch nicht gefrühstückt hat, ist der Teufel los. Könnte ich noch etwas Thymianhonig haben?«

Ich war gerade beim letzten Bissen Toast und dem Rest Kaffee angelangt, als Wolfes Fahrstuhl zu surren begann. Bis ich mit Kauen und Schlucken fertig und wie ein geölter Blitz ins Büro hinübergesaust war, hatte er bereits hinter seinem Schreibtisch Platz genommen. Wir sagten uns guten Morgen.

»Also war die Sache doch kein Scherz«, sagte ich beiläufig.

»Anscheinend nicht.« Er wischte mit einem Löschblatt von seiner Schreibtischplatte Staub, der aber nur in seiner Einbildung vorhanden war. »Verbinden Sie mich bitte sofort mit Mr. Cramer.«

Ich zog das Telefon heran, wählte die Nummer und hatte ihn auch gleich am Apparat. Als Cramer sich meldete, hob auch Wolfe seinen Hörer ab. Ich hielt meinen zwei Zentimeter vom Ohr weg, weil ich eine Explosion erwartete, aber Cramer war offenbar über dieses Stadium schon hinaus. Seine Stimme klang heiser vor bereits sinnlos verpuffter Wut.

»Wo sind Sie?« fragte er.

»Auf einer Geschäftsreise, egal, wo. Ich wollte mich nach dem Geschoß erkundigen, das ich Ihnen zugeschickt habe. Stimmt es mit den anderen überein?«

»Sie wissen verdammt gut, daß es übereinstimmt. Sie wußten es schon, bevor Sie mir das Ding schickten. Das ist die unverschämteste . . .«

»Nein. Ich vermutete es, aber ich wußte es nicht. Ich mußte mir Gewißheit verschaffen, bevor ich die Herkunft enthüllte. Deshalb sorgte ich dafür, daß der Absender anonym blieb. Würden Sie mir bitte noch einmal ganz ausdrücklich bestätigen, ob das Geschoß, das ich Ihnen übersandte, aus der Mordwaffe stammt oder nicht?«

»Bei Gott!« Cramer wußte verdammt gut, daß er am Telefon nicht fluchen durfte; es mußte ihm aber schwerfallen, seine Erregung zu unterdrücken. »Sie sorgten dafür! Ich werde auch für etwas sorgen! Ich werde dafür sorgen, daß Sie . . .«

»Mr. Cramer! Das ist wirklich lächerlich. Ich verhelfe Ihnen zur Lösung eines komplizierten und heiklen Falles, und Sie überschütten mich mit Vorwürfen. Wenn Sie sich unbedingt beklagen müssen, dann warten Sie doch wenigstens, bis Sie alle Tatsachen kennen. Würden Sie bitte meine Frage beantworten?«

»Also gut. Ich werde . . .«

»Danke. Dann bin ich bereit, den Mörder und die Mordwaffe auszuliefern, und wir haben nur noch zu erwägen, auf welche Weise wir uns dieser Aufgabe am besten entledigen. Ich kann zum Beispiel den Staatsanwalt in mein Haus bitten und ihm die Waffe und zwei ausgezeichnete Zeugen übergeben. Alles Weitere läge dann in seiner Hand. Ebenso könnte ich mit Ihnen verfahren und es Ihnen überlassen, den Schuldigen dingfest zu machen. Offen gestanden gefällt mir keine der beiden Möglichkeiten, weil ich beträchtliche Ausgaben hatte und mir ein angemessenes Honorar zusteht. Ich möchte für meine Mühe bezahlt werden, und jene Familie hat die Mittel dazu. Ich wünsche, daß sie erfährt, was ich geleistet habe, und das läßt sich am überzeugendsten und eindrucksvollsten durchführen, wenn ich in ihrer Gegenwart den Revolver vorlege und den Mörder identifiziere. Einer Einladung von meiner Seite würden sie jedoch nicht Folge leisten. Deshalb müssen Sie die Familie mitbringen. Falls Sie ... Bitte, lassen Sie mich zu Ende sprechen – falls Sie mit ihnen um elf Uhr hier in meinem Büro erscheinen, werde ich da sein und Sie empfangen. Und Sie werden alles bekommen, was Sie brauchen, ja mehr noch als das. Wir sehen uns also in drei Stunden. Ich hoffe, Sie werden mir diesen Gefallen erweisen, weil ich lieber mit Ihnen zu tun habe als mit dem Staatsanwalt.«

»Das soll wohl ein Kompliment sein? Schönen Dank, Sie Heuchler«, krächzte Cramer noch heiserer als zuvor. »Sie sind jetzt in Ihrem Haus, und Sie waren auch die ganze Nacht über zu Hause! Geschäftsreise, daß ich nicht lache! Sie wußten ganz genau, daß das Geschoß aus demselben Revolver war, und Sie wußten, daß wir Ihnen die Bude einrennen würden, sobald wir das nachgeprüft hatten. Sie wollten nur nicht im Schlaf gestört werden, damit Sie mir am frühen Morgen mit diesem Triumph ins Gesicht springen konnten. In einer halben Stunde habe ich einen Haussuchungsbefehl und Haftbefehle für Sie und Goodwin!«

»Tatsächlich? Dann verzeihen Sie, wenn ich auflege. Ich muß jemanden anrufen.«

»Das sieht Ihnen ähnlich! Bei Gott, das sieht Ihnen wieder mal ähnlich! Ich überlasse Ihnen entgegenkommenderweise diese Berichte, und das habe ich nun davon! Wen brauchen Sie alles zu Ihrer lächerlichen Theatervorstellung?«

»Die fünf Personen namens Jarrell und Miss Kent und Mr. Foote. Um elf Uhr.«

»Ja, ich weiß. Bis elf spielen Sie in Ihrem Orchideengarten, und dabei wollen Sie um keinen Preis gestört werden. Oh, was sind Sie doch für ein gehetztes Wesen!«

Er legte auf. Wir taten das gleiche.

»Haben Sie was gemerkt?« sagte ich. »Ich glaube, die Orchideen gehen ihm tatsächlich auf die Nerven. Mir ist das schon bei früheren Gelegenheiten aufgefallen. Vielleicht sollten Sie die Plantagen lieber doch aufgeben. Soll ich von jetzt an das Telefon bedienen?«

»Ja. Miss Bonner, Saul, Fred und Orrie werden zwischen neun und halb zehn anrufen. Sagen Sie ihnen, sie möchten um elf Uhr hierherkommen. Ich brauche sie als Kulisse, um die Jarrells genügend zu beeindrucken.«

»In Ordnung. Aber es wäre vielleicht ganz angebracht, wenn ich im voraus erfahren würde, wen ich besonders im Auge behalten muß. Ich weiß verflixt gut, daß es nicht Roger Foote ist, nach meiner sinnlosen Sucherei in Jamaica und Belmont.«

Er blickte zur Uhr. »Es ist noch früh am Tag. Also bis nachher.«

16

Ich hatte den Posten des Türhüters und des Empfangschefs Saul und Orrie übertragen, weil ich anderweitig beschäftigt war. Cramer und Stebbins waren bei uns zwanzig Minuten vor der Zeit eingedrungen und bestanden mit viel Lärm darauf, Nero Wolfe zu sprechen. Ich hatte beide in das Speisezimmer abgeschoben und leistete ihnen vorsichtshalber Gesellschaft. Immer wieder erklärten sie, nicht mit mir, sondern mit Wolfe reden zu müssen, aber ich wies nachdrücklich darauf hin, daß sie sich die vier Treppen bis zu den Plantagenräumen hinauf sparen könnten, weil Wolfe die Tür von innen verriegelt habe. Um Öl auf die erregten Wogen zu gießen, erzählte ich ihnen einen Witz, er fand jedoch keinen rechten Anklang.

Als Wolfe die Eßzimmertür öffnete und die Herren mit einem ›Guten Morgen‹ begrüßte und Cramer ihn barsch aufforderte, hereinzukommen und die Tür hinter sich zu schließen, machte ich mich auf einen Krach gefaßt. Aber Wolfe wich allen Komplikationen geschickt aus. Er sagte nur: »Würden Sie mir bitte ins Büro folgen«, wandte sich um und lief ihnen voran. Cramer und Stebbins hefteten sich eiligst an seine Fersen, und ich bildete das Schlußlicht.

Otis Jarrell mußte diesmal auf den Ehrenplatz im roten Ledersessel verzichten. Saul hatte die Anweisung befolgt und ihn für Inspektor Cramer reserviert. Der Exklient saß in der ersten Reihe mit Frau, Sohn und Schwiegertochter. Hinter ihm saßen Lois, Nora Kent, Roger Foote und Saul Panzer. Hinter meinem Rücken auf der Couch hatten sich Sally Colt, Dol Bonners Assistentin, Fred Durkin und Orrie Cather niedergelassen. Purley Stebbins' Stuhl stand dort, wo er ihn immer eigenhändig hinbeförderte, falls wir es vergessen hatten, und zwar an der Wand in Reichweite von Cramer.

Diesmal war der rote Ledersessel nicht der Ehrensitz. Die Hauptperson befand sich rechts von Wolfe neben seinem Schreibtisch in einem gelben Sessel. Es war Miss Dol Bonner, für einen weiblichen Detektiv eine wahre Pracht mit ihren natürlich geschwungenen, langen schwarzen Wimpern über hellbraunen Augen. Ich hatte Fritz schonend auf ihr Kommen vorbereitet. Sie hatte bereits einmal mit Wolfe gefrühstückt, und Fritz betrachtet jede Frau, die die Schwelle des Wolfeschen Hauses mehr als einmal überschreitet, mit Argwohn. Er hegt den unüberwindlichen Verdacht, daß sie ihn aus seinem Herrschaftsbereich vertreiben und sich der Küche bemächtigen möchte, vom Rest des Hauses ganz zu schweigen.

Inspektor Cramer hatte sich vor dem Auditorium aufgebaut und hielt eine seiner üblichen Reden. »Nero Wolfe wird jetzt zu Ihnen sprechen, und Sie können ihn anhören, wie ich es tue. Da Sie auf Befehl der Polizei hier sind, möchte ich einen bestimmten Punkt von vornherein klarstellen: Sie brauchen seine Fragen nicht zu beantworten; es sind *seine* Fragen und nicht die meinen oder die der Polizei. Was er sagt und tut, geschieht auf seine persönliche Verantwortung. Er handelt nicht im Auftrag der Polizei.«

»Ich habe keine Fragen, Mr. Cramer«, erklärte Wolfe. »Nicht eine einzige. Ich werde lediglich Bericht erstatten und einige Erläuterungen einflechten.«

»Noch besser.« Cramer setzte sich. »Bitte, Mr. Wolfe.«

Wolfe räusperte sich. »Ich werde Ihnen in meinem Bericht darlegen, wie und wo ich die Mordwaffe entdeckte und warum der Fundort zur Preisgabe des Mörders führte. Nachdem Sie alle am Montag vor acht Tagen mein Büro verlassen hatten und ich der Umstände wegen gezwungen war, die Information über den Diebstahl von Mr. Jarrells Revolver an Inspektor Cramer weiterzugeben, hatte ich mit dem Klienten zugleich auch meine festumrissene Funktion in diesem Fall verloren. Aber mein Interesse an der Klärung des Falles war nun einmal geweckt, meine Selbstachtung stand auf dem Spiel, und außerdem wünschte ich, für die aufgewendete Mühe und Zeit und die Nervenaufpeitschungen, denen ich ausgesetzt worden war, bezahlt zu werden. Deshalb beschloß ich, die Angelegenheit auf eigene Faust weiterzuverfolgen.«

Er räusperte sich noch einmal. »Sie alle standen mir für meine Nachforschungen nicht mehr zur Verfügung. Sie hatten nach der zweiten Konferenz genug von mir. Ich konnte mich weder aus personellen noch aus sonstigen Gründen auf eine weitverzweigte Untersuchung einlassen, abgesehen davon, daß sich die Polizei mit ihrem Riesenapparat ohnehin eingeschaltet hatte. Aber ich verfügte über eine Tatsache, die einwandfrei erwiesen war und Raum für zahlreiche Spekulationen bot: Eber und Brigham waren mit ein und derselben Waffe ermordet worden. Handelte es sich auch bei dem

Mörder in beiden Fällen um ein und dieselbe Person, dann hatte sich die Waffe offenbar von Donnerstag bis Sonntag in ihrem Besitz befunden – oder zumindest an einer Stelle, die leicht zugänglich war. Mein Problem war, dieses Versteck ausfindig zu machen.«

Seine Augen wanderten zu Cramer hinüber und dann wieder zurück zu seinen Zuhörern. »Ich bin Mr. Cramer zu Dank verpflichtet, weil er Mr. Goodwin die Protokolle über Ihr Tun und Lassen in der fraglichen Zeitspanne einsehen ließ. Ich weiß sein Entgegenkommen sehr zu schätzen; die Vermutung, daß er mir Einblick gewährte, weil er Zweck und Ziel meiner Bitte zu erfahren hoffte, wäre im höchsten Grade unbillig und plump. Hier sind die Protokolle.«

Er legte seine Hand auf den Stapel maschinegeschriebener Blätter auf seinem Schreibtisch. »Hier sind sie. Mr. Goodwin hat sie zu sammengestellt; ich habe sie gelesen und analysiert. Es war natürlich nicht ausgeschlossen, daß die Waffe noch immer irgendwo in Ihrer Wohnung verborgen war, aber ich hielt das für ziemlich unwahrscheinlich. Der Mörder mußte ja ständig mit der Möglichkeit rechnen, daß die Wohnung von der Polizei durchsucht würde – was vor genau einer Woche dann auch der Fall war. Aus diesem Grund ließ ich mich von der Theorie leiten, daß die Waffe an einer anderen Stelle versteckt worden war.«

»Ich auch«, bellte Cramer dazwischen.

Wolfe nickte. »Zweifellos. Aber für Sie war das nur eine von vielen Fährten, während es für mich die einzige war. Ich war nicht nur fest davon überzeugt, daß man die Waffe von Donnerstag nachmittag bis Sonntag nachmittag an einem gut erreichbaren, unverfänglichen Ort deponiert hatte, es bestand meiner Ansicht nach auch die Chance, daß sie sich noch immer dort befand. Als der Mörder am Sonntag den Wagen auf der 39. Straße stehen ließ, hatte er den Revolver bei sich und mußte ihn irgendwie loswerden. Falls er ihn einfach wegwarf, egal wohin, ergab sich das Risiko, daß der Revolver entdeckt und identifiziert wurde, und zwar als das Eigentum von Mr. Jarrell und als die Waffe, mit der die beiden Morde verübt worden waren. Falls er ihn endgültig verschwinden ließ – zum Beispiel in einem Fluß –, bestand die Gefahr, daß er dabei gesehen wurde. Auch dürfte vermutlich die Zeit zu knapp dazu gewesen sein. Deshalb – so folgerte ich weiter – war es möglich, daß er ihn bei der ersten besten Gelegenheit, wenn nicht sogar sofort, in das Versteck zurückbrachte, wo er schon drei Tage lang verborgen gelegen hatte. Und daher galt meine Suchaktion nicht nur dem Versteck, sondern auch der Waffe selbst.«

Er holte tief Luft. »Dazu brauchte ich jedoch die Zeitangaben. Sie boten mannigfache Möglichkeiten, von denen einige, was die Nachprüfung anbelangte, vielversprechend, andere zeitraubend und vage waren. Um sie auszuwerten, griff ich auf die Hilfe bewährter Mitarbeiter zurück. Es waren Mr. Saul Panzer, der dort neben Mr. Foote sitzt; Mr. Fred Durkin, dort auf der Couch; Mr. Orville Cather, ebenfalls auf der Couch neben Mr. Durkin; Miss Theodolinda Bonner, hier zu meiner Rechten; Miss Sally Colt, Miss Bonners Assistentin, dort auf der Couch neben Mr. Durkin.«

»Machen Sie schon weiter«, knurrte Cramer.

Wolfe ignorierte ihn. »Ich will auf ihre umsichtigen Bemühungen nicht näher eingehen, ich werde sie lediglich kurz andeuten. Mr. Goodwin verbrachte vier volle Tage auf den Rennbahnen von Jamaica und Belmont. Mr. Panzer überprüfte mit lobenswertem Fleiß Mr. Jarrells Alibi für den Donnerstag, an dem Eber ermordet wurde. Mr. Durkin widmete sich mit Energie und Ausdauer dem Metropolitan Athletic Club, und Mr. Cather machte drei Personen ausfindig, die Mrs. Otis Jarrell an dem Sonntag, an dem Brigham getötet wurde, im Central Park gesehen haben. Schließlich waren es Miss Bonner und Miss Colt, denen das Glück hold war. Miss Bonner, würden Sie die Waffe vorlegen?«

Dol Bonner öffnete ihre Handtasche, nahm den Revolver heraus, sagte: »Vorsicht, er ist noch geladen«, und legte ihn auf Wolfes Schreibtisch. Cramer schoß schnaubend auf den Schreibtisch los und stolperte dabei um ein Haar über Wymans Beine. Stebbins folgte ihm auf dem Fuße, aber Wyman hatte seine gefährdeten Gliedmaßen inzwischen in Sicherheit gebracht. »Ich untersuchte ihn bereits auf Fingerabdrücke, Inspektor«, erklärte Dol Bonner, »aber es sind keine guten darauf vorhanden. Seien Sie vorsichtig, er ist geladen.«

»Haben Sie ihn geladen?«

»Nein. Er enthielt sechs Patronen, als ich ihn fand. Ich feuerte eine ab, und damit bleiben . . .«

»Sie feuerten eine ab?«

»Mr. Cramer«, protestierte Wolfe in scharfem Ton. »Wie sollten wir sonst feststellen, daß es sich tatsächlich um die gesuchte Waffe handelte, ohne sie abzufeuern? Lassen Sie mich zu Ende kommen, und danach können Sie meinetwegen fragen, soviel Sie wollen.«

Ich zog eine Schublade in meinem Schreibtisch auf, nahm einen großen Briefumschlag heraus und reichte ihn Inspektor Cramer. Er packte den Revolver vorsichtig mit zwei Fingern am Sicherheitsbügel und steckte ihn in den Umschlag. Dann kurvte er um Wolfes

Schreibtisch, händigte Stebbins das Corpus delicti aus, fauchte: »Also los, Wolfe! Beeilen Sie sich ein bißchen«, und setzte sich.

Wolfe fragte. »Was taten Sie, nachdem Sie die Waffe gefunden hatten, Miss Bonner?«

»Miss Colt war zugegen. Wir benachrichtigten Sie und erbaten uns von Ihnen weitere Instruktionen. Daraufhin begaben wir uns in meine Wohnung, stellten das Radio auf die größte Lautstärke und schossen in einige Kissen. Das Geschoß legten wir in eine Schachtel, verpackten sie und ließen sie Ihnen durch einen Boten zukommen.«

»Wann entdeckten Sie die Waffe?«

»Gestern nachmittag, zehn Minuten vor sechs Uhr.«

»Und von diesem Augenblick an war sie ununterbrochen in Ihrem Besitz?«

»Ja. Jede einzelne Minute. Beim Schlafen hatte ich sie unter meinem Kopfkissen.«

»War Miss Colt dabei, als Sie die Waffe fanden?«

»Ja.«

»Wo fanden Sie den Revolver?«

»In einem verschlossenen Schrank in der vierten Etage bei Clarinda Day in der 48. Straße.«

Trella Jarrell gab einen überaus lauten und langen Seufzer von sich. Einige Gesichter wandten sich zu ihr um. Sie bedeckte erschrocken den Mund mit beiden Händen.

»Der Schrank war verschlossen?«

»Ja.«

»Brachen Sie ihn auf?«

»Nein. Ich benutzte einen Schlüssel.«

»Ich werde Sie nicht fragen, auf welche Weise Sie zu dem Schlüssel kamen. Man wird Sie vor Gericht wahrscheinlich danach fragen, aber wir sitzen hier ja nicht vor Gericht. Gehörte der Schrank zu einer Serie von Schränken?«

»Ja. In der Etage befinden sich vier Reihen von privaten Schränken, pro Reihe jeweils zwanzig. Die Kundinnen von Clarinda Day hinterlegen ihre Bekleidung, ihren Schmuck und andere Sachen darin während der Gymnastikstunden oder der Massagen. Manche wiederum heben Kleider zum Wechseln und auch persönliche Dinge in den Schränken auf.«

»Sie sagten eben, ›private Schränke‹. Meinen Sie damit, daß jeder Schrank für eine bestimmte Kundin reserviert ist?«

»Ja. Jede Stammkundin hat einen einzigen Schlüssel, es sei denn, daß die Verwaltung noch einen Hauptschlüssel besitzt. Der Schlüssel, den ich benutzte . . . aber das soll ich jetzt wohl nicht erklären?«

»Das ist nicht notwendig. Sie können es im Zeugenstand erzählen. Wie Sie wissen, ist das, was Sie taten, nicht erlaubt. Da Sie jedoch eine Waffe ausfindig machten, mit der zwei Morde verübt wurden, bezweifle ich, daß man Sie bestrafen wird. Im Gegenteil, man soll Sie dafür belohnen und wird das sicher auch tun. Können Sie uns noch sagen, welcher von Clarinda Days Kundinnen der Schrank gehört? Ich meine den, in dem Sie die Waffe fanden?«

»Ja. *Mrs. Wyman Jarrell.* Ihr Name stand darauf. Außerdem befand sich noch eine Anzahl anderer Gegenstände in dem Schrank, darunter an sie gerichtete Briefe.«

Alle waren mäuschenstill, nicht einmal ein unterdrückter Seufzer war zu hören. Bis Otis Jarrell das Schweigen mit einem halblauten Selbstgespräch unterbrach. »Diese Schlange, diese Schlange«, murmelte er.

Wolfes Augen waren auf Susan gerichtet. »Mrs. Jarrell. Wünschen Sie eine Erklärung darüber abzugeben, wie die Waffe in Ihren Schrank geraten ist?«

Da der Ablauf der Ereignisse für mich keine Überraschung in petto hatte, beobachtete ich ihr kleines, ovales Gesicht seit geraumer Zeit in aller Heimlichkeit. Sie saß nur etwas über einen Meter von mir entfernt, und ich könnte darauf schwören, daß ich ein Zucken bemerkt hatte. Als sie Wolfes Blick begegnete, bewegten sich ihre Mundwinkel, als wolle sie lächeln, sie brachte es jedoch trotz aller Anstrengungen nicht zustande. Aber das war mir nichts Neues. Mir waren ihre erfolglosen Bemühungen in dieser Hinsicht von Anfang an aufgefallen, ebenso wie ihre leise und scheue oder vorsichtige Stimme, je nachdem, welchen Standpunkt man ihr gegenüber einnahm.

Mit der gleichen Stimme sagte sie jetzt: »Ich kann es nicht erklären, weil ich es selber nicht weiß. Sie können doch nicht behaupten, daß ich den Revolver damals, an jenem Mittwoch, gestohlen habe. Wir haben doch schon darüber gesprochen, und Sie wissen, daß ich oben in meinem Zimmer war und daß sich mein Mann die ganze Zeit über bei mir aufhielt. Stimmt's, Wy?«

Sie würde sich diese letzte Frage vielleicht erspart haben, wenn sie ihm einen aufmerksamen Blick geschenkt hätte, bevor sie ihn fragte. Wyman Jarrell hing starr vor Entsetzen in seinem Sessel und stierte Wolfe mit offenem Mund an. Susans Frage rüttelte ihn jedoch so weit auf, daß er stotternd und völlig verwirrt die Worte herauspreßte: »Ich habe sehr lange geduscht. Ich dusche immer ausgiebig.«

Ich hatte ihn nie für ein großes Licht gehalten. Wenn schon ein Ehemann im Moment der Erkenntnis, daß seine Frau eine Mörderin ist, derart niedergeschmettert ist, daß er ihr bereits beim ersten Schreck praktisch den Todesstoß versetzt, dann sollte man von ihm wenigstens etwas mehr Würde und Anstand verlangen. ›Ich habe sehr lange geduscht. Ich dusche immer ausgiebig‹ – das ist eine klägliche Haltung in einer Krise, in der es um Leben und Tod geht.

17

Es ließ sich schließlich doch nicht vermeiden, Otis Jarrells Privatangelegenheiten, oder wenigstens einige davon, in das Licht der Öffentlichkeit zu zerren. Er brachte sie sogar selbst zur Sprache, und zwar im Zeugenstand. Obwohl Beweise für das Motiv zum Mord bei einem Mordprozeß nicht unbedingt gefordert werden, sind sie, falls vorhanden, für die Anklage doch eine wertvolle Hilfe. Aus diesem Grunde zog der Staatsanwalt Jarrell zur Aussage heran. Er brauchte ihn zur Untermauerung seiner Theorie, daß Susan sich an Jim Eber herangemacht und ihn über Jarrells Geschäfte ausgehorcht hatte. Auf diese Art hatte sie sich unter anderem auch die Information über die Reederei beschafft und an Corey Brigham weitergegeben, der wiederum die Information dazu benutzt hatte, seinem Freunde Jarrell ein Millionengeschäft vor der Nase wegzuschnappen und den Gewinn in die eigene Tasche zu stecken. Nachdem Eber von Jarrell hinausgeworfen worden war, hörte er vermutlich durch einen Zufall von Brighams erfolgreicher Spekulation und erinnerte sich daran, daß er seinerzeit Susan von dem zu erwartenden Geschäft erzählt hatte. Da er außerdem annehmen mußte, daß Jarrell ihm wegen dieser Geschichte den Laufpaß gegeben hatte, ging er noch einmal in die Jarrellsche Wohnung zurück und muß Susan damit gedroht haben – wahrscheinlich kurz bevor ich an jenem Tag das Studio betrat –, daß er Jarrell den wahren Sachverhalt mitteilen werde. Diese Theorie sollte Jarrell bezeugen, obwohl die Polizei noch in den Besitz eines Beweisstückes gelangt war, das bei der Verurteilung wesentlich schwerer ins Gewicht fiel, nämlich ein Schließfach, das Susan ungefähr zu der fraglichen Zeit gemietet hatte. In dem Schließfach befanden sich zweihunderttausend Dollar, von denen sie angeblich nicht wußte, wie sie da hineingekommen waren.

Brigham spielte bei dem Prozeß insofern keine Rolle, als Susan nur wegen des Mordes an Eber vor Gericht stand. Aber die Anklage vertrat die Theorie, daß Brigham ihr heftige Vorwürfe gemacht haben mußte. Entweder hatte er den Mord an Eber entschieden verworfen und ihr mit einer Anzeige gedroht, oder er verlangte etwas für sein Schweigen – vielleicht die zweihunderttausend Dollar, vielleicht aber auch etwas Persönlicheres.

Die anderen Familienmitglieder brauchten nicht auszusagen, und die Verteidigung rief weder Susan noch Wyman in den Zeugenstand, was vermutlich keinen guten Eindruck hinterließ. Die Frage, ob Susan einen Schlüssel zur Bibliothek besaß, war weiter kein Problem, da ihr Ehemann einen hatte und beide dieselben Zimmer bewohnten. Die Geschworenen verurteilten sie wegen Mordes, ohne mildernde Umstände.

Wolfe strich sein Honorar doch noch ein. Er erhielt von Jarrell einen Scheck über einen reizvollen Betrag, was auch ganz in Ordnung war, denn er hatte ihn sich redlich verdient.

ENDE

Goldmann rote KRIMI

J. T. Edson
Der Liebespaar-Mörder
160 Seiten. Band 4206.

Zuerst hielt man ihn für einen harmlosen Ir-
ren, einen Spanner, der sich, als Cowboy aus-
staffiert, an Liebespärchen in parkenden Autos
heranschlich. Doch dann überfiel und beraubte
der ›Spanner‹ seine Opfer. Als die Polizei
kurz danach zwei junge Leute tot neben ihrem
Wagen entdeckt, setzt eine gnadenlose Jagd
auf den Liebespaar-Mörder ein . . .

Basil Copper
Nachtfrost
160 Seiten. Band 4207.

Auch ein Privatdetektiv muß sich einmal Fe-
rien gönnen. Doch für Mike Faraday ist der
Traumurlaub auf den Bahamas bald vorbei.
Am nächtlichen Strand entdeckt Mike einen
Toten. Und dabei stellt er fest, daß Mord und
Tourismus einfach nicht zusammenpassen . . .

Erle Stanley Gardner (A. A. Fair)
Ein pikanter Köder
160 Seiten. Band 3129.

Der Auftrag des Grundstückmaklers Carson
lautet: Wer von seinen Mitarbeitern gab ver-
trauliche Informationen an seinen Konkur-
renten Dowling weiter.
Endlich ein »seriöser« Fall, denkt Bertha
Cool, bis Dowling tot in einem Motel aufge-
funden wird . . .

WILHELM GOLDMANN VERLAG MÜNCHEN

Goldmann rote KRIMI

Ben Healey
Lektion für Ladys
192 Seiten. Band 4208.

Ein angeblich echter Botticelli, den außer der Besitzerin noch niemand zu Gesicht bekommen hat, lockt den zwielichtigen Kunsthändler d'Espinal nach Venedig. Bei einem glanzvollen Empfang will die Besitzerin die Sachverständigen von der Echtheit ihres Meisterwerkes überzeugen. Doch d'Espinal hat anderes im Sinn ...

Bill Knox
Sturmflut
128 Seiten. Band 4209.

Nicht nur die Jagd auf den Riesenhai gibt Anlaß zu Streitigkeiten zwischen den Bewohnern der Insel Skye und den Haifängern. Auch der Tod eines Mädchens spielt eine Rolle ... Und dann entdeckt Webb Carrick vom Fischereischutzkreuzer ›Marlin‹ einen zerschellten Fischkutter und – einen Toten an Deck.

Michael Delving
Ein Schatten seiner selbst
128 Seiten. Band 4210.

Der amerikanische Antiquitätenhändler Robert Eddison entdeckt bei einer Auktion in England ein Gemälde, das er sofort ersteigert. Aber bald zeigt sich, daß viele Interessenten hinter dem Bild her sind. Eddison wird überfallen und erfährt, daß wegen seinem Gemälde schon ein Mord begangen wurde ...

WILHELM GOLDMANN VERLAG MÜNCHEN

Goldmann rote KRIMI

Michael Gilbert
Das Grab an der Themse
128 Seiten. Band 4211.

Ein gebleichtes Skelett – sonst ist nichts übrig-geblieben von dem Mädchen, das man vor zwei Jahren am Ufer der Themse eingescharrt hat. Und das ist zunächst alles, was Chef-inspektor William Mercer für seine Unter-suchung des Falles zur Verfügung hat. Selbst-mord oder Unfall sind allerdings auszuschlie-ßen ...

George H. Coxe
Eine Frau mit Pistole
160 Seiten. Band 4212.

Um seiner Frau Louise und dem Zwang seines Berufs zu entkommen, setzt sich der junge Architekt Alan Maxwell auf eine Insel in der Karibischen See ab. Doch bald taucht Louise dort auf, und dann hat Maxwell einen trifti-geren Grund zur Flucht: Er steht unter dem Verdacht, seine Frau ermordet zu haben!

Erle Stanley Gardner (A. A. Fair)
Lockvögel
192 Seiten. Band 3114.

Vivian Deshler braucht einen ›Augenzeugen‹ für ihren Unfall. Ausgerechnet Donald Lam, der mit allen Wassern gewaschene Privat-detektiv, soll die Rolle übernehmen. Auch Privatdetektive dürfen keinen Meineid lei-sten. Doch ihm zur Aufmunterung gleich eine Leiche in den Kofferraum seines Wagens zu praktizieren, geht zu weit. Findet Donald Lam.

WILHELM GOLDMANN VERLAG MÜNCHEN

Goldmann rote KRIMI

Arthur Maling
Mord ist nicht steuerfrei
128 Seiten. Band 4213.

Ein Unbekannter hat Dave Harris' Bruder Chuck niedergeschossen. Und Chuck kann keine Angaben über den Schützen machen. Kann nicht? Oder schweigt er absichtlich? Als er seinen Verletzungen erliegt, beschließt Dave, der Sache auf den Grund zu gehen. Die Polizei meint, der Täter kann nur aus Chucks Freundeskreis stammen . . .

Clayton Matthews
Treulos
128 Seiten. Band 4214.

Diana war Geschäftsführerin in einem Motel. Sie kannte das Leben . . .
Aber ihr eigenes Leben war und blieb ein Geheimnis.
Bis Milo Dark auftaucht, der Mann aus ihrer Vergangenheit.

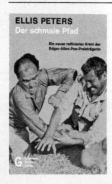

Ellis Peters
Der schmale Pfad
144 Seiten. Band 4215.

Tossa Barber hätte nie gedacht, daß man sie des Mordes an ihrem Stiefvater bezichtigen würde. Jetzt, bei ihrem Urlaub in der Tschechoslowakei, taucht plötzlich ein Augenzeuge auf, der sie angeblich am Tatort gesehen hat . . .
Ein ungewöhnlicher Thriller und ein ungewöhnlicher Schauplatz: die Niedere Tatra in der Slowakei!

WILHELM GOLDMANN VERLAG MÜNCHEN

Goldmann rote KRIMI

**Brett Halliday
Nicht ein Wort von Mord**
160 Seiten. Band 4216.

*Ein reicher Geschäftsmann – erschossen in seinem Privatstudio . . .
Eine hübsche junge Frau – erstochen in einer dunklen Straße . . .
Ein brillanter Wissenschaftler – vergiftet in seinem Labor . . .
Drei perfekte Morde – drei perfekte Verdächtige – drei perfekte Alibis!*

**John Alexander Graham
Sterben für Cézanne**
160 Seiten. Band 4217.

Nicht zu glauben: Beim Einbruch in eine New Yorker Kunstgalerie bleibt ein wertvoller Cézanne verschont! Aber dann wird ein leitender Angestellter des Metropolitan Museums ermordet, einer seiner Kollegen entgeht nur knapp einem Mordanschlag. Wer ist so verrückt, daß er für ein Gemälde tötet und es dann doch nicht in seinen Besitz nimmt?

**Sidney H. Courtier
Zurück in die Falle**
128 Seiten. Band 4218.

Als dem jungen Mann bewußt wird, daß er sein Erinnerungsvermögen verloren hat, gibt es nur einen Weg, seine Identität zu ermitteln: Er kehrt an den Ort zurück, wo man ihn erschöpft und völlig verwildert gefunden hat. Und wieder steht die Falle für ihn bereit.

WILHELM GOLDMANN VERLAG MÜNCHEN

Goldmann rote KRIMI

Rex Stout
Zu viele Klienten
160 Seiten. Band 3290.

Nicht, daß Privatdetektiv Nero Wolfe pleite wäre, aber die lukrative Sache des Direktors Thomas G. Yeager kommt ihm gerade recht. Doch da wird Yeager ermordet. Wer zahlt nun das Honorar? Sicher nicht die Mädchen, die den modernen Satyr Thomas G. Yeager in seinem obskuren Liebesnest besuchten . . .

Angus MacVicar
Kontra und Re
128 Seiten. Band 3295.

Der Fernsehregisseur Rod Cameron hat einen Superknüller: Er will ein kühnes Verbrechen filmen. Wenn alles klappt, sagt die BBC-Ansagerin: »Meine Damen und Herren! Sie sehen die Live-Übertragung des Raubüberfalls auf die schottischen Kronjuwelen . . .«

Ben Benson
Dame mit Vergangenheit
128 Seiten. Band 3296.

»Was wollen Sie, Lund?« knurrte er.
»Lassen Sie Diane Le Clair in Ruhe.«
»Wenn Sie wüßten, was mit ihr los ist, hätten Sie sie gar nicht eingestellt.«
»Was soll das heißen?«
»Das erfahren Sie gleich. Sie hat einen Mord begangen.«
»Was hat sie?«
»Sie haben richtig gehört. Sie ist eine Mörderin . . .«

WILHELM GOLDMANN VERLAG MÜNCHEN

Goldmann rote KRIMI

Hartley Howard
Good bye, Malta!
192 Seiten. Band 4004.

Selbstmord? Die gerichtliche Untersuchung gelangt zu keinem klaren Ergebnis im Fall Simon Cornell. Privatdetektiv Bowman genügt das nicht. Die Spur führt von Rom nach Malta ...
›Temporeich, spannend, mit Vergnügen zu lesen.‹
Observer, London

Antony Brown
Liebe paßt nicht zum Geschäft
128 Seiten. Band 4005.

Warum meldete sich die hübsche Stewardeß nicht zum Dienst bei ihrer Fluggesellschaft? Eigentlich nicht meine Sache ..., denkt Gil Penrose. Der Musikwissenschaftler hat keine Ahnung, daß er längst in einen Mordfall verwickelt ist. Schauplatz: die spanische Mittelmeerküste

Jean Potts
Selbstmord auf Bestellung
160 Seiten. Band 4006.

Alle halten die kleine Harriet Covey für verrückt, als sie von Mordanschlägen auf ihren Vater spricht. Nur ihr Vetter Evan läßt sich keinen Sand in die Augen streuen. Und als Wyn Covey tot aufgefunden wird, zweifeln Evan und Harriet keinen Augenblick daran, daß er ermordet wurde ...

WILHELM GOLDMANN VERLAG MÜNCHEN

Goldmann rote KRIMI

Edward Jarvis
Eine Sache mit Haken
160 Seiten. Band 4008.

Über Erfolg kann sich Werbefachmann Nick Bradley nicht beklagen, aber gute Aufträge sind ihm immer willkommen. Nick sagt auch nicht nein, als der Londoner Industrielle Ernest Singer seine Dienste in Anspruch nimmt. Singer will zur Eröffnung seiner neuen Fabrikanlagen möglichst viel Publicity – und einen kleinen Mord ...

Scott Mitchell
Der Dolch mit dem Juwelengriff
160 Seiten. Band 4009.

Enorm peinlich für den Psychiater Dr. Strauss: Aus seiner Praxis sind Tonbandaufnahmen intimer Gespräche mit Patienten verschwunden. Der Dieb ist bekannt – aber erst zu suchen. Sobald Privatdetektiv Brock Devlin seine Finger im Spiel hat, tut sich allerlei ...

Glynn Croudace
Der scharlachrote Bikini
192 Seiten. Band 4011.

Pascoe hat sich die Bergungsrechte an der gesunkenen ›Blushing Bride‹ gesichert. Kaum beginnt er an dem Wrack vor der Küste Südwestafrikas zu arbeiten, als sich bereits zwei Leute für ihn und das Schiff interessieren: ein Bikinimädchen – und ein Mörder ...

WILHELM GOLDMANN VERLAG MÜNCHEN

Goldmann rote KRIMI

Roderick Wilkinson
Ein Haar im Whisky
160 Seiten. Band 4017.

Irgend jemand in Schottland hat scheinbar zu großen Durst. Jedenfalls verschwindet der Whisky nicht nur flaschen-, sondern gleich lastzugweise! Aber trotz der gewaltigen Menge Alkohol hat der Unbekannte eine recht sichere Hand: Trifft er doch einen gar nicht so harmlosen Sportangler genau ins Herz ...

Harry Carmichael
Das ferngelenkte Alibi
128 Seiten. Band 4019.

Man soll die Frauen nicht ans Steuer lassen, denkt der Zeitungsreporter Quinn aus London. Eben gestand ihm Hugh Melvilles Frau, daß sie den Unfall verschuldet hat, für den Hugh achtzehn Monate Gefängnis bekam ... Als Ellen Melville kurz danach tot aufgefunden wird, sieht es freilich nur so aus, als habe sie vor Reue Selbstmord begangen ...

William Maner
Zuviel Mord, Professor Harley!
160 Seiten. Band 4020.

Als Student ist Steve eine Niete, als Footballspieler ein Star. Zwei Tage vor dem großen Spiel findet man ihn auf seinem Platz im Hörsaal, wo er häufig zu schlafen pflegte. Jetzt schläft er für immer: erstochen mit einer Schere. Schauplatz: eine Universitätsstadt in den USA

WILHELM GOLDMANN VERLAG MÜNCHEN